Oskar Szabo

Die Braut aus dem Katalog

novum pro

www.novumverlag.com

Bibliografische Information
der Deutschen Nationalbibliothek:

Die Deutsche Nationalbibliothek
verzeichnet diese Publikation in
der Deutschen Nationalbibliografie.
Detaillierte bibliografische Daten
sind im Internet über
http://www.d-nb.de abrufbar.

Alle Rechte der Verbreitung,
auch durch Film, Funk und Fernsehen,
fotomechanische Wiedergabe,
Tonträger, elektronische Datenträger
und auszugsweisen Nachdruck,
sind vorbehalten.

© 2021 novum Verlag

ISBN 978-3-99107-365-9
Lektorat: Marie Schulz-Jungkenn
Umschlagfotos: Jpegwiz, Kamolnatt456
Svetlana Ileva | Dreamstime.com
Umschlaggestaltung, Layout & Satz:
novum Verlag

Gedruckt in der Europäischen Union
auf umweltfreundlichem, chlor- und
säurefrei gebleichtem Papier.

www.novumverlag.com

Inhaltsverzeichnis

1 Präludium 7
2 Aus heiterem Himmel 11
3 Familie Lindenmann 23
4 Ultima Ratio (oder der letzte Strohhalm) 32
5 Der Probegalopp 45
6 Herkunft und Flucht 57
7 Heirat am Flughafen 74
8 Anfangsschwierigkeiten 84
9 Eine Scheinehe? 95
10 Ziehsohn 107
11 Eskalation 116
12 Mutters Tod 132
13 Hader, Groll und Zorn 143
14 Oleg 161
15 Wichtiger Besuch 173
16 Alles wie gehabt 194
17 Die Trennung 209
18 Geschieden, gedemütigt, verlassen 225
19 Auslegeordnung 237
20 Wie bitte? 244
21 Zu guter Letzt 248
Dank 251

Aber was ist Licht,
Was Irrlicht, «Verwirrlicht» gar,
Was ist Schein,
Was ist Täuschung?
Was echt, was unecht?

1

Präludium

Er wollte sein Glück vom Zaun brechen und erntete nur Unglück! Schade, er war ein lieber Kerl! Leider war er zu alt, um daraus zu lernen, denn er verschwendete vorher viel Zeit und dann war's wirklich zu spät.

Es war ein amtlicher Brief, der mich eines Tages erreichte und mich mit behördlicher Autorität aufforderte, über Frieders Ehe mit Irina Auskunft zu erteilen. Er war mein Freund. Es ginge darum, abzuklären, ob die beiden nur eine Scheinehe führten oder es wirklich ernst meinten, gewisse Vorgänge würden von meiner Antwort abhängen. Es sei dringend erforderlich, die Fragen vollständig und wahrheitsgemäß zu beantworten, widrigenfalls würde ich mich strafbar machen ... ja, ja, die Staatsgewalt behelligt mich einmal mehr, droht mit Strafen, sofern ... und woher sollte ich die Kenntnisse nehmen, um in diesem Fall die Wahrheit zu sagen, wenn gar nicht feststeht, dass ich alles weiß, was ich dazu wissen müsste? Sollte ich mich denn dem Freund zuliebe strafbar machen, oder einfach mitteilen, dass ich zur wahrheitsgemäßen Beantwortung der Anfrage zu wenige Informationen hätte? Das wäre eine raffinierte Ausrede, um mich der Verantwortung zu entziehen, doch käme sie einem Schuss in Frieders Rücken gleich und das wäre für ihn, das wusste ich, ziemlich fatal, würde es doch seinen ausgeklügelten Plan, den er mir mehrmals unterbreitete, hintertreiben. Also schrieb ich, was ich wusste, und hielt gleichzeitig fest, dass sich allfällig anderslautende Umstände meinen Kenntnissen entzögen.

Frieder und Irina waren noch nicht sehr lange verheiratet, aber ich kannte sie beide recht gut, sodass es naheliegend war, dass man mich um Auskunft bat. Ich hatte mir natürlich längst eine Meinung über deren eigenartige Eheschließung gebildet, doch wollte ich diese nicht ungefiltert den Behörden zukommen lassen, weil dann vielleicht einige Vorgänge nicht möglich, zumindest aber für eine Weile blockiert gewesen wären. Es war mir klar, dass Frieder allen Ernstes hinter der Echtheit seiner Ehe stand, Irina hingegen hatte ich in Verdacht, dass sie ein falsches Spiel treibe, ja womöglich gar einen ausgeklügelten Plan abwickle, der Frieder ins Verderben führen könnte. Sie hatte jedoch keinen augenfälligen Anlass, ihm zu schaden, aber er bot sich freiwillig als Opfer an und sie griff zu, so zumindest meine Vermutung, die ich an gewissen Bemerkungen und Beobachtungen festmachte. Die unangenehme Aufgabe, nun Zünglein an der Waage zu spielen, musste aber erledigt werden und so entschloss ich mich, wider jede Vernunft, einen möglichst schablonenhaften Text zu verfassen, sodass man mich nicht einer Falschaussage bezichtigen konnte. Aber helfen, den Amtsschimmel zufriedenzustellen, das wollte ich schon, Frieder zuliebe:

Sehr geehrte Herren
Ich beziehe mich auf Ihr Schreiben vom … und beantworte ihre Fragen wie folgt: Ich kenne das Ehepaar Lindenmann sehr gut und bin vor allem ein alter Freund von Frieder Lindenmann. Ich habe häufigen Kontakt zu ihnen und auch einige Ferienreisen zusammen mit ihnen unternommen. Ich vermag bis heute, abgesehen von kulturellen Unterschieden, keine Abweichungen von üblichen Verhältnissen zu entdecken, wenigstens soweit ich dazu in der Lage bin. Über die Ausgestaltung der Intimsphäre weiß ich naturgemäß nicht Bescheid.
Ich halte die Ehe, welche vor Jahresfrist geschlossen wurde und bis heute hält, für glaubwürdig und hatte nie den Eindruck, dass hier ein falsches Spiel gespielt würde, ja, wundere mich darüber, dass Sie nach einer Scheinehe fragen. Sollte Ihr Verdacht berechtigt sein, dann würden sie über eine sehr gute Tarnung verfügen, sodass auch ich getäuscht worden wäre. Lassen Sie mich daher diese Klausel anbringen, die mir zum Schutz meiner Person von einiger Bedeutung zu sein scheint, denn ich kann mich für die Ehrlichkeit des Gatten verbürgen, nicht aber für die Aufrichtigkeit der Gattin.

Ich habe in opportunistischer Weise nur geschrieben, was ich mit Sicherheit wusste, meine heimlichen Bedenken jedoch zurückgehalten und natürlich meinen Verdacht nur andeutungsweise kundgetan, dachte ich doch damals noch, dass sich höchstwahrscheinlich alles zum Guten wenden, mithin eine unproblematische Familiengeschichte resultieren könnte. Aber ich irrte und weiß heute, dass meine ursprüngliche Ahnung berechtigt war. Ob es für alle Beteiligten besser gewesen wäre, wenn die Behörden gewusst hätten, wo der Hund begraben ist? Darauf gibt's wie immer keine Antwort. Doch nachdem ich den Brief abgeschickt hatte, fragte ich mich kurz, ob ich dadurch nicht eine ungewöhnliche Geschichte losgetreten habe, unterließ es aber, den Gedanken fortzuspinnen, und vergass bald darauf, was ich geschrieben hatte. Ob ein Brief mit unverfänglichem Inhalt, etwa mit der Bemerkung, nicht genau Bescheid zu wissen und daher die Fragen nicht beantworten zu können, den Verlauf der Geschichte nennenswert verändert hätte, sei dahingestellt.

Die Geschichte niederzuschreiben, ist schon wegen ihrer Skurrilität erbaulich. Sie gewissermaßen zu erkunden und dabei all ihre verborgenen Winkel zu beleuchten, dürfte wohl Erkenntnisse vermitteln, welche letztlich Allgemeingültigkeit haben könnten, indem grundlegende Mechanismen geschildert werden, die auch andernorts, natürlich in unterschiedlicher Form, zum Tragen kommen. Nun ja, es ist immer wieder verblüffend, wie uniform sich anscheinend typisches menschliches Verhalten unter gewissen Umständen ausnimmt. Das ist eine kühne Behauptung, die sich allerdings im Laufe der Geschichte bewahrheiten sollte, obwohl sie eine ungewöhnliche Handlung wiedergibt. Ob demzufolge dem Gebaren der Protagonisten Modellcharakter innewohnt, könnte sich von der Mutmaßung zur Tatsache wandeln, doch es ist freilich jeder und jedem unbenommen, sich darüber ein eigenes Urteil zu bilden.

Meine Informationen stammen jedoch fast ausschließlich von Frieder selber. Selbst, wenn er keinen Grund hat, mich anzulügen oder sonst wie irgendwelche Räubergeschichten zu erzählen, so ist doch Vorsicht angebracht, denn die Tendenz, zu beschönigen, ja, und sich selber als Saubermann darzustellen, ist allemal gegeben, sodass ich mit etlichen Übertreibungen oder Notlügen rechnen muss. Die andere Seite in jedem einzelnen Fall zu beleuchten, war nicht einfach, denn Irina, obwohl schlagkräftige Kontrahentin aller beschriebenen Szenen, kommt selten zu Wort, was sich für sie nachteilig ausnehmen könnte. Doch dadurch, dass sie mir später einmal mit Ermahnung, Stillschweigen zu bewahren, ihr Tagebuch zur Verfügung stellte, konnte ich etwas Licht ins Dunkel bringen, Licht, das durch die Wiedergabe einiger Stellen entzündet wurde.

Hallo Tagebuch
Ich werde dich als Freundin behandeln, denn ich habe einige Geheimnisse zu horten, die ich allein dir anvertrauen möchte. Dieses Vorgehen ist längst bekannt, literaturwürdig sogar und verhilft mir zu einem Speicher meiner Gedanken, die nicht in Vergessenheit geraten, aber auch nur wenigen zugänglich sein sollten:
Ich bin eine junge, gut aussehende Frau und möchte mit deiner Hilfe mein Leben nach eigenem Gutdünken gestalten. Ich werde dir Geheimnisse anvertrauen, welche allesamt meine Zielsetzungen wiedergeben. Sie möglichst weitgehend umzusetzen, ist mein deklariertes Ziel, das unbedingt zu erreichen ich angetreten bin.

2

Aus heiterem Himmel

Wie ein aus Himmelshöhen herabkommender Engel stand er eines Tages strahlend vor mir und bot mir das ‚Du' an. Ja, er kam aus heiterem Himmel zu mir und erklärte sich zum Freund, hieß Frieder und war etwa im gleichen Alter wie ich. „Hm ... freut mich, ich heiße Simon ... Hm, wie komme ich zu dieser Ehre?" ... „Viele Gründe, doch dazu später mehr ... einverstanden?" Es gab keinen Grund, das feierliche Angebot auszuschlagen.

Nein, es gab keine fassbare Vorgeschichte, keinen erkennbaren Anlass, nur diese eine Ansage, mehr nicht. Etwas mysteriös freilich, aber im Grunde völlig unverdächtig, keine Finte und auch kein Anlass für Argwohn. Sympathie wohl eher, womöglich gar reiner Altruismus? Fragwürdig zwar die Anwartschaft, aber dennoch so freimütig vorgebracht, dass der Zuschlag gewiss war. Es ging ja nicht darum, gleich die Seele zu verkaufen, und alles Weitere würde sich schon ergeben; mal auf Zusehen hin mitspielen also!

Er war dynamisch, gutmütig, liebenswürdig und alleinstehend, leistete Dienste, die nicht gefragt, aber gleichwohl willkommen waren. Er war Kettenraucher mit braun verfärbten Fingern, weil er aus Sparsamkeit die Zigaretten bis hinunter zum Filter rauchte, versprach immer wieder aufs Neue, das Rauchen einstellen zu wollen, tat es aber nie, zu sehr war er verseucht. Beim Essen war er wählerisch und maßvoll und er war stolz auf die alten Bordeaux-Flaschen, die er im Keller hortete: beste Jahrgänge nur. Alkoholiker war er aber nicht, nein, das hätte er der Mutter niemals zuleide getan, sie war sein Ein und Alles. Ja, er lebte noch immer bei der Mutter, die er nicht nur wegen ihrer wertvollen Dienste verehrte, sondern tatsächlich liebte, ein Verhalten, das mitunter zu kritischen Fragen führte, die niemals beantwortet wurden. Diese Lebensweise entsprach aber nicht zuletzt auch einem sonderbaren Sparprogramm, das ihm außerhalb von Mutters Einflussbereich den Genuss einiger luxuriöser Lebensfreuden erlaubte. Er war eben eine widersprüchliche Persönlichkeit, von konservativem Zuschnitt, nahm sich jedoch Freiheiten heraus, die man ihm niemals zugetraut hätte. Er war weder Hagestolz noch schwul, wie er auffallend oft betonte, nein, er ging vielmehr auf Freiers Füßen – eine opernhafte Formulierung, die aber in seinem Fall zutraf.

Es war zunächst unklar, was er sich dabei dachte und wie er die angekündigte Freundschaft verstanden haben, sowie auch welchen Vorstellungen und Begehren er Nachdruck verleihen wollte, indem er sich so gewinnend anbiederte, dass einem das „Nein" im Hals stecken blieb. So blieb ein Quäntchen Skepsis bestehen, prohibitiv wirkte sie sich aber nicht aus. Nun ja, ich hatte zuzeiten ab und zu das Vergnügen, von Schwulen angemacht zu werden, und befürchtete zunächst erneut, in diese Falle zu tappen, beruhigte mich aber wieder, als ich feststellte, dass ich nichts zu befürchten hatte. Ich ärgerte mich jeweils sehr über diese Anmache, denn ich war strikte heterosexuell orientiert und hätte viel lieber einen vergleichbaren Erfolg bei den Frauen verbucht. Doch das war im Augenblick nicht von Belang, der Bedarf war gedeckt. Frieders Gebaren war derweil auffällig, sein Ansinnen, dessen Natur undurchschaubar war, hätte weiterer Erklärungen bedurft, die er vorerst nicht herausrückte, ja sich womöglich gar nicht bewusst war, dass man ihrer bedurfte. Doch er setzte sich durch, mit Freundlichkeit, Beharrlichkeit und seiner unübersehbaren Anwesenheit, die sich nicht selten bis zur Aufdringlichkeit steigerte. Ach ja, seine Dienste wurden nach einiger Zeit unverzichtbar, sein Eifer, sie anzubieten, auffällig, sein Wohlwollen scheinbar grenzenlos. Er war zweifellos ein lieber Kerl, und nur ein kleiner Rest von Unterwürfigkeit trübte das Bild.

Ich ließ ihn einfach gewähren, genoss die „Bedienung", die mir einige Vorteile verschaffte, und ließ auf mich zukommen, was sich in der Folge ergeben sollte, ja, ob und wie sich diese unverhoffte Sympathie zu einer echten Freundschaft durchmausern würde; ich war vorerst eher passiv, reserviert vielleicht, aber dennoch gespannt, welchen Weg das ungewöhnliche Unterfangen einschlagen könnte. Zuweilen beginnt man wohl eine Reise, deren Ziel unbekannt ist, und freut sich auf Erkenntnisse, die sie einem verschaffen könnte.

Frieder arbeitete im Kader einer größeren ortsansässigen Firma, welche Dienstleistungen anbot, die auch mir zupasskamen. Ich war dort seit Langem akkreditiert und galt wohl als guter Kunde, alle waren freundlich, auch seine Untergebenen; auf Geheiß? Egal, es war angenehm, dort zu verkehren, denn ich wurde ernst genommen. Vermutlich ist er durch eine anfangs rein geschäftliche Beziehung auf mich aufmerksam geworden, doch sollte sich zeigen, dass seine Wahl nicht einem plumpen Zufallsprinzip unterlag, sondern gezielt getroffen wurde. Er wollte sich so mein Wohlwollen sichern, da er seinerseits von meinen Angeboten zu profitieren gedachte, ja, sich anschickte sicherzustellen, dass er sich ihrer jederzeit bedienen könne, ein Anliegen, das er seinem höchstpersönlichen Sicherheitsdenken zu schulden glaubte.

Ich war Arzt und er hatte eine Gesundheit, der er nicht vertraute, war ängstlich und unsicher, oft gänzlich von der Rolle und fragte sich immer wieder, ob er nicht unvermutet einer Katastrophe entgegensah. Sein Anliegen hieß Sicherheit, Verlässlichkeit, Vorzugsbehandlung, seine Gegenleistung war Offenheit und Treue sowie Sorgfalt beim Ausführen nützlicher Arbeiten, die er dank Wissen und Können zu meinem Wohl erledigte. Glücklicherweise war er kerngesund.

Diese eigenartige Begebenheit ist die Grundlage für alles Weitere, das nun zu schildern ist, die Niederschrift all dessen nämlich, was sich in ebenso ungewöhnlicher Art und Weise abspielen sollte. Es machte den Anschein, als ob er sozusagen einen Berater an seiner Seite haben wollte, um weitere Schritte seiner Laufbahn nicht auf eigene Verantwortung vornehmen zu müssen. Ob ich dazu die richtige Person war, steht auf einem anderen Blatt, doch sein beinahe apodiktisches Gebaren schien keine Ausflucht zuzulassen.

Kurzerhand dann holte er zu einem ersten „Schlag" aus und lud mich zu einem Abendessen in einem der angesagtesten Lokale der Stadt ein … nein, er ließ sich nicht lumpen, ein bisschen Glamour musste sein, darauf legte er sogar besonderen Wert, denn nur was teuer sei, ist gut genug, sein Credo. Das Lokal war gut besetzt, aber der Herr Direktor, so ließ er sich anreden, hatte freilich einen Tisch reserviert, einen besonders schönen, wie die Empfangsdame versicherte, die uns sogleich hinführte. Feierliche Begrüßung also, Geschäker mit der Kellnerin, wohl um anzuzeigen, dass er hier bestens bekannt war, Stuhl zurechtrücken, Serviette ausbreiten, Speise- und Getränkekarte reichen … was darf es denn sein … natürlich nur erlesene Speisen, teure Weine, ein Schlaraffenland, der Sonderklasse! Die Wartezeit bis zum Auftischen der Vorspeise wurde mit Smalltalk möbliert, beschnuppern, sich annähern, wir waren uns noch ziemlich fremd, denn keiner wusste, aus welcher Brut der andere hervorging. Einiges davon sollte nun verraten werden: Nun, er kannte wohl seine Achillesferse und bemühte sich gleich zu Beginn, den Verdacht, der Schwulenszene anzugehören, aus der Welt zu schaffen, eine Unterstellung, die er eben allzu oft hören musste, war er doch schon über 40 und bewohnte, wie gesagt, weiterhin Hotel Mama. Das war auffällig, aber aus seiner Sicht normal, er kannte nichts anderes und die Mutter tat einen Teufel, um den ‚Buben' endlich ins Erwachsenenleben zu entlassen. Es war eine Symbiose, die keiner stören durfte, sie war sakrosankt.

Bisque de hommard … heiß, teuer, ausgezeichnet, die Löffel arbeiteten fleißig, die Rede verstummte, bis die Teller leer waren, dann zog sie wieder an und erfuhr eine Fortsetzung mit gelockerter Zunge, war doch auch ein kräftiger Schluck Sauternes mit dabei:

„Ich bin ein einfacher Bursche", so das Selbstporträt, „aber ich bin zielstrebig, beharrlich, und habe genaue Vorstellungen über mein weiteres Fortkommen, das ich nur ungerne dem Zufall überlassen möchte. Ich bin anspruchsvoll, oft voreingenommen, aber niemals arrogant. Aber ich bin auch zuverlässig und vertrauenswürdig, mein Markenzeichen nämlich, ein wichtiges Arbeitsinstrument mithin, das ich gerne meinen Kunden zugutekommen lasse."

Eine kurze Auslegeordnung der Welt seiner eigenen Vorstellung also, auch eine Willenskundgebung und gleichzeitig auch eine Art Propaganda für seine Person, buchstäblich also ein Werbespot. Das sei natürlich seine Einschätzung, ob sie denn auch einer objektiven Prüfung standhalten würde, war die Frage, die noch der Bestätigung bedurfte. Nun, das sei unerheblich, die Erwiderung, es sei nämlich gegeben, dass das Zusammenwirken seiner Eigenschaften für ihn stimmig sei, denn er müsse ja im Ernstfall damit leben. Ja, das sei unstreitig, aber andererseits erhebe er Anspruch auf anspruchsvolle Begleitung, die, egal in welchem Zusammenhang, ebenfalls gewisse Ansprüche geltend machen könne. Es sei nicht abwegig, dafür zu sorgen, dass diesem Grundsatz jederzeit Rechnung getragen werde, es sei auch striktes Prinzip seiner selbst.

Schön und gut, doch wie weiter, was soll aus dem Abend werden? Eine Finte vielleicht, trügerisches Gebaren, Ablenkungsmanöver? Es war doch unwahrscheinlich, dass keine eigennützigen Motive mit von der Partie sein würden … Nun, der moderne Geschäftsmann spricht in diesem Fall von einer ‚Win-Win-Situation'. Und schon bricht's hervor, sein Anliegen, das ihn wohl veranlasste, den ungewöhnlichen Handel abzuschließen:

„Ich brauche Rat in heiklen Dingen, verlässlichen Rat für private Angelegenheiten, die bald einmal umzusetzen sind, ja, es ist längst an der Zeit … und gleichwohl ist's nicht leicht, daran zu denken, die Mutter zu verlassen, sie würde es mir krummnehmen" … schwer verständlich diese Aussage, eine Art Gedankenflucht, Ausdruck vielleicht einer besonderen Sorge wohl … „Ich bin in einem Dilemma und weiß nicht, was zu tun ist, oder besser gesagt, wie eine Abhängigkeit, die eine namhafte Bedeutung hat, aufzulösen und ob eine Ersatzmaßnahme erforderlich ist."

„Und was hat das eine mit dem anderen zu tun?" … ein verwirrlicher Bittsteller, unverständlich einstweilen die Dimension seiner Begehren. Ist er etwa ein Chaot?

„Gute Frage, gute Antwort: Sehr viel eben, mehr als man gemeinhin denkt, ich habe keine Entscheidungsfreiheit."

„Ach so, dann schieß mal los, wenn du magst, ich höre, ohne jedoch Anspruch auf vertrauliche Gedanken zu erheben, das musst du wissen ... Jedem seine eigene Privatsphäre, mein Credo!"

„Ich sage, was ich dazu zu sagen habe, mehr vielleicht, als sonst wem, aber ob ich schon alle meine Geheimnisse offenbare, weiß ich noch nicht, obwohl für eine umfassende Beratung vielleicht auch dies vonnöten wäre. Ich lasse stets Vorsicht walten, musst du wissen."

„Gut so, aber wie komme ich denn zu diesem unerwarteten Vertrauensbeweis? Du kennst mich ja kaum. Liest du etwa in meinem Gesicht? Habe ich einen Heiligenschein? Hoffe nicht, das wäre mir peinlich, ich habe ihn abgelegt, weil er in letzter Zeit recht viele Kratzer abbekam. Ach ja, wie das Leben so spielt, Kakophonie pur und die Dissonanzen fliegen mir schon um die Ohren."

„Dissonanzen ja, aber Heiligenschein nein, ich bitte dich ... nichts dergleichen, bloß reines Bauchgefühl ... ach nein, runzle nicht die Stirn, keine Anmache meinerseits, Fehlalarm! Ja, ich hab's schon eingestanden, dass ich öfter mal verdächtigt werde, mich an gewisse Herren heranzumachen, das ist Quatsch, ich bin eindeutig heterosexuell, auch wenn ich zugegebenermaßen meiner Mutter sehr nahestehe, das ist doch nicht verboten, und die Diskussionen über Mutterkomplexe langweilen mich. Immer dieselbe Leier, ununterbrochen, seit Freud, dem Erfinder dieser echten Geißel der Männerwelt! Ich erhebe Anspruch, so sein zu dürfen, wie ich sein möchte, solange ich damit niemanden belästige oder sonst wie störe."

„Zweifellos dein Recht! ... und bitte keine vorzeitigen Apologien, sie machen dich verdächtig, das hast du doch nicht nötig als gestandener Mann."

„Ach weißt du, man erlebt manches, und eine ordentliche ‚Regierungserklärung' kann nicht schaden, mir half es zuweilen, die schlimmsten Verdachtsmomente rechtzeitig außer Kraft zu setzen, nicht zuletzt, um Vorverurteilungen zu vermeiden."

„Also der Weidmann hat seine Fährte aufgenommen, lasst uns zur Jagd blasen! Wer wird wohl als Erster treffen?"

„Ist dies dein Eindruck?"

„Wortspiele nur. Ich mag sie sehr, eine Marotte vielleicht, mehr nicht."

Hauptgang: „Achtung, die Teller sind sehr heiß!" Frieder kassierte einen schelmischen Blick der Kellnerin und freute sich darüber. Ich fand sie nett, etwas pummelig, aber charmant, ob es Frieders Freundin ist? Egal, es geht mich ja nichts an, und wenn dem so sein sollte, dann könnte er sie mir auch vorstellen, ich hätte bestimmt nichts dagegen einzuwenden gehabt. Aber es mochte sich hier um eines der Geheimnisse handeln, die er noch nicht preisgeben wollte. Immerhin wohltuend, sogar vielversprechend, die glänzenden Äuglein hüben wie drüben.

Wirklich herrlich ... Entenbrust an Orangensauce mit glasierten Edelkastanien und Rotkraut ... zart, schmeichelhaft für den Gaumen, besänftigend auch, große französische Kochkunst. Frieder schleckte wiederholt das Messer ab, eher peinlich doch, aber kann auch übersehen werden, geht mich ja nichts an, schon wieder! Das Gespräch verstummte wieder, für eine Weile, der Château Lafitte – grandios, großzügig: Brombeer-Zimt – löste die Zungen erneut und enthemmte letzte Scheu, ja, entfesselte ein Brausebad von Geständnissen, das ich mir so niemals vorgestellt hätte. War es etwa sein Befreiungsschlag, den er von langer Hand vorbereitet hatte? Mag sein, doch die Teller waren noch nicht leer, als er erneut zu sprechen begann: „Was soll's, ich gestehe, die Dame, die uns das herrliche Essen brachte, steht mir sehr nahe, näher vielleicht, als mir zuweilen lieb ist. Aber sie ist eine sehr angenehme Person und wohl auch eine liebenswürdige Frau. Ich kenne sie schon lange und mag sie sehr, von Liebe kann ich aber nicht sprechen. Sie möchte mehr, inniger, eine feste Beziehung halt, aber ich bin zurückhaltend und möchte keine falschen Hoffnungen schüren ... immer dasselbe Lied ... Frauen!"

„Wie habe ich das zu verstehen? Seid ihr ein Paar oder nicht? Geht ihr zusammen aus und mehr?"

„Unklar, noch nicht entschieden, sie möchte es freilich so haben, rechnet sich womöglich Chancen aus, die Niederungen der Gastronomie, allerdings nur ein Studentenjob, zu verlassen, um ein besseres Leben zu führen, ehe das Akademiker-Leben losgeht, aber es gibt einige Bedenken ... ich frage mich dauernd, ob sie mein Konto liebt oder mich, kommt dazu ... doch nein das ist zu intim, um es dir gleich aufs Butterbrot zu schmieren. Aber auch ich müsste mir Gewissheit verschaffen, ob meine Gefühle ausreichen, um nicht gleich die Seele zu verkaufen ... hab' ja nur eine und die ist an sich unveräußerlich"

„Du sprichst, als ginge es um ein gewöhnliches Geschäft, was wohl kaum der Fall sein kann, geht es doch um Menschen und deren Gefühle, aber es ist deine Sache und ich bin auch nicht neugierig und wir haben Zeit. Ob schließlich mein Rat seine Richtigkeit haben wird, wenn ich nicht alle Begleitumstände kenne, stehe dann allerdings dahin ... und bitte diese Worte nicht als Erpressungsversuch werten, das liegt mir fern!"

„Nun ja, du hast recht, ich muss die Karten auf den Tisch legen, sonst riskiere ich eine Fehldiagnose mit entsprechend unerfreulichen Folgen. Nicht wahr, eine Therapie ist nur dann erfolgreich, wenn die Diagnose zutrifft. Hier Klartext zu reden, wäre somit angezeigt, selbst, wenn es mich einige Überwindung kostet."

„Ja natürlich, das ist eine Binsenwahrheit!"

„Also rein in die Binsen! Hm ... ich ... also ich kann nicht mit ihr schlafen, ich weiß nicht, was los ist ... nein, ich weiß, dass ich kein Sexmuffel bin, aber vielleicht hat sie ja zu dicke Beine oder einen allzu schlaffen Po. Doch wie auch immer, ich hab's mehrmals versucht, aber sobald sie sich auszog, verging mir die Lust, und dann funktionierte rein gar nichts mehr, wenn du verstehst, was ich meine. Da hilft nichts mehr, auch nicht deine verruchten Potenzpillen, die du mir vor Kurzem einmal aufgeschwatzt hast ... ich ertrage sie schlecht und ich fürchte mich davor, sie einzunehmen wegen meiner Herzprobleme."

„Wasser auf meine Mühle, mein lieber Freund; ja so weit hast du's gebracht, dass ich dich so anrede. Eine sinnlose Behandlung zufolge unvollständiger Information, das ist bedauerlich, aber das hatten wir doch schon ... und wer ist schuld? Der, welcher verschreibt natürlich, aber er ist in die Irre geführt worden, das wolltest du doch nicht, oder? Der Stein des Anstoßes ist doch eher die etwas pummelige Dame mit den üppigen Formen, die du nicht magst, sie ist die Spielverderberin, nicht dein Pimmel, wenngleich Letzterer wohl einer fixen Idee unterliegt. Die Heilung kann nur durch eine weniger üppige Gestalt mit viel weiblichem Flair erfolgen, eine umwerfende Frau halt, welche mit einer Figur aufwarten kann, deren Ausgestaltung dich erregt. Habe ich recht? Schön, dann mach dich auf die Suche ... Weidmanns heil!"

„Schneller gesagt als getan; das ist zwar logisch, aber keinesfalls leicht umzusetzen, denn ich bin kein fesselloser Schürzenjäger, ein Attribut immerhin, das vielleicht nützlich wäre. Ja, es ist wahr, die nette Kellnerin, wie du sie nennst, ist meine Ul, die niemals zur Nachtigall werden kann! Doch wo nehme ich denn eine Ersatzfrau her? Und sie hängt wie eine Klette an mir, wie soll ich sie denn loswerden, ohne sie zu kränken. Ich mag nun mal keine weinenden Frauen produzieren, das verabscheue ich zutiefst."

„Dennoch, es gibt nur eine Lösung: Such sie dir, die andere Frau, welche die Kriterien deiner intimen Fantasie erfüllt, auch wenn's schmerzt; ein Flirt verpflichtet nicht! Aber auf lange Sicht ist ein befriedigendes Sexualleben der Kitt, der die Paare zusammenhält, selbst wenn einige dies in Abrede stellen; doch jedem das Seine ... ja und bei dir muss es doch auch stimmen, sonst vergeht dir eben die Lust, das ist ja gerade der springende Punkt. Wir können dann beim nächsten Mal, sofern es eines geben wird, das Restaurant wechseln, um peinliche Begegnungen zu vermeiden."

„Oh, je, das hier ist das Beste; aber ich beuge mich gleichwohl der letzten Erkenntnis meines klugen Beraters; siehst du, darum habe ich dich auserwählt. Ich danke dir von ganzem Herzen."

„... dem kranken Herzen also, doch egal, eine große Ehre fürwahr ... der Fall war leicht zu lösen, sobald die Karten alle auf dem Tisch lagen, merk dir das!"

„Jawoll!"

Mit liebevollem Blick und einer – freilich unabsichtlichen – Berührung seiner Hand, wurden die leeren Teller weggeräumt: „Hat's geschmeckt?"

„Es war vorzüglich, danke, ich hätte es nicht besser machen können."

„Kein Wunder, wir haben heute einen Spitzenkoch in der Küche, er kocht sonst in Königshäusern. Er ist einfach unerreicht, der Größte."

„Königlicher Genuss also, wusstest du davon, Frieder?"

„Eine müßige Frage!"

„Zur Nachspeise hätten wir ‚Crème Brulée', eine Spezialität des Chefs, sehr empfehlenswert!"

„Na dann los! Und einen Kaffee mit Sahne und Zucker, und von den herrlichen ‚Petits Fours' etwas mehr als sonst, wir sind ja nicht irgendwer ... und haben, Spitzenkoch hin oder her, noch ein wenig Hunger."

„Hab' verstanden, kommt sofort."

Gespanntes Warten, vorerst keine weiteren Einlassungen, Ruhe vor dem Sturm vielleicht. Sturm, weshalb denn? Nicht ausgeschlossen, dass noch mehr Geständnisse purzeln werden, immerhin sitzen die Zungen locker im Mund und die Aussicht auf einen süßen Dessertwein könnte ein Übriges tun. Schlemmen mitten in der Woche, welche Schandtat, welche Wohltat auch ... Na ja, Prasserei und Erotik, ein eigenartiges Gemisch, aber es ist keine Erfindung der Neuzeit, die Römer hatten in dieser Disziplin recht viel Erfahrung. Weshalb wir es ihnen gleichtun, wir, die Alpenasketen, ist fraglich, doch die Versuchung ist groß. Der Mensch kann weit mehr essen, als er braucht, doch dann wird er dick und hat Oberschenkel, die anscheinend nicht mehr erotisch wirken; zu dumm!

Die Süßspeise schmeichelte dem Gaumen, der Dessertwein ging von alleine runter, das Sahnehäubchen auf dem Kaffee war samtartig, die Gebäcke lieblich, alles natürlich auf den letzten Nachtisch, etwa die erotische Beilage, ausgerichtet, worauf soll man denn noch warten? Nein, es geht nicht um mich, Frieder hat sie im Visier. Aber er gibt sich hart, widerspenstig, will es nicht noch einmal versuchen, zu peinlich war der schmachvolle Anblick, als sein wichtigstes Organ den Dienst versagte ... „denn die Männlichkeit zerrann ihr buchstäblich zwischen den Fingern", wie er ärgerlich hinzufügte.

„Schnee von gestern, ein letzter, vielleicht verzweifelter Versuch soll's noch sein: Jetzt nimmst du sie einfach mit nach Hause und versuchst noch einmal dein Glück, alles spricht dafür, und die häusliche Obsorge ist dir alsdann gewiss. Das ist es doch, was du nach umfassender Bedienung im Hotel Mama suchst, nicht wahr? Nimm deine sieben Buchstaben unter den Arm und walte deines Amtes."

„Dein Röntgenblick könnte einen zur Verzweiflung bringen, du hast einen wichtigen Punkt aufgedeckt. Ja, ich bin verwöhnt und habe Ansprüche, die nicht unbedingt ins Pflichtenheft der modernen Frau passen. Die liebe Sybille, so ihr Name, ist Studentin und verdient sich während der Semesterferien ein kleines Zubrot, um anschließend weiter zu studieren. Sie strebt eine akademische Karriere an und wird sich kaum als Hausfrau verdingen lassen, selbst wenn sie durchaus in der Lage ist, auch entsprechende Arbeiten zu vollbringen. Doch fühlt sie sich berufen, dereinst eine interessantere Aufgabe zu übernehmen, interessanter als Klo putzen und Hemden bügeln. Soviel habe ich bereits verstanden, doch was habe ich von einer Klugscheißerin, welche die Hausarbeit hasst? Und ja, ich schäme mich, dass ich – Mutter-sei-Dank – ebenfalls an Hausarbeit nicht interessiert bin."

„Ach so, daher weht der Wind! Dann sind also auch bei dir die Würfel gefallen, und wenn dem so ist, dann lass sie doch in Ruhe, sei nicht unfair."

„Wohl bekomm's!"

Frieder lud mich ein, ich war etwas beschämt, doch er ließ keine Diskussionen zu, dankend nahm ich an. Der Abend sollte jedoch noch nicht zu Ende sein, nein, er hatte noch einen weiteren Pfeil im Köcher. Ein weiteres Geheimnis seines Lebens als Single sollte sich zu später Stunde entschlüsseln lassen:

„Ich kenne ein Etablissement, sehr schön, sehr diskret, sehr intim, sehr teuer, aber lohnend … Bedienung durch die Frau deiner Wahl. Glaube mir, die Auswahl ist groß, die Mädchen sind nicht von Pappe, die Behandlung individuell und wunschgemäß, was will man mehr? Ja, ich gehe oft dorthin, nur dort finde ich, was ich brauche … und keine stellt Ansprüche, herrlich!"

„Na, mit der großen Kelle heute? Oder hast du etwa Aktien dort? Nein, ich habe natürlich nichts dagegen, wie sollte ich auch, aber solltest du spezielle Neigungen haben, dann wird es wohl nichts mit einer normalen Beziehung mit einer Frau aus dem Volk, so wenigstens steht zu befürchten."

„Egal, wir werden zu einem späteren Zeitpunkt darüber sprechen, heute lass es uns einfach mal versuchen, du wirst es nicht bereuen. Sei kein Spielverderber!"

„Ich sehe dein Dilemma, erkenne deine Machart, weiß nun, wie du funktionierst, es wird mir klar, wo der Hund begraben ist. Du bist einer der ganz schlimmen Sorte, nicht wahr, aber gehe hin und verrichte dein Ding, doch ich meinerseits möchte dich nicht begleiten, diese Art von Erotik, so man überhaupt von Erotik sprechen darf, liegt mir fern."

Als ich nach Hause ging, versuchte ich, über den Abend und das eher ungewöhnliche Gespräch nachzudenken. Es war noch nicht möglich, alles einzuordnen, aber einiges habe ich begriffen: Frieder war hochgradig milieugeschädigt und es war davon auszugehen, dass ihm dies noch etliche Schwierigkeiten einbrocken würde. Dass ich auserkoren war, ihm zu helfen, war vielleicht ehrenvoll, doch zweifelte ich daran, dass ich über die erforderlichen Kenntnisse verfügte, hier wirklich hilfreich eingreifen zu können; es war keinesfalls meine Stärke, solche Probleme zu lösen, sofern dies überhaupt möglich sein sollte, nein, ich war kein Seelenklempner, wenngleich ich mich oft um kranke Herzen kümmerte.

3

Familie Lindenmann

Frieder war Einzelkind mit recht typischen Merkmalen einer spezifischen Verhaltensstörung. Manche betrachten diesen Umstand als ungünstige Voraussetzung für eine ersprießliche Sozialisierung, als Hemmnis auch für eine problemlose Eingliederung in die Gesellschaft und sogar als hinderlich für eine erfolgversprechende Berufsbildung. Ob all dies bei Frieder zutraf? Manchmal, und freilich nicht in allen Belangen, könnte man den Eindruck gewinnen, dass dem so war. Was die Berufsausübung betrifft, so hatte er zweifellos keinerlei Nachteile zu verbuchen, ist er doch bis in höhere Teppichetagen aufgestiegen und genoss unter seinesgleichen ein recht hohes Ansehen. Doch in anderen Bereichen sah es etwas anders aus, indem effektiv gewisse Mankos auszumachen waren. So bestanden tatsächlich nachteilige Voraussetzungen für eine ordentliche Persönlichkeitsbildung und es war abzusehen, dass sich dieser Umstand irgendwann bemerkbar machen könnte, wobei zu erwähnen ist, dass überdies noch andere ungünstige Bedingungen zu Buche schlugen, welche eine etwas aparte Entwicklung bewirkt haben könnten. Der frühe Tod des Vaters etwa und das gluckenhafte Gebaren der alsdann alleinerziehenden Mutter, waren mit Sicherheit gewichtige Faktoren, die höchstwahrscheinlich gravierende Folgen nach sich zogen. Seine Kindheit verbrachte er wohl vorwiegend im Dunstkreis der Mutter, während die Kontakte zu Gleichaltrigen eher selten waren; sie hänselten ihn laufend und schalten ihn Muttersöhnchen, ein Ruf, den er lange nicht loswurde. So wies er dann als Erwachsener etliche eigenartige Wesenszüge auf, doch inwiefern die Ursache hierfür ausschließlich im Kinderzimmer zu suchen war, sei dahingestellt.

Die Eltern stammten beide aus sogenannt einfachen Verhältnissen, dem Prekariat jener Industriestadt am Fuße des

Juragebirges, einer idyllischen Gegend mithin, die ihre Heimat war. Die Mutter, eine etwas füllige und stets ungekämmte Frau, mit knallroten Lippen und einer Überdosis von teurem Parfum angetan – alles Geschenke des Sohnes –, war sicherlich ehrgeizig, lernte aus eigenem Antrieb einen attraktiven Beruf und schaffte es, die Familie aus den Niederungen der Armut zu befreien. Sie tat es nicht etwa, weil sie sich für ihre eigenen Eltern, Frieders Großeltern, schämte, sondern, weil sie ihrem einzigen Sohn ein besseres Leben bescheren wollte, als ihr selber ursprünglich zugemutet wurde. Sie verfolgte ihr Ziel mit Verve, arbeitete fleißig und schweigsam, übte nur selten Kritik, aber wenn doch, dann auf bissige Art und Weise. Ja, sie verstand es, ihrem Unmut Luft zu verschaffen, wenn sie es für gegeben hielt; derbe Ausdrücke aus früheren Jahren kehrten dann zurück, doch kriegte sie sich meist rasch wieder ein.

Der Vater hatte ebenfalls einen recht lukrativen Beruf, konnte ihn jedoch nur während kurzer Zeit ausüben, denn er war krank, schwer krank sogar und war längere Zeit ans Bett gefesselt, da es seinerzeit für diese Krankheit keine wirksame Behandlung gab. Er hat dann die familiären Strukturen massiv strapaziert und war lange eine Art Bremsklotz an den Knöcheln vor allem der Mutter, welche eine Dreifachbelastung zu prästieren hatte, was sie klaglos hinnahm. Alles hing an ihr, und so hat sie das Zepter übernommen und die kleine Familie erfolgreich durch stürmische Zeiten geführt, denn der Vater starb, als der Sohn noch nicht erwachsen war. Die Mutter hat sich nicht wieder mit einem Mann zusammengetan und genoss die Freiheit, die ihr jedermann gönnte, auf ihre Weise, nachdem sie von der schwierigsten häuslichen Pflicht befreit war. Sie nahm ihre Mutterpflichten bekanntlich sehr ernst und akzeptierte bedenkenlos die Folgen, welche solchem Tun innewohnten. Es war damals kein Leichtes, dieses Programm zu bewältigen, denn der Sozialbonus, den diese Mütter heute erhalten, wurde ihnen zuzeiten noch aberkannt und stattdessen kassierten sie schiefe Blicke zuhauf. Frieder, einst wohlbehütet und etwas verhätschelt, stand deshalb seiner Mutter stets sehr nahe, näher womöglich als andere Söhne, und dies zeigte sich auch noch im Erwachsenenalter. Er verehrte seine Mutter, ja, er liebte sie im Sinne der Liebe, wie sie sich nur zwischen Familienangehörigen etablieren kann. Dies war stets eine bestimmende Kraft in seinem Leben.

Sie war seine Leitfigur, sie bestimmte, wie er sich zu kleiden hatte, wohin er zu gehen hatte, was er vermeiden sollte, welche Kameraden genehm, welche unerbeten waren, und freilich auch mit welchen Mädchen er sich abgeben durfte und mit welchen nicht. Dabei war sie ganz besonders wählerisch, ja, bei genauerem Hinsehen zeigte sich, dass keine gut genug war für ihren hochgejubelten Sohn, für den sie freilich nur das Beste wollte – das stets zündende Argument besorgter Eltern, das oft so viel Schaden anrichtete. Der Verdacht, dass sie ihn einfach nicht freigeben wollte, war derweil naheliegend, obwohl er sie stets in Schutz nahm und diesen Sachverhalt dementierte ... sie sei eben allein, habe kaum Freunde und konzentriere sich ausschließlich auf die Versorgung ihres Sohnes, der sie natürlich auch finanziell unterstützte.

Die strenge Obsorge seiner Mutter hat ihn geprägt und er ging so weit, dass er ihr auch gewissermaßen seine Freizeit opferte, insofern, als dies möglich war. Vieles, was er später tat und ließ, geschah aus Rücksichtnahme gegenüber seiner Mutter und zu deren Wohl, eine Art perpetueller Danksagung mithin, die er sich zu keinem Zeitpunkt nehmen ließ. Diese Grundhaltung hemmte ihn, sodass er sich nicht so frei entfalten konnte, wie er es sich vielleicht andernfalls gewünscht hätte, war oft von Gewissensbissen geplagt, ob er so oder anders handeln sollte, fragte sich, wie es Muttern gefiele, und blieb dabei inaktiv, um kein Porzellan zu zerschlagen, eine recht schwierige Ausgangslage für einen Jungen und erst recht für einen angehenden Mann. Die Innigkeit, mit welcher er dieser Frau, und wie er beteuerte, der einzig wahrhaftigen Frau in seinem Umfeld, begegnete, und die Vertrautheit, welche sie beide an den Tag legten, veranlassten einige Schandmäuler wilde Gerüchte zu verbreiten, etwa dergestalt, dass im Hause Lindenmann schreckliche Zustände herrschten, Zustände mithin wie in Sodom und Gomorrha. Man hätte Gründe zur Annahme, dass Mutter und Sohn im selben Bett schliefen, und man wisse ja, was dies bedeute. Sie sprachen von unsittlichen Vorkommnissen, anrüchigem Benehmen und schlossen sie weitgehend von der landesüblichen Gesellschaft aus, ein Vorgang, der nicht zuletzt auch Mutters Einsamkeit sowie Frieders Misstrauen begründete. Dass die Gerüchte ins Kraut schossen, war das eine, dass aber eine regelrechte Diffamierungskampagne tobte, war des Guten zu viel, und was letztlich an all den üblen Verleumdungen dran war, konnte nie verifiziert werden. Die Mutter war zu klug, um gegen die Unterstellungen vorzugehen, denn sie sah ein, dass jede Abwehr das Feuer nur weiter angefacht hätte. Daraus ergab sich natürlich jene Isolation, von der bereits die Rede war, und die sie veranlasste, sich gegen außen hin abzuschotten, um dem Gemunkel die Nahrung zu entziehen, was nur unvollständig gelang, doch sie trug selbst dies mit Fassung und genoss das Leben mit dem Sohn, solange sie konnte.

Sie hatten freilich einige wenige Freunde, die ihnen aller Unkenrufe zum Trotz die Stange hielten. Mit denen pflegten sie normale Kontakte und sie wurden schließlich zum eisernen Schutzschild gegen allzu abenteuerliche Anschuldigungen. Sie konnten so ein soziales Netz aufbauen, das ihnen letztendlich ein einigermaßen normales Leben ermöglichte, sofern sie jene Kreise mieden, die ihnen übelwollten. Weshalb eine Familie, die ein schweres Schicksal zu erleiden hatte, dem Spott unwissender Mitbürger ausgesetzt sein muss, statt etwa mildem Verständnis teilhaftig zu werden, ist kaum nachvollziehbar, wiewohl die Regel. Es ist hinreichend bekannt, dass die Öffentlichkeit oft nicht sehr kritisch ist und durchaus brutal gegen Außenseiter vorgeht, weil sie ganz einfach nicht in ihr banalisiertes Schema passen. Letztere gibt sich aber stets als Bewahrer der Norm aus, einer Norm indes, die sie selber schuf.

Frieder absolvierte die Schule als Einzelgänger, war brav und folgsam, ein recht guter Schüler und durchlief die vorgeschriebenen Klassen in einem normalen Zeitrahmen. Er wurde häufig gefoppt, auch verulkt, aber er trug es mit Fassung. Anschließend ließ er sich in einem Beruf ausbilden, welchen ihm die Mutter empfahl, er wurde Kaufmann, später Fachmann für Finanzen, ein

Beruf, der ihm nach Besuch sehr vieler Fortbildungsveranstaltungen recht viel bedeutete: er war ein guter, geachteter Fachmann auf seinem Gebiet. Natürlich hatte die fürsorgliche Mutter recht, denn er verdiente viel Geld und führte ein aufwendiges Leben, an dem er auch seine Mutter teilhaben ließ, indem er ihr schöne Geschenke machte, Ausflüge und Ferien organisierte und sich bemühte, so viel Zeit wie möglich mit ihr zu verbringen.

Sie schätzte diese Vertrautheit sehr, betrachtete sie als verdiente Ernte und Entgelt für die entbehrungsreichen Lebensphasen, die sie ehemals seinem Fortkommen widmete, und hegte offensichtlich den Wunsch, dass sich daran nichts ändern möge. Und er verehrte sie eben nach Maßgabe seiner Möglichkeiten auch im Mannesalter, wodurch er sich die Freiheit, einen eigenständigen Lebensstil zuzulegen, gründlich verbaute. Auch war all dies Grund für seinen Entschluss, bei ihr zu wohnen, nicht nur um der Vorteile willen, welche diese Wohnform bot, sondern vor allem auch, weil er sich, wie wiederholt beteuert, nicht vorstellen konnte, sie zu verlassen und der Einsamkeit oder gar Isolation auszuliefern. Hingebungsvoll hat sie fortgesetzt für sein Wohl gesorgt und liebevoll war sein Gebaren ihr gegenüber. Man sah sie während milder Sommerabende händchenhaltend auf einer Bank am See, wo sie das bunte Treiben schweigend beobachteten, man sah sie am Sonntagnachmittag im bürgerlichen Kaffeehaus, wo sie sich einige Süßigkeiten gönnten, man sah sie mitunter auch im Kino oder Theater, beim Fußballmatch oder im Wald spazieren, zahlreiche Gelegenheiten mithin, welche anscheinend erneut Anlass zu Spott und Hohn gaben, doch sie scherten sich kaum um den erniedrigenden Klatsch, denn sie lebten so, wie es ihnen gefiel, und genossen gemeinsame Stunden wie eh und je. Und so schotteten sie ihre Welt vom eher trivialen Umfeld ab.

Die scheinbare Indifferenz, die sie zur Schau trugen, veranlasste sie, wiewohl durch den gemeinsamen Werdegang begründet, zu einem eigentümlichen Verhalten, das in der Gesellschaft nicht verstanden wurde. Sie waren freilich nicht verpflichtet, dazu irgendwelche Erklärungen abzugeben, aber sie machten sich, wohl ungewollt, irgendwie verdächtig. Dies war dann auch der

Grund, weshalb neue schwerwiegende Unterstellungen, später meist zulasten Frieders, in den Raum gestellt wurden, welche ihn zu einem Zeitpunkt, als Homosexualität noch nicht gesellschaftsfähig war, heftig diskreditierten und ihn speziell bei der Damenwelt unnötig anschwärzten, sodass ihm manche Annäherung an potenzielle Partnerinnen verunmöglicht wurde. Doch dessen ungeachtet, holte er nicht zum endgültigen Schlag gegen seine Feinde aus, sondern verfolgte beharrlich den eingeschlagenen Lebensweg, der ihm auch einige Vorteile verschaffte.

Trotzdem kam er den Spöttern scheinbar entgegen, indem er sich eine kleine Wohnung mietete und pro forma von zu Hause wegzog, in Tat und Wahrheit aber nur selten dort anzutreffen war, denn auch er mied die Einsamkeit. Es ging lediglich um ein Scheinmanöver, das ihm letztlich wenig half, aber viel Finanzen verschlang. sodass er nach kurzer Zeit diesen Unsinn wieder aufgab, aber gleichwohl lernte, dass Blendwerk oft heilsam sein konnte.

Lange Zeit lebte er somit in einer schäbigen Dreizimmerwohnung am Stadtrand, welche etliche Jahre zuvor von der alleinstehenden Frau angemietet wurde und gerade den minimalen Komfort bot, der zu jener Zeit üblicherweise zur Verfügung gestellt wurde. Sie beide, weiterhin glücklich vereint, führten ein insgesamt bescheidenes Leben, wenngleich er sich mit der Zeit einiges leisten konnte, namentlich als begeisterter Autofahrer, schöne und auch schnelle Autos, ja, bald einmal sogar Oldtimer, die er hegte und pflegte und, bei schönem Wetter nur, selbst zum Ausführen seiner Mutter gebrauchte. Ja, es war ein teures Hobby, mithin aber das einzige, außer … ja, das hatten wir schon, doch es sollte später noch zu reden geben.

Jeder sei seines eigenen Glückes Schmied, sagt ein Sprichwort, jeder liegt so, wie er sich bettet, ein anderes, hier mögen sie Anwendung finden, doch steht auch fest, dass diese Lebensart als eher ungewöhnlich bezeichnet werden musste, zumindest als eines erwachsenen Mannes unwürdig. Sie zwang ihn jedenfalls, seine wahren Befindlichkeiten zu unterdrücken, ein Prozess, der langfristig schwere Folgen haben sollte. Inwieweit die bösen

Zungen Lunte rochen, oder dann eben irrten, ist unbekannt und muss selbst bei erheblichen Zweifeln als Privatsache anerkannt werden. Und die eher funktionellen Gesundheitsstörungen, die sich mit zunehmendem Alter sichtlich mehrten, mussten, mangels Alternativen, vorwiegend auf diese außergewöhnlichen Umstände zurückgeführt werden. Ja, er war der Prototyp jenes Lehrbuchpsychosomatikers, der fortgesetzt all jenen Problemen ausgesetzt war, die üblicherweise zu diesem Symptomenkomplex gehörten ... letztlich seine Wahl allerdings.

Dass ich plötzlich und aus zunächst unerfindlichen Gründen in die Familiengeheimnisse der Lindenmanns eingeweiht wurde, muss vorerst als Zufall gewertet werden. Was ich damit anfangen sollte und wie ich mit dieser etwas sonderbaren Freundschaft umgehen musste, war zunächst auch nicht klar, aber die Gewohnheit, erst einmal zuzuhören und abzuwarten, umso mehr als es mir jeweils schwerfiel, ‚Nein' zu sagen, kam mir zu Hilfe. Nachdem auch klar war, dass ich nicht schon wieder Opfer einer homosexuellen Attacke wurde, bekundete ich damit auch keine Mühe und ein Nein zu Vertrauen und Zuneigung fiel außer Betracht.

Doch dann zeigte sich im Verlauf weiterer Gespräche, welche oft bei einem Morgenkaffee stattfanden, zu dem man sich meist vor Arbeitsbeginn verabredete, dass Frieder eine große Sorge mit sich herumtrug, die ihn bedrückte und ihm schlaflose Nächte bescherte. Ja, auch seine gewissermaßen geschützte Lebensweise hatte einen Pferdefuß und der hatte es in sich, wurde er doch zum Regisseur seines weiteren Lebensdramas, das zu beschreiben nun ansteht. Die Mutter war schon recht alt, nun, sie gebar ihn, als sie 38 Jahre alt war, spät also, und war beinahe 40 Jahre später eben weit über 70. Sie wurde krank und benötigte ärztliche Hilfe, die zunächst recht gut anschlug, doch ihre Kräfte schwanden und ihre Dienstleistungen – Haushaltsarbeit ist als Schwerarbeit anerkannt – mussten eingeschränkt werden. Das war einschneidend, doch es fanden sich Lösungen, die er sich natürlich leisten konnte. So kam es, dass die Mutter mehr und mehr auf ihn und seine Zuwendungen angewiesen war, was ihn weiter nicht kümmern sollte, denn er gewährte sie gerne. Doch eines war ihm klar: Es war zu erwarten, dass das Leben dieser tapferen Frau in absehbarer Zeit zu Ende gehen würde. Dass er sich vor ihrem Ableben nicht nur aus emotionalen Gründen fürchtete, war verständlich, denn er sah den Tag kommen, an welchem er, alleingelassen, der kostbaren Dienste, die sie leistete, verlustig ginge. Das belastete ihn schon deswegen, weil er wusste, dass er kein Leben in Einsamkeit ertragen würde, da er zuweilen an heftigen Angstzuständen litt, und dies in zunehmendem Maße. Gerade diese Angstzustände, deren Herkunft er nicht erkennen konnte, und selbst gewiefte Fachleute nicht befriedigend einzuordnen vermochten, ja, letztlich auch nicht in den Griff bekamen, begleiteten ihn fast täglich und zwar in fast allen Lebenslagen, bei der Arbeit und in der Freizeit, beim Essen und Schlafen, ja sogar beim Autofahren, was gewisse Gefahren in sich barg. Unsicherheit und Furcht vor plötzlichem Versagen griffen Platz und dieser Umstand sollte sich schließlich insofern als maßgebend erweisen, als seine weiteren Schritte, die er im Hinblick auf diese schwerwiegende Veränderung unternahm, durch diesen bestimmt wurden. Er konnte nicht umhin, sich dessen apodiktischem Diktat zu beugen, und alle künftigen Maßnahmen richteten sich danach. Dabei stellte sich heraus, dass die Frage des Alleinseins eine zentrale Rolle spielte, und es musste vor allem zur Abwehr einer Entwicklung, die ihn in die Einsamkeit führen dürfte, etwas Entscheidendes unternommen werden, mithin eine Änderung herbeigeführt werden, die imstande sein müsste, schlagartig alles zu bereinigen, sodass Zweifel und Ängste gebannt würden.

Damit rückte die Suche nach einer Partnerin, allenfalls Ehefrau, wieder ins Blickfeld seiner Vorhaben, die er samt und sonders dieser Problematik unterordnete. Keine leichte Aufgabe indes, denn noch immer haftete ihm eine Art Fluch an, der ihm die Suppe zu versalzen schien. Nun ja, es gab fraglos einige interessante Frauen, nicht zuletzt im Umfeld seines Arbeitsplatzes, die ihm gefielen, doch sie machten allesamt deutlich, dass sie keine Annäherung seinerseits dulden wollten; keine Intimitäten am Arbeitsplatz, war die Devise. Eine Ausnahme war eine ebenso gut aussehende wie tüchtige Mitarbeiterin, die seine Anwesenheit sehr schätzte und sich auch öfter mal bei ihm Rat holte, denn sie fand ihn klug und lebenserfahren, was er zweifellos, durch die Unbilden der Vorzeit gestählt, in gewisser Weise auch war. Im Ungewissen, ob er sie je seiner eifersüchtigen Mutter vorstellen könne, zögerte er zu lange und ließ geschehen, dass sie sich anderweitig band; betrüblich, niederschmetternd, doch nach seinem absonderlichen Verhalten befragt, konnte oder wollte er nicht eindeutig Stellung beziehen. Später sollte sich herausstellen, dass er erneut Versagungsängste hatte, sobald er sich mit ihr eine Bettszene auch nur ausmalte. Eine nähere Begründung dieser krankhaften Reaktion gab's nicht und erneut wurde der Ruf nach Abhilfe laut.

Er war verzweifelt, wusste nicht, ob und wie er das begonnene Kapitel fortschreiben sollte, war entmutigt und schlaffte ab. Der Elan versiegte und er wurde apathisch und inaktiv, bis ihn erneut ein Freund aufmunterte, etwas zu tun, nachdem er irgendwelche Drohungen ausstieß … was er genau sagte, behielt er ein.

Aus seiner Sicht war es – was nun folgt natürlich – der letzte Trumpf, den er noch im Ärmel hatte, und so verlegte er sich auf eine andere Taktik, die ihresgleichen suchte, scheute keine Mühe, zu verwirklichen, was aussichtslos schien, und gewann … vorerst nur, wie sich zeigen sollte.

4

Ultima Ratio
(oder der letzte Strohhalm)

Die Wende kam völlig überraschend. Der Plan, den er entwickelte, war apart, unverhofft auch die Verve, mit der er dranging, ihn umzusetzen, er war schlichtweg begeistert von seiner Idee, so kapriziös sie auch war. Nun ja, der eisige Gegenwind, der ihm seit Langem schon entgegenschlug, wie auch sein letzter Schlag ins Wasser, veranlassten ihn zu einer recht ungewöhnlichen Maßnahme, indem er zu einer Methode griff, welche ihm erlauben sollte, ohne Rücksicht auf vergangene Zeiten, nach einer geeigneten Partnerin zu suchen, die er auch ohne Gewissensbisse heiraten könnte, sofern sie dazu bereit wäre und keine schwerwiegenden Hinderungsgründe vorlägen. Er fand seinen neusten Plan zwar unkonventionell, aber gleichwohl äußerst attraktiv, die Diskretion bestens gewährt und auf potenziell störende Hintergründe pfiff er einstweilen. Wie er auf diese reichlich absurde Idee verfiel, und zwar mit dem Ziel, sich eine außerordentliche Basis zu verschaffen, ehe er sich erlaubte, zur Tat zu schreiten, wollte er vorerst nicht verraten, es war ihm irgendwie peinlich, darüber zu sprechen, denn noch hat er nichts unternommen, außer … er tat sich schwer, aber er war fest entschlossen zu handeln, denn die Mutter erkrankte immer häufiger – ihre Rolle in dieser Inszenierung ist unbekannt – und er dachte deswegen, dass die Zeit dränge. Ja, er bangte um sein Wohlergehen in der Zeit nach deren Tod und hoffte praktischerweise, sie seiner komplizierten Welt noch eine Weile erhalten zu können, doch die Tatsachen sprachen eine andere Sprache und veranlassten ihn, den Prozess der ‚Seligwerdung' zu beschleunigen. Verzweifelt also suchte er nach geeigneter Abhilfe, so wie ihm von berufener Seite – Vertrauenssache allerdings – dringend geraten wurde, hinterfragte jedoch die Maßnahme nicht und rannte sozusagen blindlings in ein neues Abenteuer, dessen Folgen er im Voraus nicht abzuschätzen vermochte. Die Sorge um die Mutter einerseits und die Suche nach einer unbefangenen und möglichst all seinen sorgsam aufgestellten Kriterien genügenden Partnerin vereinnahmten fortan weitgehend sein Sinnen und Trachten, nein, etwas anderes war nicht mehr von Interesse, sodass er keine Ablenkung mehr zuließ, er war wie in Trance. Bei den folgenden Kaffeetreffen waren dann nur mehr die soeben angeschnittenen Themenbereiche von Belang, Aktualitäten, etwa aus dem politischen oder kulturellen Sektor, waren ausnahmslos unattraktiv und wurden außen vor gelassen. Eine Art Stereotypie machte sich breit, denn jedes Mal kam diese eine Frage wie aus dem Kanonenrohr geschossen: „Wie bist du vorangekommen, lieber Freund?" ... und lange Zeit wurde Stillstand beklagt ... „nichts Neues im Osten!" ...

„Ach so, im Osten? Was hat das denn zu bedeuten?"

„Rein gar nichts, eine vermeintlich spitzfindige Abwandlung einer alten Schlagzeile, die dir, wandelndes Lexikon, bekannt sein dürfte; originell doch!"

„Sei nicht albern, du hast doch damit etwas Bestimmtes sagen wollen, ohne Anlass bemüht man doch keine noch so abgedroschene Schlagzeile, oder?"

„Na ja, es hat sich tatsächlich eine neue Spur aufgetan, die zu verfolgen sich empfiehlt, doch ist noch kein greifbares Resultat zu verzeichnen, sodass ich nicht darüber sprechen möchte. Bitte wart's ab! Ich werde dich rechtzeitig ins Bild setzen, ‚Sesam' öffnet sich rechtzeitig, vertraue mir."

„Dann zeig mal her, was du in der Busentasche verbirgst! Ich werde dir schon nicht den Kopf abreißen."

„Kopf oder Kragen, beides verlustreich."

„Na, na, lass die Katze aus dem Sack."

„Kommt nicht infrage, noch nicht. Hab Geduld und sei nicht indiskret. Wenn es in die Hose geht, will ich nicht belächelt werden, verstehst du? Ich pokere nämlich hoch und setze alles auf eine Karte, da kann der Arsch schon mal auf Grundeis gehen."

„Ach, so derbe Worte aus deinem geküsst-werden-wollenden Mund? Hast du vielleicht die Zähne nicht geputzt oder hat man dich gar einer gründlichen Gehirnwäsche unterzogen? Gestehe!"
„Nein, nein, ich übe den ‚Macho', um nicht verhöhnt zu werden. Es ist eben eine ernste Sache."
„Wohlauf dann! Wollte noch vorsorglich wünschen, dass dir der Männlichkeitswahn nicht vorzeitig in die Hose rutsche."
„Blödian!"
„Oder Hellseher?"
„Mach mich nicht fertig, bin nicht in Stimmung."

Eine Mischung von Hochmut und Scham machte sich breit und ich wusste nicht, was es damit auf sich hatte. Wir waren doch mittlerweile eine vertraute ‚Bruderschaft' und es wollte mir nicht einleuchten, weshalb er sich so distanziert gab. Doch allem Anschein nach, wollte er seine Machenschaften – waren es welche? – noch nicht bloßlegen, eine plausible Erklärung für sein geheimnisvolles Getue blieb er jedoch schuldig. Wiederholte Aufforderungen, die Karten doch endlich auf den Tisch zu legen, blieben unerwidert, nein, er blieb dabei und wollte erst dann nähere Erläuterungen ausrichten, wenn seine Aktivitäten zu einem erfolgreichen Abschluss geführt hätten, was in absehbarer Zeit wohl der Fall sein könnte, wie er selbstbewusst versicherte. Noch seien gewisse Schwierigkeiten zu überwinden, die jedoch letztlich nicht allzu schwerwiegend sein sollten, Lösungsansätze seien in Sicht und der Erfolg sei gewiss. Er sei jedenfalls sehr zuversichtlich, dennoch aber stets auf der Hut, damit keine Störaktionen vonseiten missgünstiger Kollegen sein Unterfangen unterlaufen könnten. Das sei dann auch der eigentliche Grund seiner Geheimniskrämerei, an der er noch festhalten möchte, solange er dies für erforderlich halte. Siegessicher immerhin sein Gebaren, man durfte gespannt sein und die Gründe der Geheimhaltung blieben letztlich ungeklärt, was er bemerkte und deshalb mit erhobenem Zeigefinger ergänzte:

„Du kannst dir nicht vorstellen, wie neidisch einige Kumpels sein können, und selbst einige Weiber, die zuvor nichts von mir wissen wollten, stecken nun die Nase in fremde Angelegenheiten. Ja, plötzlich bin ich interessant, im heiratsfähigen Alter wohl ... reichlich spät allerdings. Zugegeben, zu dumm, denn seinerzeit, als ich auf Brautschau war, haben sich alle desinteressiert abgewendet, dabei ... doch lassen wir's, der Zug ist jetzt abgefahren. Ja, ich bin wild entschlossen, möglichst rasch zum Abschluss zu bringen, was ich begonnen habe."

Verwirrend, all diese Andeutungen und verdeckten Hinweise auf seine Aktivitäten, die er wohl im Verborgenen wahrnahm, beinahe unerträglich somit jedes weitere Treffen, denn seine Berichterstattung ließ zusehends vermuten, dass er überhaupt nichts unternahm, und die vermeintlichen Schritte in Richtung einer dauerhaften Lebensbegleitung nur einer Finte entsprachen. Es ging ihm womöglich darum, die zahlreichen selbstberufenen Kritiker, deren unausgesetztes Getue er gründlich satthatte, zum Schweigen zu bringen. Doch nein, diese Interpretation sei unzulässig, behauptete er im Brustton der Überzeugung, entbehre jeglichen Wahrheitsgehalts und zeuge lediglich von abgrundtiefem Unverständnis seiner komplexen Situation, die er nun zu meistern versuche, und dies mit einem wasserdichten Plan, der eben noch geheim sei. Er ignorierte aber, dass er dadurch erneut ins Kreuzfeuer der Spötter geriet, doch, so seine Anmahnung, man werde schon sehen, was er wirklich draufhabe ... „Ja, ich werde ihnen die Schnäbel schon polieren, das schwöre ich hoch und heilig! Sie alle werden Fersengeld geben, um ihre Eier in Sicherheit zu bringen, die Großmäuler." Eine Art Unmut über die unliebsamen Sticheleien machte sich bemerkbar, die Muße, sich gemächlich an die kommenden Dinge heranzumachen, sei ihm verwehrt, klagte er und verbat sich jedes fortgesetzte Anfeuern. Er sei gezwungen, seine Angst und seine weiteren Befindlichkeiten so zu ordnen, dass seinem neusten Unterfangen keine Nachteile entgegenstünden, die Brautschau müsse endlich fruchten, das sei unerlässlich, sonst könne er sich gleich die Kugel geben.

„Lasst mich doch wenigstens dieses eine Mal mein eigenes Süppchen kochen, ich bitte euch inständig, es wird mir besser gelingen, wenn ich eure schlauen Ratschläge nicht befolge ... ich muss mich endlich durchsetzen, die Abhängigkeiten loswerden, denn sie rauben mir die Freiheit … wollt ihr dies denn nicht verstehen." So wurde ich zum Pars pro Toto, eine Rolle, die er mir ungefragt andrehte, doch um seinen Unmut zu stillen, nahm ich sie widerspruchslos an. Er rang um Unabhängigkeit, eine Intension, die ich natürlich unterstützte, sodass ich wunschgemäß weitere Kommentare unterließ.

Und so erschien er eines Tages bestgelaunt und mit strahlender Miene zum Kaffee und verkündete ‚Sieg'! Ja, Sieg des armen Ritters, Sieg auf der ganzen Linie, Sieg auch dank der ‚Jungfrau', welche die Heilung erwirken sollte. Stolz verkündete er, dass all seine Erwartungen sich aufs Trefflichste erfüllt hätten, kein Wunsch sei mehr offen, alles paletti! Freilich gäbe es wie immer einen leidigen Pferdefuß, doch sei dieser insgesamt allzu unbedeutend, um ins Gewicht zu fallen. Worauf bezog sich denn diese eigenartige Formulierung: Ein belangloser Pferdefuß, was, um alles in der Welt, hat man sich denn darunter vorzustellen? Wenn er belanglos ist, ist er kein Pferdefuß, unwirksam sodann, nicht der Rede wert, und fällt er erst später ins Gewicht, so ist er ernst zu nehmen … was soll's, er wird schon plaudern.

„Ja, dann lass doch die Katze aus dem Sack, mit Ungeduld erwarte ich die Auflösung des bestgehüteten Geheimnisses aller Zeiten, das nun offensichtlich seinen Status eingebüßt hat … oder etwa nicht? Weißt du, Geheimniskrämer werden nicht alt, weil sich Geheimnisse so schlecht verkaufen lassen."

„Kein Spott, mein Lieber, es ist ernst. ‚Tempora mutantur et …' ja, die Zeiten ändern sich und wir folgen deren Diktat, das ist auch für dich bindend."

„Also los, keine Sperenzchen, ich muss zur Arbeit."

„Ta, ta, taaaaa, alle Vögel sind schon da!"

„Ach wie neckisch! Schon etwas banal, deine Ausgelassenheit, lieber Freund, aber bitte beeil dich und vor allem keine Gemeinplätze mehr, dafür reicht die Zeit nicht … Vögel, ich bitte dich, was willst du mit Vögeln, etwa mit Elstern, oder Schwänen? Was darf's denn bitte sein?"

„Deine ornithologischen Kenntnisse in Ehren, aber dafür habe ich wiederum keine Zeit. Nein, heiraten will ich und zwar möglichst bald und der Vogel ist bereits eingefangen, also lass deine albernen Sprüche!"

„Die sind nicht albern, die entsprechen deinem Niveau, eine Art Spiegel also, den ich dir vorhalte."

„Till Eulenspiegel persönlich, wer hätte das gedacht. Aber du bist im Irrtum, es geht nämlich weniger um mein Niveau als vielmehr um das Niveau, meiner ... hm ... ach was, du wirst gleich sehen."

Er nahm seine protzige Ledermappe hervor, die er an diesem Morgen mitführte, eine teure braunrötliche Mappe auf deren Verschlussklappe sein Monogramm prangte. Die reichlich verschnörkelten Goldlettern ‚F.L.' sollten wohl die Feierlichkeit des Augenblicks unterstreichen, was schon deshalb weidlich gelang, weil er zur Präsentation des Inhalts eine Art Ritual vollzog, indem er ziemlich lange mit der Hand im Innern der leicht aufgeblähten Tasche verweilte und den Gegenstand der Neugierde erst nach leicht dramatisierendem Intervall herauszog ... „Das hier ist der Weisheit letzter Schluss", verkündete er mit pathetischem Unterton! „Born meines zukünftigen Lebens, Elixier für den schlappen Geist und was sonst noch alles schlapp ist ... Ha, ha!"

„Pathos pur! Lachst du dir etwa ins Fäustchen? Schön für dich, na ja, kann mir schon denken, was du sagen willst, aber welche Bedeutung soll das denn haben?"

„Meine Zukunft, kurz und bündig!"

„Gewaltiger Brocken, umfassendes Programm also, wenn du dich nur nicht übernimmst."

„Keine Angst, ich habe Fortuna gebucht."

„Ist das deine Lieblingsdame aus dem Bordell?"

„Lass deine dummen Witze beiseite! Sie sind kontraproduktiv."

Er zog eine Broschüre hervor, die mit Hochglanzpapier eingefasst war, bedeckte sie erst noch mit den Händen und hielt sie noch verschlossen vor seinem Körper. Er tat so, als wäre es ein Heiligtum, das nur zögerlich zu öffnen die Ehrfurcht gebot. Das

Bändchen war rosa und hellblau gefärbt, so viel konnte man erkennen, die Überschrift war noch verdeckt, die Spannung wuchs.

„Weißt du, Simon, hierzulande haftet mir ja der Ruch der Homosexualität an, eine schamlose Unterstellung, wie dir bestens bekannt ist, doch ich mag nicht dauernd dagegen ankämpfen, das ist mir zu mühsam und ich habe auch die Schnauze gründlich voll. Es ist ermüdend, stets dieselbe Leier zu spielen, wenn der Erfolg gleichwohl ausbleibt, und im Übrigen geht es keinen was an, wie ich mich in meiner Freizeit umtreibe, auch nicht, wenn ich hin und wieder ... na ja, du weißt schon, meine Achillesferse und endlose Quelle deiner Späße. Nun, ich habe mir gedacht, dass es vielleicht sinnvoll sein könnte, eine Braut im Ausland zu suchen, wo ich unbekannt bin und man den beinahe endlosen Rattenschwanz von Verleumdungen nicht kennt. Es gibt Agenturen" ... „ja, pass auf, Menschenhandel!" ... „seriöse Agenturen freilich, die auswanderungswillige Frauen vor allem aus Osteuropa und Asien vermitteln, und dies mit Garantie, dass es sich dabei ausschließlich um ‚Mädchen' aus besten Häusern handle, Frauen mit Elitestatus, oft akademischer Ausbildung und einem ansehnlichen finanziellen Rückhalt, um zu vermeiden, dass hiesige Männer den Eindruck haben könnten, sie würden bloß um der Bankkonten willen geheiratet, so es denn so weit kommen sollte. Hier in dieser Broschüre sind Fotos und Biografien der heiratswilligen Schönheiten enthalten; man kann sich so die ‚Angebote' zu Hause beim Feierabendbier in aller Ruhe zu Gemüte führen, um sich, nach reiflicher Prüfung und unter Zuhilfenahme etwelcher Vergleiche mit anderen potenziellen Anwärterinnen, eine von ihnen auszusuchen. Eine Pralinenschachtel voller Süßigkeiten, appetitlich und verführerisch ..."

„Hoffentlich ist keines vergiftet ... im Fall der Fälle: Arsen schmeckt nach Knoblauch, eher passend Zyankali, das nach Bittermandeln schmeckt und viel schneller wirkt als Ersteres."

„Bitte lass das Blödeln, es ist mir nicht nach Selbstmord zumute! Also weiter: Die Profile sind ausführlich beschrieben, etwas reißerisch vielleicht, aber dafür ziemlich süffig. Damit wird das Wichtigste vorweggenommen, um den Kennenlernprozess abzukürzen, und damit sich die Prozedur der Annäherung auf rein gefühlsmäßiger Ebene abspielen kann, wenn man einer Kandidatin dann ein erstes Mal begegnet: Alter, Größe, Gewicht, Herkunft, Elternhaus, Ausbildung usw. usf., mithin die ganze Bescherung aus einem Guss … und diese hier habe ich mir ausgesucht, sie hat alles, was ich mir nur wünschen kann, und dies, obwohl sie bereits einen kleinen Jungen aus erster Ehe mitbringt, den sie natürlich nicht zurücklassen kann … ja, der Pferdefuß, der noch kaum zu Buche schlägt … sechs Lenze erst zählt er."

„Der wird auch älter, jedes Jahr um einen Lenz, das ist zu bedenken, denn eines Tages wird er sehr wohl zu Buche schlagen … nicht zu unterschätzen, mein Lieber! Aber sag mal: Das darf nicht dein Ernst sein, das hast du doch nicht nötig, du alter Herzensbrecher! Egal doch, ich bemühe mich trotzdem, deine Beweggründe zu verstehen, Frauen aus deinem Umfeld zu meiden, auch verstehe ich deine Motivation zu der salbungsvollen Einleitung, die du vorgebracht hast, aber ich bezweifle, dass die Beschreibungen im Katalog allesamt der Wahrheit entsprechen. Es wird doch sicher geschummelt, denn ich glaube kaum, dass sie über Charakterfehler schreiben oder eigenes Unvermögen bloßlegen, etwa derart, dass sie des Kochens unkundig oder sonst wie schlampig seien, den Putzlappen und den Besen scheuen und sich im Bett eher tranfunzlig verhalten. Vielmehr schlägt doch eine heiratswillige Frau marktschreierische Töne an, um sich ins günstigste Licht zu stellen. Und was die mentalen Fähigkeiten sowie die monetären Aspekte betrifft, so wäre ich ebenfalls skeptisch, ist es doch ein Leichtes, in dieser Hinsicht zu blenden und die wahren Absichten zu vertuschen."

Er schlug den ausufernden Vorhalt jedoch in den Wind und bestand darauf, dass diese Agentur sorgfältig arbeite, nur vorzügliche ‚Ware' anbiete und jeglicher Zweifel unangebracht sei. Dann ließ er das Büchlein los und schlug es gemächlich auf, suchte nach seinem Lesezeichen und zeigte mir seine Wunsch-Kandidatin, deren Foto er mit einem farbigen Rand versehen und auch hinter dem Beschrieb einige Herzchen angebracht hatte, etwas pubertär zwar, aber offensichtlich in der Überzeugung, endlich beim Ziel angelangt zu sein. Amors Pfeil hat wohl bereits getroffen oder ihn wenigstens ins Visier genommen.

Das Bild zeigte eine recht junge, blonde Dame, ca. 25 – 30 Jahre jünger als er, zierlich, kräftig geschminkt und freilich so zurechtgemacht, dass ein möglichst hinreißender Eindruck entsteht ... eine flachbrüstige Rennziege mit schlanken Beinen halt, die sich ihrer Sache sicher war! Ja natürlich, sie war fraglos recht hübsch, zum Anbeißen sogar, vielleicht etwas gar jung, verfügte über einen lieblichen Gesichtsausdruck und lächelte verhalten, als ob ihr das ‚Schaulaufen' peinlich wäre, wird sie doch im Text als Tochter aus ausgesprochen gutem Hause vorgestellt, eine Frau also, welche ansonsten keine Mühe hätte, einen geeigneten Mann, ja sogar eine gute Partie zu finden. Sie war, so stand geschrieben, bereits einmal verheiratet und hatte einen kleinen Sohn, dessen Konterfei – diese altbackene Bezeichnung schien im vorliegenden Kontext seine Berechtigung zu haben – nicht vorlag. Sie habe Literatur studiert und fände zu Hause keine Anstellung, möchte daher gerne aus ihrem Leben etwas Sinnvolles machen und sei deshalb interessiert, anderswo ihr Glück zu suchen. Sie sei anpassungsfähig und auch willens, in ihrem neuen Umfeld bieder und fleißig Hand anzulegen, und scheue auch keine Mühe, ihre Tatkraft unter Beweis zu stellen, frei nach dem Motto: ‚Tue recht und scheue nie was'.

„Kenne ich: Scheue recht und tue nie was! ... Studentenverballhornung mit Tiefgang!"

„Du willst mir die gute Laune verderben, muss das sein?"

„Ich will nur den tierischen Ernst etwas abmildern! Deine Schwärmerei ist atemberaubend, kaum auszuhalten."

„Neidhammel!"

„Wie du meinst. Doch alles schön und gut, alles auch verständlich, insgesamt aber reichlich absurd: Eine reizvolle junge Frau, ihres Zeichens Akademikerin, soll in ihrem Umfeld weder Mann noch Anstellung finden, recht unglaubwürdig ... denk doch mal nach!" Doch von dieser Einrede wollte der alte Gockel, der die Angebetete schon in sein Herz geschlossen hatte, rein gar nichts wissen, er war vielmehr überzeugt, das Richtige zu tun, und hat sich längst für dieses Schokoladenbildchen entschieden, sodass er meine Einlassungen samt und sonders mit einer müden Handbewegung abtat. Ein Bauchgefühl sage ihm, dass er genau auf diese Frau gewartet habe und eine andere kaum infrage käme. Wenn eine einzige Fotografie, eine erstarrte Momentaufnahme mithin, bereits Schmetterlinge im Bauch zu erzeugen vermag, dann müsse doch etwas dran sein, so viel sei gewiss. Nun ja, er habe in der Tat auch noch andere Konterfeis angekreuzt, allesamt Abbildungen junger Damen, schön, blond, gut frisiert, doch allein diese hier hätte es ihm angetan. Sie heiße Irina und käme aus Osteuropa wie viele andere auch. Selbst der Name löse ein vortreffliches Gefühl aus, ja, verströme den Klang der Güte und Geborgenheit. Nichts sehnlicher wünsche er sich, nichts anderes sei ihm genehm, ginge es doch um nichts weniger als, wie wiederholt angekündigt, um die Gestaltung seines restlichen Lebens.

„Bis dass der Tod euch scheidet, nicht wahr."

„Esel!"

„Ich dachte, du seist tierliebend, weshalb also beleidigst du sie!"

„Richtig: also Blödmann!"

Das war also des Pudels Kern! Wenn er sich da mal nicht vertue, wollte ich noch anfügen, doch er wischte meine ernsthaften Bedenken salopp vom Tisch. Dennoch hielt ich ihm vor, dass es doch ziemlich schwierig und auch gefährlich sei, aus zweifellos geschönten Bildern und Beschreibungen auf die wahren Verhältnisse und Charaktere zu schließen. Und weiter, wer sagt denn, dass sie nicht nur lieblich aussieht, sondern auch lieblich ist, ja, noch einmal sei's betont, wer beschreibt denn schon seine Macken und Fehler und wer preist denn gar seine Kühnheit und Insolenz an. Schließlich sei zu bedenken, dass kaum jemand die wahren Gründe bekannt gibt, die ihn veranlassen, von zu Hause wegzugehen. Ja und weshalb ist sie denn geschieden, und dies trotz kleinem Sohn, der dadurch sein angestammtes Milieu verliere, da seien doch noch einige Fragezeichen vorhanden …

„Hab' acht Frieder! Du spielst mit dem Feuer, überlege gut, ob du sie wirklich haben willst. Und denke daran, dass nicht nur sprachliche, sondern auch kulturelle Unterschiede zu Buche schlagen, es ist doch nicht gerade deine Spezialität, dich mit fremdem Kulturgut auseinanderzusetzen. Die Frau mag ja hübsch sein, verführerisch sogar, mehr kannst du aus dem Bild nicht entnehmen. Ob das allein aber ausreicht, um einen ganzen Lebensabschnitt an ihrer Seite ins Auge zu fassen, ist fraglich."

„Zu spät deine Einwände, habe alles schon arrangiert, sie wird mich nächsten Monat für zwei Wochen besuchen, ich freue mich auch, sie zu sehen und kennenzulernen" ... „und vielleicht noch mehr!", ergänzte ich, eine Bemerkung, die er mit einem strafenden Blick quittierte.

„Probebeischlaf meinst du wohl ... wenn's geht, wenn nichts dagegen spricht ... hm, das wird sich zeigen, ich bin noch nicht sicher, ob ich es schaffe, du weißt schon ... im Übrigen möchte ich nicht dauernd an meine Unzulänglichkeiten erinnert werden, das nervt."

„Kommt Zeit kommt Rat, mehr ist dazu nicht zu sagen, ich wünsche dir alles Glück dieser Welt und hoffe, dass du dich dieses Mal nicht verrennst. Ja, staune nur, ich gönne dir alles, sofern deine Argumentation vollumfänglich stimmen sollte."

Ach so dacht' ich's mir doch, daher weht also der Wind, der sich bereits zum Sturm aufplusterte ... ‚Wenn das bloß nicht in die Hose geht!' Er ist ja ein reifer Mann und wird sich schon durchmausern, tröstete ich mich, denn einen weiteren Flopp sollte er vermeiden, das wäre dann mindestens einer zu viel.

Es folgte eine stürmische Zeit: Briefe flogen hin und her, alle in englischer Sprache, denn sie war des Deutschen nicht mächtig. Er seinerseits bekundete etliche Mühe mit dieser Sprache, brachte mir die Briefe, damit ich für ihn die Antworten schreiben könne, eine mühsame Aufgabe, denn auch ich war nicht gewohnt, Liebesbriefe in englischer Sprache zu verfassen. Es fiel mir auch schwer, die oft kitschigen Ausdrucksformen, die er gerne niedergeschrieben gehabt hätte, korrekt zu übersetzen, umso mehr, als ich seine wilde Überschwänglichkeit anachronistisch fand. Er benahm sich wie ein Schuljunge, der sich zum ersten Mal in seinem Leben einem weiblichen Wesen anzunähern versucht, überschüttete sie mit Superlativen, deren Trefflichkeit er kaum kennen konnte, und küsste kalligrafisch am Ende der Salbaderei, und zwar auf abundante Art und Weise ... ob sie denn seine Küsse in die Warteschlange stelle? ... diese Anmerkung fand er geschmacklos.

Die Inhalte, welche teilweise Auskunft über sein eigenes Profil gaben, waren derweil recht aufgeblasen: Er sei unternehmungslustig, ginge gerne auf Reisen – tatsächlich hatte er schreckliches Reisefieber und Flugangst –, sei aber sonst eher häuslich und pflegeleicht, nun ja, in Tat und Wahrheit besorgte die Mutter alle Haushaltarbeiten und er selber rührte keinen Finger. Ich wollte ihn in die Schranken weisen, verhindern, dass er solche Übertreibungen tätigt, da sie ein verzerrtes Bild abgäben, doch er wollte bluffen, bewusst eben, ja, sich als tapferes Schneiderlein ausgeben und ihr mit dieser Augenwischerei imponieren, eine echte Balz vollführen also ... und nein, er habe keine Angst vor dem Moment, wo der Schwindel auffliege, das ließe sich leicht erklären. Ich musste ihm deutlich machen, dass er Etikettenschwindel betreibe, indem er Inhalte vortäusche, die nicht vorhanden seien, und dass dies ungeahnte Folgen haben könnte, aber er winkte müde ab, keine Bange ... „Bis die das merkt, sind wir längst verheiratet ..."

„Pfau!"

„Eine Ehre doch!"

„Freilich, ein schöner Vogel, aber nur aufs Äußere bedacht!"

„Ja, ein Muss beim Freien. Das unterstellst du ihr ja auch, also muss ich gleichziehen, sonst schickt sie mich in die Wüste."

Er hatte keine Zeit, weitere Zweifel entgegenzunehmen, denn es mussten viele Abmachungen getroffen werden, welche vor allem im Hinblick auf ihren Besuch entscheidend waren, nicht zuletzt auch darum, weil anschließend ihre Übersiedlung anstehe, welche natürlich mit viel bürokratischem Kram verbunden sei. Der Probegalopp, als reine Versuchsanordnung zwecks kritischer Hinterfragung einer fragwürdigen Arbeitshypothese, war also nur ein billiger Vorwand, da er deren Bestätigung eiligst vorwegnahm. Nein, die Würfel waren eh' gefallen und ein andersartiger Verlauf als ein förderlicher wurde strikte wegbedungen; es müsse endlich gelingen, so sein inniger Schwur. Woher er seine Zuversicht nahm, wusste ich nicht.

So hat er sich also schon zum Voraus darauf eingestellt, dass er all die administrativen Vorkehrungen treffen werde, damit am Tag ihrer definitiven Ankunft im verheißenen Land – wo Milch und Honig fließt, versteht sich – alles reibungslos vonstattengehe. Diesen Wunsch wolle er ihr erfüllen, denn sie habe genügend Probleme gehabt, sich vom Elternhaus und der Familie zu lösen ... Ach so! Weshalb wohl?

Der Acker war gepflügt, die Aussaat konnte beginnen, die Ernte sollte nach einiger Zeit so üppig wie möglich ausfallen, das war die unumstößliche Hoffnung, die Aussicht auch auf ein behütetes Leben nach Mutters Abgang, ein vorzeitiger Ersatz also, den er sich rechtzeitig zulegen wollte. Ersatz immerhin der bestgeliebten Person, die derweil nicht um ihre Meinung gefragt wurde. Mutters Widerstand, vorprogrammiert und so sicher wie das Amen in der Kirche, war nicht eingeplant.

5

Der Probegalopp

Es dauerte nicht lange und die Zeit war gekommen, das junge Pferd auszuprobieren. Könnte ja sein, dass es zu jung und temperamentvoll war, um Frieders Möglichkeiten auszureizen, war doch abzusehen, dass seine Kapazitäten auf diesem Gebiet unzureichend sein könnten. Er war nicht mehr der Jüngste, was befürchten ließ, dass allein der große Altersunterschied zu sehr ins Gewicht fallen könnte, um die erhoffte Harmonie, die bislang schmerzlich vermisst wurde, zur Zufriedenheit beider zu erwirken. Schon klar, das Bild im Katalog ließ auf eher dünnere Oberschenkel schließen, weshalb der sogenannte ‚Killing Factor' ausbleiben dürfte und er sich echte Chancen ausmalen konnte, seiner verklemmten Männlichkeit zum endgültigen Durchbruch zu verhelfen.

Ja, Probegalopp! Frieder verabscheute diesen Ausdruck, den ich ihm genüsslich unter die Nase rieb, unter anderem auch, um ihm die Fragwürdigkeit seiner Aktion deutlich zu machen. Doch, so seine Entgegnung, er sei weder ein Hengst, noch sie eine Stute, wenngleich einzugestehen sei, dass das Männlein das Weiblein suche, in diesem Falle jedoch nicht um der Fortpflanzung willen, sondern aus therapeutischen Gründen. Aha, gewöhnungsbedürftige Motivation ... schlagfertig immerhin, die Antwort, doch darum ging's ja nicht, nein, das ganze Arrangement mutete eigenartig an und forderte den Spott geradezu heraus. Es sah nämlich alles so aus, als ob man einen Sessel kaufe und ihn vom geschäftstüchtigen Möbelhändler zur Probe für eine Woche oder zwei, zwecks Ausprobierens, in die Stube gestellt bekomme, auf dass man ihn anschließend aus Überzeugung kaufe oder bei Untauglichkeit zurückgeben könne. Ich fand dieses Vorgehen im Zusammenhang mit der Findung einer Lebenspartnerin reichlich geschmacklos und fragte deshalb, ob denn eine solche Maßnahme überhaupt Erfolg versprechend sei ... freilich, die prompte Antwort, der Vertrag sei ja entsprechend formuliert ... aha, wenigstens das, doch egal, so war's nun mal organisiert, so fand's statt ... ich war gespannt, aber auch geängstigt, wäre doch ein Flopp kaum verkraftbar.

Nun ja, ein Monat nach der feierlichen Eröffnung seiner Anwartschaft hatte das lange Sehnen ein Ende, der Tag der Freude brach an. Frieder war völlig aus dem Häuschen und freute sich auf neue Abenteuer, die für die Zukunft wegweisend sein sollten. Er wusch seinen Jaguar, polierte ihn auf Hochglanz und schmückte ihn im Innern mit Blumen und sonstigem Tinnef. Er scheute keine Mühe, den Empfang seiner Erwählten so königlich wie möglich zu gestalten, und tat, als käme die Prinzessin auf der Erbse persönlich, und dass er sich nicht im Smoking präsentierte, war überdies erstaunlich. Er dachte, dass größtmöglicher Pomp die Frösche in die Kirche treibt und Irina in seine Arme, und deshalb die Märchenwelt, die er ihr verschrieb, schlichtweg unwiderstehlich sein müsste. Dabei entging ihm, dass eine Fiktion, mehr war es ja nicht, niemals langfristig aufrechterhalten werden kann und bald einmal wie ein trockenes Biskuit zwischen den Fingern zerkrümelt wird.

Er fuhr zum Flughafen, wo er sie mit großem Prunk empfangen wollte, um deutlich zu machen, dass sie die Hoffnungsträgerin schlechthin sei. Sie sollte unmittelbar spüren, dass ihrer Ankunft ein immenses Potenzial beigeordnet wurde und eine Kraft innewohne, die künftig unverzichtbar sein würde. Die Vorstellungen, wie er diesen Eindruck unmissverständlich klarmachen könnte, waren zunächst ziemlich wirr, doch später kristallisierte sich eine Luxusversion heraus, die ihm geeignet schien, seine initiale Botschaft instantan zu vermitteln.

Er stellte sich vor dem Ausgang an, dort, wo meist sehr viele Leute warten, begab sich hinein ins Gewusel und hoffte, dass er dank seiner Körpergröße gleichwohl gut sichtbar sei, denn sie hatte bisher nur seine fotografischen Porträts gesehen, die natürlich geschönt waren: Anzug, Schlips, ausnahmsweise gekämmt, lächelnd und der absichtlich schräg nach oben über die Brust gelegte Arm machte eine sehr teure Uhr frei, die er sich absichtlich für diesen Anlass kaufte. Klar, dass er sie mit Reichtum beeindrucken wollte, was er ihr, der Tochter aus begütertem Hause, schuldig zu sein glaubte. Sie sollte offensichtlich in Kenntnis gesetzt werden, dass sie nicht in einem Armenhaus lande.

Sie ihrerseits hat anscheinend auch keine Mühe gescheut, sich zum alles entscheidenden Stelldichein so herauszuputzen, dass einem die Sinne schwinden sollten, was kein Leichtes war, denn sie war sehr klein und zierlich und verfügte nicht über jene barocke Weiblichkeit, die gemeinhin als umwerfend galt. Sie erschien ohne Sohn, versteht sich, wie eine Göttin auf Inspektionsreise, und versprühte huldvoll jede Menge von Güte und Tugend. Ihre Aufmachung, welche jedem Zuckerbäcker, hätte er eine auch nur ansatzweise ähnliche Torte gebacken, zu einem Eintrag im Guinnessbuch der Rekorde verholfen hätte, war geradezu sagenhaft, aber im Grunde eher abstoßend und geschmacklos, derart nämlich, dass man sie in einem seriösen Haus kaum willkommen geheißen hätte. Ja, sie war völlig überkandidelt, vielleicht teilweise verspielt, doch bei genauem Hinsehen kaum verführerisch, was man eigentlich erwartet hätte, nein, sie glich viel eher einer geschniegelten Schaufensterpuppe und machte den Eindruck einer bewussten Fälschung. Im Haar trug sie eine rot-gelbe Blume, die bereits etwas welk war, und um den Hals eine Kette mit protzigen Glasklößen, die sie fast zu Boden zog … ihr Kleid war weiß mit rosaroten Bordüren sowie Rüschchen und Spitzen besetzt. Das neckische Hütchen pinkfarben, schelmisch schief aufgesetzt, dazu passende, armlange Handschuhe, pinkfarbenes Täschchen und ebensolche Schuhe, außerdem Schmuckstücke überall, wo man welche hinhängen konnte. Alles schien so eingerichtet zu sein, als ob sie gleich zum Traualtar schreiten wolle.

Es war wohl der Augenblick, als er das ‚Welcome' stammelte, das ich ihm eingebläut hatte, und sie habe ihm, so erzählte er später, steif wie ein Spazierstock, die Hand gereicht und nahezu emotionslos erwidert: „Ach, wie liebenswürdig, danke!" … einer einstudierten Bühnenrolle gleich, kam das passende Sätzchen daher, auswendig gelernt halt. Und das war dann auch schon alles und auf der Heimfahrt verfuhren sie vermutlich wie die ‚Kinder eines geringeren Gottes', denn freilich konnte sich kein vernünftiges Gespräch entwickeln und die Verführungskunst musste sich auf Gesten beschränken ... ein wenig ermutigender Auftakt.

Nein, ich war nicht dabei, doch als sie zu Hause ankamen, habe ich sie gerade noch in dieser Aufmachung gesehen, denn ich wurde zwecks unvoreingenommener Begutachtung gleich am ersten Abend zum Essen eingeladen, eine Ehre, wie mir wiederholt weisgemacht wurde. Dabei ging es zwar nicht in erster Linie darum, mir eine Meinung zu bilden, sondern vielmehr darum, mit ihr zu sprechen und ihre Aussagen zu übersetzen, denn noch immer war die englische Sprache, die einzige Fremdsprache, die beide sprachen, doch ungenügend beherrschten, mithin ein schwerwiegendes Hindernis für eine erfolgreiche Balz. Sie war offensichtlich erstaunt, denn in seinem Profil war die Mehrsprachigkeit ausgewiesen, und sie stellte sich wohl die Frage, welche weiteren Lügen oder zumindest Übertreibungen denn noch darin enthalten sein könnten. Dass sich zu diesem Punkt noch Zweifel einstellen sollten, stand, wie zuvor bereits angemahnt, natürlich zu befürchten, inwieweit diese maßgeblich sein könnten, sollte sich erweisen; ja, Ungemach schien zu drohen. Doch die Karten waren verteilt und das Spiel konnte beginnen, eine Art Poker mit sehr hohem Einsatz und großem Risiko.

Zunächst war Friede, Freude, Eierkuchen angesagt. Es ging um erste Annäherungsversuche, ein Küsschen hier, ein Küsschen dort, Händchen halten, mit geschürzten Lippen und abgespreiztem Kleinfinger am Weinglas nippen, essen wie ein zartes Vögelchen (also doch!) – man habe während des Fluges reichlich ‚Food' gekriegt – Süßigkeiten jedoch noch und noch und Kaffee aus einem Tässchen aus Meißener Porzellan, ja, alles bis in kleinste Detail ausgefeilt, und so verging ein nichtssagender erster Abend mit ausschließlich Smalltalk und geringem Informationsfluss. Natürlich wäre es unfein gewesen, gleich zu Beginn alles vorzulegen, was man im Gepäck mit sich führte, aber etwas mehr Brennstoff hätte ich von einer Literatin schon erwartet. Schön und gut, ich war im Grunde ja ein Fremdkörper und wurde von ihr auch dementsprechend negligiert, sah ein, dass meine Anwesenheit trotz guter Dienste, die ich versah, bald einmal unerwünscht war, und zog mich höflich zurück. So habe ich mich kurzerhand verabschiedet, denn die Idylle, so es eine werden sollte, müsste, nach ausreichend vorgeschützter Schüchternheit, ungestört ihren Lauf nehmen können. Ich hatte jedoch den Eindruck, dass sich diese beiden kaum unterhalten konnten, denn ohne meine Dolmetscherdienste war wohl Stummfilm angesagt, was Frieder kaum entgegenkam. Na ja, dachte ich, während eines Schäferstündchens sind nur wenige Worte vonnöten, alles Weitere geht nach althergebrachtem Muster ab, etwa wie es seit Menschengedenken gepflegt wird. Nicht ohne viel Glück zu wünschen, verließ ich die Wohnung, welche, Mutter-sei-Dank, noch nie so sauber war wie an diesem Abend.

Es war zweifellos von Vorteil, dass er zum fraglichen Zeitpunkt eine eigene Wohnung besaß, die allerdings zu klein war, um später Obdach für Frau und Sohn zu bieten. Eine Lösung dieses absehbaren Problems stand noch aus. Eine sofortige Einführung bei Muttern wäre zudem eher ungünstig gewesen, denn sie sah sich als rechtschaffene Frau, mit bodenständigen Vorstellungen, welche sich mit der Erscheinung dieser Dame, Anwärterin auf den Posten der Schwiegertochter, kaum vertragen hätten. Er erkannte wahrscheinlich diese Unvereinbarkeit und machte sogleich klar, dass er die Einführung in die Familie auf später verschieben wolle, zunächst müsse nämlich klar sein, ob eine Fortsetzung im erhofften Sinn überhaupt denkbar und erstrebenswert wäre; man sollte die Pferde nicht unnötig scheu machen, monierte er, und beließ es bei dieser lakonischen Bemerkung. Doch diese an sich verständliche Vorsichtsmaßnahme führte dann wiederum zu einem seltsamen Paket von Ausflüchten und Zwecklügen, indem er vorgab, mit ihr zu verreisen, in die Berge etwa, wo sich bekanntlich unser Land von der besten Seite zeige, ein Gespinst indes, in welchem er sich wiederholt verhedderte, was zu peinlichen Zwischenfällen führte, die Irina aber – sprachbedingt –

nicht mitbekam. Stattdessen saßen sie nämlich in der schäbigen Einzimmerwohnung, welche keinen repräsentativen Wert hatte – von wegen, kein Armenhaus – und wer weiß, was sie sich dabei gedacht hat, nachdem sie wohl eher einen stinkreichen Manager in einem Palast mit goldenen Fliesen anzutreffen hoffte. Es sei eine Zwischenlösung nur, die Wohnung, welche er kaufen werde – der Vertrag sei bereits unter Dach – und die dann auch zu ihrem Obdach würde, sei luxuriös, groß und hell. Das war keine Lüge, aber eine massive Übertreibung, denn auch er focht lieber mit geringen Mitteln als mit der großen Kelle.

Frieder hat sich für die ganze Zeit ihres Aufenthalts Ferien genommen, denn die Brautschau sollte als wichtigstes Ereignis seines Lebens mit ‚Pomp and Circumstance' – Irinas fantasievolle Beschreibung – in seine Biografie eingehen. Damit unterstrich er auch die Wichtigkeit, die er diesem Anlass zuschrieb, während sie ihn mit dem Hinweis auf Elgars Marsch eher geringschätzte, aber vielleicht wollte sie auch nur demonstrieren, wie gebildet sie war. Doch wie auch immer, die Umstände dieser ersten Begegnung waren alles andere als bekömmlich und die Reaktion der umworbenen Dame stand noch aus.

Wie die beiden dann diese zwei ersten gemeinsamen Wochen verbrachten, wurde nicht wirklich kommuniziert, auch nicht, wie sie sich verständigt haben, doch ich habe mich rausgehalten, denn diese Farce wollte ich keinesfalls von A bis Z mitspielen, zumal ich am ersten Abend, aufgrund ihrer Aufmachung und Reserviertheit, den Eindruck gewann, dass sie ein falsches Spiel treibe … nein, ich konnte dies noch nicht festmachen, doch der ungute Eindruck wollte einfach nicht weichen, es blieb jedoch ein böses Bauchgefühl.

Es ist somit auch nicht bekannt, ob die geplante Idylle stattfand und, wenn ja, wie sie sich entwickelte, und ob überhaupt etwas lief, die Berichterstattung war eben mangelhaft, na ja, Privatsache freilich. Er sei von ihr sehr angetan, habe sich vielleicht verliebt, aber bei diesen dürftigen Angaben blieb es dann auch. Es wurde allerdings ruchbar, dass er sie zeitweise allein ließ, weil er sich nicht vorstellen konnte, die Mutter während zweier Wochen allein zu lassen, doch wie oft er sie während dieses Zeitraums besuchte, ist ebenfalls unklar, denn er wagte es nicht, über dieses ziemlich peinliche Detail zu sprechen. Zudem machte er keinen glücklichen Eindruck, aber er verschwieg die Gründe, die seine Vision trübten.

Ob er der Mutter, entgegen seinem Vorsatz, die gestelzte Dame gleichwohl vorstellte oder bloß gewisse Schäker-Pausen – sofern – einlegte, ist somit offen. Die Mutter war dann bei einem späteren Gespräch auch eher reserviert, vielleicht sogar ziemlich verstockt, sodass davon auszugehen ist, dass Frieder ihr zumindest über die Probezeit einschlägige Informationen zukommen ließ. Sie wollte sich keinesfalls einmischen und übte krampfhafte Zurückhaltung. Begeistert war sie jedenfalls nicht und es war in diesem Fall ohnehin Vorsicht angebracht, denn sie hatte ja zu befürchten, dass er sie der Prinzessin wegen verlassen könnte, zumal es undenkbar war, eine ganze Familie in ihrer kleinräumigen Wohnung zu beherbergen, hierzulande auch unüblich und kaum förderlich. So muss auch mit einer gehörigen Portion Eifersucht gerechnet werden, welche vermutlich ihre Befindlichkeiten trübte, doch sie sagte bloß, dass sie exaltierte Weibsbilder nicht möge und daher bezweifle, dass der geliebte Sohn mit dieser Schießbudenfigur glücklich werde ... harte Worte!

Erst rund eine Woche nach ihrer Rückreise haben wir uns zum gewohnten Kaffee getroffen und ich war natürlich auf seinen Rapport gespannt. Er war in einer eher gedämpften Stimmung, die Begeisterung hatte sich sichtlich gelegt und sein Bericht fiel durchzogen aus. Die Kommunikation sei erwartungsgemäß beschwerlich gewesen: sie auf Englisch, das deutlich magerer war als erwünscht, er radebrechend mit Diktionär bewaffnet, eine einzige Mühsal, alles wohl gespickt mit Missverständnissen. Dennoch glaube er, einiges verstanden zu haben.

Ach ja, sie sei bestimmt seine Herzdame, daran bestünden keine Zweifel, doch sei sie fordernd und ziemlich kompliziert, sodass er nicht wisse, ob sie sich tatsächlich zu einem Paar zusammentun sollten. Ihre Vorstellungen einer Zukunft mit ihm seien überbordend, ja, würden sein Budget bei Weitem übersteigen, und die Aussicht, fortan eine kleine Patchwork-Familie zu unterhalten, erschrecke ihn zutiefst, denn er wisse nicht, ob er sich eine solche leisten wolle oder eben auch könne. Eine Karriere als Familienvorstand von ungeahnten Dimensionen anzustreben, sei wohl reichlich vermessen, denn er habe keinerlei Erfahrung in solchen Dingen. Zu dumm, da hätte er endlich die ideale Partnerin gefunden, doch seien die Umstände hinderlich, womit er denn so was verdient habe, nein, er habe eben kein Glück.

Zweifellos sei sie sehr klug und habe entsprechend ambitiöse Pläne: Sobald sie hier sei, wolle sie möglichst rasch Deutsch lernen – wenige Wörtchen habe sie schon gelernt – und ebenso rasch ein eigenes Berufsleben anvisieren, während sie eine Rolle als Hausmütterchen ausschloss, nein, das sei nicht ihr Ding, obwohl … aber das sollte sich weisen. Der Sohn müsse ohnehin zur Schule, wohl erst, nachdem er die Sprache erlernt habe, doch sei es unabdingbar, dass an arbeitsreichen Tagen die Schwiegermutter für ihn kochen und die Hausaufgaben überwachen müsse, sie habe ja keine anderen Aufgaben mehr. Doch dieses Ansinnen, so seine dezidierte Einlassung, könne sie natürlich vergessen, denn es sei unwahrscheinlich, dass seine Mutter den ziemlich ungestümen Jungen hüten werde, ist sie doch alt und gebrechlich und überdies wenig begeistert von seinen Plänen, die auch ihr Leben umkrempeln dürften. Doch abgesehen von diesen rein technischen Fragen sei der Probegalopp – dein Lieblingswort, nicht wahr – recht erfolgreich verlaufen und sie hätten beschlossen, so bald wie möglich zu heiraten, denn sie wolle nicht unnötig Zeit verschwenden, bis sie unter die Haube komme. Dabei sei wohl abzusehen, dass er die Haube tragen werde, sofern sie den entscheidenden Schritt unternähmen. Die Übereinkunft war wohl rein technischer Natur, von Gefühlen oder gar Liebe sei zu keinem Zeitpunkt die Rede gewesen, traurig doch. Es hörte sich an wie ein Geschäft, was es vielleicht auch war. Sie sei bestimmt eine dominante Figur, die keine unnützen Worte verschwende, und das könnte im Konkurrenzkampf mit Mutters Position in seiner Vorstellungswelt zur Knacknuss werden, er sei sich dessen bewusst, zumal auch er selber keine Lust habe, sich wie ein Schüler herumbefehlen zu lassen. Doch am Ende des Probegalopps war das Vertragswerk besiegelt, der letzte Abschnitt von Frieders Leben konnte beginnen und die Uhr der Ewigkeit begann zu ticken … sofern, aber der mentale Vorbehalt war nur mein Ding.

Nein, er sei beileibe nicht sicher, ob er das Richtige tue – aha! – und inwiefern eine gewogene Anpassungsphase hilfreich sein könnte, einen gangbaren Weg zu finden, sei offen, wiewohl unabdingbar. Dass er sich überhaupt solche Gedanken machte, war derweil erstaunlich, in Kenntnis seiner bisherigen Lebensweise allerdings verständlich, sprach doch diese Einschätzung von einer bestimmten Weitsicht, die nur durch seine sture Haltung konterkariert wurde. Weshalb er in Anbetracht solch trüber Aussichten einer baldigen Heirat zustimmte, war mehr als verwunderlich, denn all die voraussichtlichen Baustellen würde er kaum je fristgerecht beseitigen können. Schloss er etwa den Pakt mit dem Teufel?

„Schön und gut, aber diese vorwiegend sachlichen Erkenntnisse können doch kaum maßgebend sein für euren Entschluss, euch definitiv zusammenzutun. Heirat bedeutet Bindung, auch juristisch, verstehst du, als Versuchsballon eignet sich diese Methode kaum. Aber – ein gewichtiges Argument aus meiner Sicht – wieso sprichst du nicht von Liebe oder wenigstens Verliebtheit, die sich bei dieser Gelegenheit hätte einstellen sollen, das wäre doch weit wichtiger gewesen als Budgetverhandlungen. Günstigstenfalls wäre dadurch gar eine Art Hoffnungsschimmer, wenngleich keine Garantie, auszumachen gewesen, warum habt ihr das verpasst? Weißt du, Liebe ist einfach da, kompromisslos, vollständig vereinnahmend. Ihre Existenz zu hinterfragen, ist müßig, weshalb es unmöglich ist, sie willkürlich aus dem Hut zu zaubern, ist sie doch unfasslich und kaum zu definieren. Trotzdem wäre sie doch eine unabdingbare Voraussetzung für eine Heirat, die euch möglichst lebenslängliche Bindung – oder Gefangenschaft – bescheren sollte. Doch wie auch immer, habt ihr denn wenigstens einmal miteinander geschlafen, das ist doch heutzutage das Minimum einer keimenden Beziehung. Ich meine, man kauft doch nicht die Katze im Sack."

„Ja, sie ist eine Katze, kratzbürstig und unwillig … schade allerdings, aber diese Haltung war determinierend, sie war eine uneinnehmbare Burg und meine Belagerungstaktik war unzureichend. Zu einem Beischlaf sei es aber auch nicht gekommen, weil sie ihre Tage hatte, leider, ich hätte es gerne versucht, nicht zuletzt, um zu wissen, ob es denn mit ihr funktioniere oder eben auch gewisse Hemmungen zu Buche schlügen. Sie ist recht prüde, ich habe sie nicht einmal nackt gesehen, es hätte mich sehr gelüstet … nein, sie gab sich verklemmt und ich mochte sie nicht drängen, um nicht unnötig Porzellan zu zerschlagen. Wenn wir dann die neue Wohnung am Quai beziehen, wird sich alles geben."

„Wenn du nicht später Porzellan zerschlägst, nachdem alles in trockenen Tüchern ist. Aber eines lass mich noch anfügen: Es ist doch eigenartig, eine rund zweiwöchige Menstruation vorzuschützen, das habe ich kaum je gesehen und aus beruflichen Gründen hätte ich davon mindestens Kenntnis haben sollen … na ja, eher unwahrscheinlich, eine billige Ausflucht, doch du konntest es ja nicht kontrollieren … zudem: Wäre es nicht angebracht gewesen, den Zeitpunkt für diesen Besuch besser auszuwählen? Frauen kennen meistens ihren Kalender. War es etwa Absicht?"

„Ich weiß nicht, aber irgendetwas war verwirrlich, sie war nicht offen, zeitweise gar richtiggehend zugeknöpft. Freilich hat mich die Dauer ihrer Menstruation auch verwundert, doch meine Mutter sagte, sie hätte jeweils 10 Tage lang geblutet …"

„Du hast doch nicht mit deiner Mutter über eine solche Angelegenheit gesprochen, das ist unsensibel …"

„… es sei denn, wir hätten ein so enges Verhältnis, dass wir alles miteinander besprechen können. Wir haben keine Geheimnisse, musst du wissen, und in Frauensachen ist sie mal meine Ratgeberin."

„Nun gut. Das ist eure Sache, ich meinerseits finde, dass es gewisse Bereiche gibt, in welchen eine Mutter nichts zu suchen hat, und umgekehrt, doch soll dies meine Meinung bleiben, die du nicht zu teilen brauchst. Feststeht jedoch, dass du in wenigen Monaten eine Frau heiraten wirst, deren Weiblichkeit du nicht kennst, und das ist gerade in deinem Fall zumindest unvorsichtig, da du nicht weißt, ob du im Ernstfall auch richtig funktionieren wirst … abenteuerlich, aber deine Sache."

„Ja, lass das mal meine Sorge sein, es wird sich alles zum Besten wenden."

»Dein Wort in Gottes Gehörgang!"

„Und du musst immer das letzte Wort haben!"

„Des Beirats Pflicht!"

„… und des Eleven Recht!"

Die Ämter, die er in der Folge abklapperte, waren zahlreich, die Zahl der Formulare, die er auszufüllen hatte, abundant, die spöttischen Bemerkungen, die er sich gefallen lassen musste, beleidigend, das Resultat jedoch befriedigend: Irina durfte einreisen und einer Hochzeit stand nichts mehr im Wege … das Schicksal hat endgültig zugeschlagen! … Er fühlte sich etwa so wie ein Marathonläufer beim Erreichen des Ziels, ausgepumpt, erschöpft, aber glücklich, und hoffte, auch in Zukunft dieses Glücksgefühl genießen zu dürften.

Aus Irinas Tagebuch:
Ich wollte schwimmen gehen unten am Fluss, wo alle hingehen, wenn's heiß ist. Es waren auch viele Leute dort, so habe ich mich etwas abseits postiert. Ich nahm Oleg mit, er sollte sich auch etwas abkühlen. Am Fluss streifte ich mein Sommerkleid ab, nahm Oleg aus dem Wägelchen und zog ihn aus, nahm ihn auf den Arm und wollte ins Wasser gehen. Da kamen zwei kräftige, schwarz gekleidete Männer auf mich zu und fragten mich nach meinem Mann … er arbeite, sei in der Fabrik anzutreffen … das stimme nicht! Einer davon – er stank fürchterlich nach Schweiß und Alkohol – nahm mich ruppig am Handgelenk: „Wo ist er? Du weißt es, Schlampe!" Ich wusste es wirklich nicht, er ließ ab und ich wurde mit Verdacht entlassen: „Ich finde euch! Auch deinen

Sohn, wenn's denn sein muss!", stieß er drohend hervor, schon ging er zusammen mit dem Kumpel wieder weg und zeigte mir noch den Stinkefinger. Die Vergangenheit holte uns also ein, nun ja, ich wusste Bescheid, ungefähr zumindest. Ich hatte Angst! Er würde bestimmt wiederkommen, das war so gut wie sicher.

Ich muss so schnell wie möglich weg hier, ich werde bedroht und auch mein Sohn ist in Gefahr, man sprach auch von Entführung. Das muss mit der eher fragwürdigen Geschäftstätigkeit meines Mannes zusammenhängen, von der ich zu wenig weiß, um abzuschätzen, wie gefährlich meine Lage ist ... ich kenne nicht einmal die Leute, von denen er womöglich Geld geborgt hatte, die kennen bekanntlich keinen Spaß.

Und nun zeigt sich auch, dass der ungewollte Sohn, Frucht einer Liebesnacht, zur Hypothek wird. Ich fühlte damals, als ich ungewollt schwanger wurde, instinktiv, dass er mich immer wieder behindern würde, aber ich habe keine andere Wahl, als ihn mitzunehmen, wenn ich fliehe. Auch bin ich es meinem Mann schuldig, der nun eine lange Durststrecke im Alleingang hinter sich bringen muss, sofern er noch immer davon träumt, eines Tages wieder mit seiner Familie zusammenzuleben, ein Ansinnen, das er wiederholt bekräftigte. Ich bin nicht glücklich über diesen Entscheid, aber ich bin gezwungen, ihn zu fällen, wenn auch ich meine Pläne realisieren will, und das ist selbstredend mein Recht.

Ich melde mich also in einem ‚Kupplungsinstitut' an, natürlich einer seriösen Agentur, welche Elitepartner ins Ausland vermittelt, und suche einen Mann, der mich ehelicht, und sei es nur zum Schein, Hauptsache, er holt mich da raus. Ja, es wäre besser, wenn ich mich nicht verheiraten müsste, denn es widerspricht meiner Moral, aber ohne geht's eben nicht. Und deshalb muss ich mich auch scheiden lassen, sonst bin ich nicht heiratsfähig. Mein Mann ist mit diesem Vorgehen einverstanden, es dient auch seinen eigenen Plänen. Hoffentlich verliebt sich der Mann im Ausland nicht in mich, dann käme ich in echte Verlegenheit.

Ein hirnrissiger Plan, eine Zumutung dem auserwählten Opfer gegenüber, doch was soll's, ein bisschen Machiavellismus tut not.

6

Herkunft und Flucht

Normalerweise steht am Anfang einer folgenschweren Entscheidung vom Zuschnitt einer Heirat, mithin einer Verbindung fürs Leben, eine gründliche Nachforschung über die Herkunft einer zukünftigen Partnerin, geht es doch nicht zuletzt darum, ihren familiären und kulturellen Hintergrund zu kennen. Dies müsste insbesondere dann vorrangig vorangetrieben werden, wenn sich zwei Menschen verschiedener Religionszugehörigkeit sowie auch aus unterschiedlichen Kulturkreisen zusammentun, nicht zuletzt um der simplen Verständigung willen, welche sie ihrem gemeinsamen Lebensweg zugrunde legen wollen. Namentlich hier war ja nicht nur ein Zusammenschluss mit einer Frau aus fernen Landen – eine Hypothek vermutlich – und deren Sohn geplant, sondern es war auch abzusehen, dass ein näherer Kontakt zu ihrer Familie zustande kommen könnte, ein Kontakt also, der familiären Charakter haben würde und damit sehr persönliche Angelegenheiten mit einschließen sollte. Ob dies erwünscht oder unerbeten, denkbar oder völlig absurd sein würde, ja, unter welchen Voraussetzungen überhaupt machbar wäre, ist allemal zu klären. Viele Fragen, die weit mehr Ungewissheiten betreffen, als je behoben werden dürften, könnten anstehen, etwa die Frage, weshalb sie denn ihre Heimat verlassen wolle, rasch möglichst sogar, wie sie in einem emphatischen Brief schrieb. Was mochte sie denn ausgefressen haben? Ja, wer war sie überhaupt, wer ihre Eltern, ihr Bruder, ihr Ex-Mann, ihr Sohn. Weitere Fragen, die er als künftiger ‚Sponsor' einer neu zu gründenden Familie wohl aufwerfen musste, um zu erfahren, worauf er sich einließ, und schließlich auch um abzuschätzen, ob sich mit der geplanten Verbindung sein deklariertes Lebensziel erreichen ließe. Weitere Baustellen waren ebenfalls in der Warteschlange, alles letztlich entscheidende Fragen, die sein Tun rechtfertigen sollten. Ja, er war dabei, größere und zweifellos auch langfristige Investitionen zu tätigen, ohne zu wissen, ob sie die erhoffte Wirkung auch erzielen werden. Doch gerade diese Thematik konnte nicht ungehindert erörtert werden, denn es wurde recht viel getan, um die hierzu erforderliche Transparenz zu verschleiern, und bald einmal stellten sich Zweifel ein, ob denn alles seine Ordnung habe. Viele Ungereimtheiten zeigten sich bereits im Vorfeld der großen Feier und stimmten Frieder nachdenklich, vorübergehend nur versteht sich, denn noch überwog der Opportunismus, den er sich für diese Aktion aufs Banner schrieb, eine Art Attentismus mithin, der alle Bedenken aus dem Felde schlug.

Eigenartige Dinge trugen sich zu: So wurde er beispielsweise kurzerhand gefragt, ob er dem Vater nicht ein Bankkonto zur Verfügung stellen könne ... eine unbedeutende Summe nur sollte überwiesen werden, nein, nein, keine Bange, es ginge nur darum, der Tochter unter die Arme zu greifen, sofern sie je in Not geraten sollte ... Ach so! Und diese eher hilflose Bemerkung reichte also aus, um das Ansinnen zu begraben, denn sollte sie in Not geraten, wäre ja auch er in Not, es sei denn ... aber davon soll in diesem Stadium der Handlung nicht die Rede sein, denn noch ging's um konstruktive Anstrengungen. Aber es wurde dabei klar, dass selbst der Vater ein Interesse hatte, die Tochter im Ausland zu platzieren; wurde Frieder gar Opfer eines Komplotts? Nein, nein, und noch einmal nein, es darf nicht wahr sein, was nicht wahr sein darf, und Verschwörungstheorien, immer mal wieder willkommen, sollten hier außen vor bleiben. Sie ist eine junge anmutige Frau, lieblich und unschuldig, eine Verbrecherin kann nicht so treuherzig in die Welt hinausblicken ... und die hartherzigen Augen, die er schon auf dem Flughafen beobachtete, waren schon wieder vergessen. Ja, freilich, man kann alles so deuten, wie es gerade zupasskommt und es ist weithin bekannt, dass man keinem hinter die Stirne blicken kann, um das Maß seiner kriminellen Energie zu ermitteln, sonst wäre die Polizei arbeitslos.

Ach ja, die Tochter, sie war Vaters Liebling, verwöhnt, fordernd, rechthaberisch und ziemlich selbstsicher, obwohl sie eher sanfte

Töne spuckte, ihr Stimmchen gab nicht mehr her. Das wollte nicht so recht zusammenpassen, doch egal, sie hatte ihren Vater effektiv in den Händen und er war wie Wachs in ihren Fingern. Beinahe alles, was sie sich wünschte, kriegte sie auch, sie sollte keinen Mangel leiden ... na ja, seine finanziellen Mittel erlaubten es, einen opulenten Lebensstil zu pflegen, was sie weidlich ausnützte. Er verlieh dann auch seiner intimsten Sorge Ausdruck, ob nämlich der Mann im Ausland auch in der Lage sein würde, ihr Ähnliches zu bieten, eine Bedingung, die er zunächst nur insgeheim stellte, schließlich aber offen kundtat. Diese reichlich übertriebene väterliche Fürsorge hatte freilich einen triftigen Grund, der sich erst mit der Zeit offenbaren sollte. Vielleicht ging's um sein Lebenstrauma oder er hatte ein schlechtes Gewissen, weshalb auch immer, doch wurde in der Folge klar, dass sich dahinter ein Geheimnis verbarg, und ob es je gelingen würde, dieses zu lüften, stand während geraumer Zeit in den Sternen.

Klein Irina jedenfalls war aufs Beste behütet, durchlief eine sorglose Kindheit, kriegte Eis und Süßigkeiten, sobald sie nur mit dem Fuß heftig genug aufstampfte, war angeblich eine Musterschülerin und absolvierte ihre Prüfungen ebenso glanzvoll wie fristgerecht. Wie und weshalb sie dazu kam, Literatur zu studieren, hat sie nie erläutert, die Berufsaussichten als Gymnasiallehrerin entsprachen, wie sie selber eingestand, einer Minimalvorstellung, hochtrabende Pläne, etwa wie die Spekulation auf eine akademische Laufbahn, zerschlugen sich aber rascher, als ihr lieb war, denn sie setzte mit ihrem Ungestüm aufs falsche Pferd, wurde schwanger und ... adieu vache, cochon, porc[1] ...

Aber sie gab natürlich nicht klein bei, denn die Rolle als Mutter und Hausfrau wollte sie nicht wahrnehmen, dazu, so sollte sie wiederholt argumentieren, sei sie ungeeignet, die Großmutter musste als Nanny fungieren und sie selber half dem Gatten beim Broterwerb (eine ziemlich beschönigende Beschreibung dessen, was sie wirklich taten). Es war vielmehr eine Tätigkeit, welche

---

1 Jean de La Fontaine: Fabeln

sie mit der Unterwelt in Berührung brachte und später üble Konsequenzen nach sich ziehen sollte. Ob sie freiwillig mitmachte oder dazu gezwungen wurde, blieb immer rätselhaft. Doch das ganze Arrangement hatte einen wesentlichen Einfluss auf ihre persönliche Karriere und führte schließlich zum Knick in der Lebensgestaltung.

Aus Irinas Tagebuch:
Ein Mann aus der Schweiz hat angebissen, endlich, es hat gedauert, dabei bin ich doch nicht die Hässlichste und arm bin ich auch nicht; kein Risiko! Er ist schon etwas älter, sieht nicht besonders gut aus, aber er hat einen einträglichen Posten inne und dürfte in der Lage sein, mich und meinen Sohn auszuhalten, mehr verlange ich gar nicht. Ich werde ihn demnächst besuchen, um zu sehen, ob sich etwas machen lässt, ich bin skeptisch, aber ich muss raus, habe keine Zeit zu verlieren.

Eine Reise ins Land ihrer Väter hätte schon viel früher stattfinden sollen, wurde indes mehrmals hinausgeschoben, um sie erst dann nachzuholen, als sie unumgänglich wurde; zu spät also. Aufschlussreich war sie trotzdem. Sie soll deshalb schon an dieser Stelle beschrieben werden, denn namhafte Erkenntnisse stellten sich ein, Verständnis mithin für manch eigenartige Entwicklung seit der Heirat.

Es ging darum, die andersartige Lebensweise zu studieren, die Schwiegerfamilie an Ort und Stelle zu erleben sowie das fremde Kulturgut in echter Ausprägung und Form kennenzulernen. Irina brachte die Forderung ins Spiel, aber es war vermutlich ein Anliegen des Vaters. Doch egal, es wurde recht apodiktisch vorgetragen, Widerspruch nahezu ausgeschlossen und ich wünschte schon gute Reise, man wollte derweil mehr von mir; weshalb, wozu? Wir – ich wurde zusehends als Familienmitglied betrachtet, zumindest von Frieder – wir sind dann bald einmal, später erst, als die beiden schon geraume Zeit verheiratet waren, dorthin geflogen, in Irinas Heimatland eben, um ihre Familie, wie erbeten, an Ort und Stelle kennenzulernen. Frieder aber litt unter Flugangst und er wünschte deshalb, dass ich dabei sein solle, um während des Fluges Händchen zu halten, Puls zu fühlen und einzugreifen, wenn denn etwas passieren sollte ... es passierte natürlich nichts und wir überlebten alle. Ich stimmte zu, gerne sogar, denn ich freute mich immer wieder, neue Länder, Sitten und Gebräuche kennenzulernen. Ob allerdings ein derartiger Familienanlass geeignet sein würde, dies in Echtform zu tun, durfte füglich bezweifelt werden, doch war es gleichwohl eine günstige Gelegenheit, die wahrzunehmen ich nicht umhinkonnte, gab es doch Hinweise, dass auch meine ursprünglichen Wurzeln gerade dort zu suchen waren. Es war allerdings unwahrscheinlich, dass ich in dieser Hinsicht Zusätzliches in Erfahrung bringen könnte, doch einmal diese Luft zu schnuppern, welche womöglich die Ahnen atmeten, war trotzdem attraktiv und kam meinem Interesse für Familienforschung weidlich entgegen.

Der Vater, Hauptakteur in der bevorstehenden Inszenierung, kam nicht persönlich zum Flughafen, dafür hat man Personal, ein Statussymbol immerhin, und das sollten wir gleich zu Beginn mitkriegen. Mit einem superben Mercedes, ausgestattet mit hellem Leder und Mahagoni-Armaturenbrett, Fernseher und Minikühlschrank im Fonds, bestückt freilich mit Champagner und Kaviar – ich saß noch nie in einem solchen Auto, doch hier in einem Land, in welchem viele Menschen hungerten, gab's so was – wurden wir nach lautem Empfang und reichlich Umarmungen durch die Freunde abgeholt. Die Fahrer, auch im Wagen für die Einheimischen, welche allesamt im Konvoi stadtwärts fuhren, waren selbstredend alle bewaffnet, sahen nicht nur der dunklen Sonnenbrille wegen aus wie Mafiosi, nein, es waren auch kräftige, ja, furchterregende Kerle mit Kahlschnitt und Lederjacke, Springerstiefeln und tätowierten Armen: Rausschmeißer-Typen halt. Sie lösten ein eigenartiges Gemisch von Furcht und Sicherheit aus, verständlich indes, wurden wir doch dahingehend instruiert, dass das Reisen in diesem Land der Wegelagerer wegen gefährlich sei. Normalerweise hätte ich mich von solchen Haudegen ferngehalten, doch hier war ich zu Gast und musste mich höflich verhalten. Sie waren wider Erwarten sehr freundlich; na ja, warum sollte es nicht auch freundliche Mafiosi geben? Ich wagte es kaum, mich hinzusetzen, fürchtete, dass mein Hosenboden vielleicht schmutzig sein und das makellose Leder besudeln könnte, aber ich hatte keine Zeit, eine eingehende Musterung meiner Rückseite vorzunehmen, stieg ein und in rasanter, von eifrigem Hupen begleiteten Fahrt, ging's über eine lange Brücke, die als Rennstrecke diente, hinein in die Stadt, wo dichter Verkehr herrschte und eine gefährliche Slalomfahrt nottat. Ja, es ging ihnen gut, die Unabhängigkeitserklärung hat sich, so der erste Eindruck, günstig ausgewirkt. Dass sich hinter der glänzenden Fassade drückende Armut verbarg, war nicht auf Anhieb zu erkennen, und die Aktivitäten krimineller Organisationen fanden ja nachts statt.

In einer Luxuswohnung, mit sieben oder acht Zimmern, wurden wir abgesetzt, von Irinas Eltern gastfreundlich empfangen und aufs Fürstlichste bewirtet, ihre Mutter, seit Tagen in der Küche beschäftigt, hat sämtliche Register gezogen, denn die Gäste aus dem Westen mussten erfahren, was sie draufhatten. Nichts war zu teuer und es schmeckte vorzüglich, war üppig, variantenreich, schwer verdaulich und der eher hochprozentige Wein tat ein Übriges. Nach mehrstündigem Gelage waren alle halbtot, aber glücklich, und mehr als satt, die Bestrafung des Körpers, wie bei feierlichen Anlässen üblich, ist vollauf gelungen, das Ansehen gewahrt.

Das Gespräch stockte, die Sprachbarrieren waren nicht leicht zu überwinden. Irina hielt sich zurück und überließ dem Vater das Feld, der wiederum versuchte, sich radebrechenderweise auf Deutsch verständlich zu machen, was nur teilweise gelang. Das

Thema war nicht erkennbar, der Smalltalk tangierte Sehenswürdigkeiten der Stadt, Nahrungsmittel, Autos und Geld. Die Mutter genoss schweigend die vielen Lorbeeren, die ihr verliehen wurden, offensichtlich hatte sie nichts zu sagen.

Eindrücklich aber: Der Esstisch war riesig, voll beladen, dass sich die Tafel bog, unerwartete Abundanz mithin, doch gab's dann anschließend ans Dinner im Rahmen der Unterbringung aller Gäste einige Probleme zu lösen, denn das Ehepaar Lindenmann schlief in separaten Zimmern; (wusste ich bis dahin nicht, werde Frieder noch auf den Zahn fühlen, obwohl es im Grunde deren Sache war, aber es war doch ein ziemlich intrikates Detail, dessen Hintergrund in Erfahrung zu bringen mich juckte). Kurzes heftiges Intermezzo ... egal, wir konnten uns alle hinlegen und der Verdauung die Blutreserven überlassen, damit die Endlagerung der Fette in den Gefäßwänden ungestört stattfinden konnte.

Davor allerdings ein kleiner abendlicher Rundgang in der Stadt, ein Verdauungsspaziergang eben. Er sollte uns einen ersten Eindruck vom Leben hierzulande vermitteln. Wir suchten eher harmlose Quartiere auf, die nobleren mutmaßlich: Vorbei also an Kinos und Theatern, noblen Restaurants, Kirchen und Palästen, Opernhaus und Rathaus, alles herausgeputzt, repräsentativ, insgesamt jedoch eher ernüchternd, nun ja, es fehlte der Goldanstrich der Dachrinnen, als Pendant zu den vielen Kuppeln der wiedereröffneten Kirchen und Klöster, die von der wiedererwachten Frömmigkeit der Bürger künden sollten. Und all die verborgenen Bars, welche Irina als Studentin aufsuchte, lagen ausnahmslos in einer Art Altstadt, mit engen und krummen Gässchen, in welche man sich nicht hineinbegeben sollte; wer's glaubt! Wir ließen sie außen vor und keine Neugierde der Welt, auch kein Bitten und Flehen, vermochte die Marschroute abzuändern ... vom abendlichen Stadtleben bekamen wir kaum etwas mit. Es schien, als ob sie sich nicht wirklich zu erkennen geben wollte und auch sie gewisse Seiten ihres Vorlebens zu verheimlichen suchte. Kritische Fragen wurden ohnehin abgeschmettert, waren unerwünscht, die Vorgeschichte tabu. So hat sie es wohl gelernt, so waren die Gepflogenheiten, als sie hier aufwuchs.

Die Offenheit, die wir erwarteten, blieb jedenfalls aus und wir waren nicht klüger als zuvor, denn die heile Welt, die man uns vorgaukelte, gab's wohl nicht. Nächster Programmpunkt am folgenden Tag: Die Besichtigung der Büroräumlichkeiten der Handelsfirma, welche der Vater betrieb; sie befolgte einen bestimmten Zweck, wir mussten nämlich die Urkunden des Steueramtes, welche regelmäßige und pünktliche Ratenzahlungen bescheinigten, bestaunen ... ja, das sei eine Auszeichnung, auf welche er stolz sei. Es wurde mit Nachdruck darauf hingewiesen, ein Wink mit dem Zaunpfahl an Frieders Adresse wohl. Verdächtig dennoch, denn wir wussten, dass hierzulande alle zwei Löhne haben, einen weißen und einen schwarzen, aber wir verstanden das Signal und enthielten uns jeglichen Kommentars, wie es uns der Anstand gebot. Ich meinerseits hätte gerne auf diese Show verzichtet, denn es focht mich nicht an, was hier zusammengeklittert wurde, doch das Programm stand fest. Die Möbelhandlung, welche unter den Büroräumlichkeiten untergebracht war, hatte nur Ramsch im Angebot, das konnte keinesfalls die Haupteinnahmequelle der Firma sein, der unübersehbare Reichtum musste von sonst wo kommen, so viel stand einigermaßen fest. Aber wir setzten die naivste Miene der Welt auf und schluckten den Köder, der die Harmlosigkeit seiner Geschäfte vortäuschen sollte. Die Demonstration sollte zweifellos Frieders Neugierde wecken und in Zukunft dürften wohl einige spezifische Aktivitäten folgen. Uns andere scherte es einen feuchten Kehricht, doch die Gelegenheit war günstig, viele Zeugen mehr zu haben, welche im Ernstfall die Unbedenklichkeit dieser Mafia, einer wahren Hausmacht mithin, bezeugen konnten. Und festgemacht wurde all dies nicht nur am Erscheinungsbild der Mitstreiter, sondern es gab handfeste Hinweise, die uns ebenso unbefugter wie indiskreter Weise zugetragen wurden.

Stadtbesichtigung an einem weiteren Tag: Alles sei kaputt gewesen nach dem Krieg, wurde aber nach alten Plänen wiederaufgebaut, kunstvoll bemalt, schön und ungewohnt, Stalingotik allenthalben, eine der Kirchen, italienischer Barock, in welcher Irina beim Betreten brav das Kreuz schlug, war einst eine Garage, erklärte man den naiven Westlern, na ja, sei's drum! Aber es herrschte mittlerweile wieder eine andächtige Atmosphäre, welche die gläubige Orthodoxe nicht ignorieren konnte, und die mit alten Ikonen behangene Ikonostasis versetzte sie in eine (pseudo)-religiöse Verzücktheit. Peinliches Gehabe und eine überflüssige Zurschaustellung einer unglaubwürdigen Frömmigkeit mit reichlich anachronistischen Zügen. „Theater", munkelte ich leise vor mich hin, Frieder verstand und nickte geistesabwesend, als ob er in etwa dasselbe gedacht hätte. Er selber, mächtiger Kontrast dazu, war ein braver Bürger, protestantisch erzogen, schnörkellos puritanisch. Das hier ging ihm zu weit und dann hängte er sich bei ihr ein und zog sie behutsam zum Ausgang, um die kitschige Glaubensbekundung zu beenden. Auffallend, sie hat wohl verstanden und ließ es widerstandslos geschehen!

Dann ein altes Kloster mit vergammelten Äbten und Bischöfen in Sarkophagen mit Glasdeckeln zur Schau gestellt, gewöhnungsbedürftig, orthodoxe Sitten und Gebräuche halt, rechtgläubig mithin, abstoßend jedoch und beinahe eklig. Ihre Gewänder waren golddurchwirkt, auf den Bischofsmützen prangten Edelsteine, echte, wie uns versichert wurde, protzige Siegelringe und Zepter auf dem Bauch. Schöne mehrstimmige Gesänge später, bei einer kirchlichen Trauung in der einzigen Kirche, die das Bombardement überstand, barock die Zeremonie, welcher wir einige Minuten beiwohnten. Die mühevolle Aufgabe der Trauzeugen war beeindruckend, sie taten uns leid, der sonore Gesang der Mönche war hingegen wohltuend.

Und auf dem großen Platz nebenan stand das Reiterdenkmal von Chmelnyzkyj, dem Verbrecher und mutmaßlichen Erfinder der Juden-Pogrome, der hier als Freiheitsheld verehrt wird, weil er das Land vom Joch fremder Fürsten erlöste. Dass er Abertausende von Juden tötete und ebenso viele vertrieb, wurde freilich verschwiegen … die Tradition des Genozids war lediglich ein Hilfsmittel zur Vertreibung der unliebsamen Herrscher, aber zeitloses Modell für Epigonen.

... ruft der Kosaken-Hetman Bogdan Chmelnyzkyj zum Aufstand, zum ‚heiligen Krieg' für die Freiheit und den rechten Glauben – gegen Panen, die polnischen Herren und Juden: „welche Unbill ich von den Polen und deren Pächtern und Lieblingsmaklern, den Juden, erduldet hab, welche Gewalt-, Gräuel- und Missetaten, das wisst und kennt ihr selber am besten", verkündet sein an die Bevölkerung gerichtetes Manifest.
Überall rotten sich Banden zusammen ... und es fallen ihnen Tausende von Juden zum Opfer. Unvorstellbare Gräueltaten verüben die sich wie Rasende gebärdenden Kosaken an den Juden „Den einen zogen sie die Haut ab, um das Fleisch den Hunden vorzuwerfen, den andern brachten sie schwere Wunden bei und warfen sie dann auf die Straße, andere wiederum wurden lebendig begraben. Sie erdolchten Säuglinge in den Armen ihrer Mütter, rissen viele in Stücke ... sie warfen Kinder ins Wasser, vergewaltigten Frauen vor den Augen ihrer Gatten und führten die Schönsten als Sklavinnen ab. In nicht minder grausamer Art verfuhren sie mit den Polen, vor allem den Priestern. Und die Massaker breiten sich über das ganze Land auch Wolhynien und Podolien aus ...[2]

Es kamen dabei unzählige von Unschuldigen ums Leben und der Name Chmelnyzkyj wurde schlichtweg zum Schreckensruf im Stetl: „Chmelnyzkyj kommt, Chmelnyzkyj kommt! Versteckt euch Chaweren!" ... Ja, so lautete der Alarm, wenn seine Kosaken ein jüdisches Dorf überfielen, aber sie entkamen trotzdem nicht, nein, sie wurden in Ställen und Schuppen aufgeschreckt und samt und sonders vertrieben oder getötet ... aber das schien gerade keinen zu interessieren, die Erwähnung dieses historischen Umstands brachte mir aber vorwurfsvolle Blicke ein; ich überlebte! Das Denkmal erinnert ja an die Befreiung der Heimat und nicht an die Pogrome, und das geht vor. Freiheitshel-

---

[2] Werner Keller: Und wurden zerstreut unter alle Völker: Büchergilde Gutenberg, Zürich, 1969

den vollbringen nun mal Bluttaten, und dies aus Bange um ihr Hauptanliegen, das durchzusetzen sie angetreten sind, das ist die handelsübliche Legitimierung der rassistisch-religiös motivierten Mordlust. Freilich der ebenso friedliebende wie unbewaffnete Milchmann – alias Fiddler on the Roof – konnte dem ungestümen Freiheitskämpfer schon gefährlich werden, das leuchtet ein, nicht wahr.

Eindrücklich immer wieder – auch Schiller hat's gewusst –, wie nahe Untaten und Heldenhaftigkeit beieinanderstehen, was erklärt, dass auch Terroristen irgendwann mit einem Denkmal oder sogar dem Friedensnobelpreis geehrt werden können, doch das gehörte offensichtlich nicht hierher. Ich konnte aber nicht umhin, Chmelnyzkyj einen Gewalttäter zu schimpfen, ach, wie so oft konnte ich den Mund nicht halten, und natürlich wird die Entwürdigung einer wichtigen Symbolfigur als pietätlos betrachtet, unzulässig allemal aus dem Mund eines Gastes: Meine knappe Einlassung rief Empörung hervor und ich war ärgerlich und holte gleichwohl zum Gegenschlag aus, indem ich mich wiederholte: Immerhin sei im berühmten Musical „The Fiddler on the Roof" ein einschlägiges Beispiel gesellschaftsfähig geworden, doch auch dieser Hinweis war völlig deplaziert, ja verschlimmerte den Tabubruch.

Und dann Babi Yar ... Schon wieder ein Massaker an Juden – dieses Mal waren es die Deutschen, die Nazis natürlich (SS und Wehrmacht in einvernehmlicher Kooperation allerdings) – unerträglich, schrecklich die Beschreibung der Verbrechen, die an dieser Stelle verübt wurden, doch der Besuch war kurz, es war offensichtlich eine beklemmende Gedenkstätte, die man nur ungerne zeigte, denn sie unterschied sich gefühlsmäßig nur unwesentlich vom Reiterdenkmal ... Und im Übrigen, was waren denn schon die kleinen ‚Scharmützel' eines Chmelnyzkyj im Vergleich zu den Naziverbrechen ... und auch Landsleute seien getötet worden, etwa die Fußballhelden, die es wagten, eine deutsche Mannschaft zu besiegen, ja, all dies wurde freilich nachgereicht und es wurde deutlich, dass dies nur zur Demonstration eines beträchtlichen Unterschieds zwischen Freiheitskämpfer und

Verbrecher benötigt wurde und gewissermaßen der Parricida Szene aus Wilhelm Tell gleichgesetzt werden musste. Und dann das Fußballstadion … und dann der Regierungspalast und dann gleich wieder zurück ins Nachtquartier: Ein beschwerlicher Tag, mit vielen Fragezeichen, die wir höchstens ansatzweise zu deuten vermochten, da uns die unerwünschten Details vorenthalten wurden. Doch was ging's uns an, wir mussten die Rolle der Gäste und damit der Unschuldslämmer spielen, das wurde mehr als deutlich gemacht. Aber auf dem Antiquitätenmarkt durften wir tags darauf einkaufen gehen, es gab nichts Interessantes, außer vergammelte deutsche Uniformen, Stahlhelme und Hakenkreuzbroschen, wer konnte es ihnen verdenken, durchliefen sie doch während des Vaterländischen Krieges eine äußerst harte Zeit, das war unbestritten.

Der Bruder war ein Koloss, frisch verheiratet und arrogant, Leiter einer Fabrik von Vaters Gnaden. Diese lief anscheinend schlecht und existierte angeblich nur, weil der Vater regelmäßig Geld einspeiste, eine freundliche Geste angesichts der Tatsache, dass der Sohnemann die Frucht eines – mittlerweile verziehenen – Seitensprungs seiner Frau war. Ja auch hierbei war die Wahrung des äußeren Scheins wichtiger als die Hintergründe, und die besudelte Ehre wurde durch Geld reingewaschen. Das Kuckuckskind, mittlerweile ausgewachsen, war ein Schmarotzer, tätigte krumme Geschäfte, war vorbestraft und fuhr die Firmen, die der Ziehvater ihm immer wieder anvertraute, regelmäßig an die Wand. Er war stinkefaul und wusste seine abseitige Position trefflich zu nutzen, war er doch wichtigster Geheimnisträger. Nein, er kriegte rein gar nichts auf die Reihe, aber einen opulenten Lebensstil zu pflegen, schien ihm dennoch angebracht zu sein: Wohl bekomm's! Frieder seinerseits wollte ihm ein großzügiges Hochzeitsgeschenk überreichen – die Festivitäten lagen erst wenige Wochen zurück –, Geld, was denn sonst, doch die erkleckliche Summe war zu gering, als dass sie ein Dankeschön hätte erwirken können. Wie oft legen doch Menschen, die ihren Lebensunterhalt nicht selbstständig erwirtschaften, eine Arroganz an den Tag, welche biederen Bürgern zuwider ist. Irinas Bruder gehörte zu dieser Sorte, doch sie selber machte gute Miene zum bösen Spiel, denn sie hatte irgendwie ein schlechtes Gewissen, das seinen Ursprung höchstwahrscheinlich in der Kindheit hatte. Sie war die Bevorzugte, die Mustergültige, er der Unerbetene, der Schlimme. Zahlreiche Untaten schmückten sein buntes Vorstrafenregister, Unrühmliches, das keine juristischen Konsequenzen hatte, kam noch dazu. Doch was ging's uns an, die Information über die mütterliche Untreue stammte von Frieder, der damit eine Indiskretion beging: Versehen oder Absicht? Egal, es war wohl eines der zahlreichen Geheimnisse, welche diese Familie hütete ... sechs Monate später war er bereits geschieden ... wen wundert's?

Und der Exmann ... er war inexistent, ebenfalls kriminell und stets auf der Flucht. Seinetwegen wurde Irina zuzeiten oft bedroht, seinetwegen gab sie ihre Jugendträume auf, seinetwegen wurde sie zur Persona non grata gekürt, seinetwegen musste sie fliehen, und zwar in Frieders Arme, der völlig unbedarft zu dieser Ehre kam. Und das war ein weiteres Geheimnis, das ungewollt gelüftet wurde.

Irinas erster Mann war zeitweise im Ausland, kriegte womöglich selber kalte Füße, wie Frieder meinte, doch Näheres war nicht zu erfahren, und Irina wand sich wie ein Regenwurm, als ich nach ihm fragte; nein, auch dies ging mich nichts an. Sie sagte nur, dass er ihr Leben zerstören wollte. Sie klang aber wenig überzeugend, doch mehr war nicht in Erfahrung zu bringen.

Und Irinas Sohn, bereits im besten Knaben- und Flegelalter, war dabei und machte Dummheiten, war unbändig, schwierig, Frieder hatte ihn einigermaßen im Griff ... er mochte ihn. Doch wie aus heiterem Himmel schüttete er ihm Limonade über das Hemd und dann war er verstimmt, nur kurze Zeit, dann war's wieder gut. Er wurde eben immer wieder aus der Schusslinie genommen, sollte zu einem guten Menschen gemacht werden, und, so die Hoffnung, müsste lernen, seine kriminellen Gene zu unterdrücken. Ob's gelingt?

In einem Waldstück rund dreißig Kilometer außerhalb der Stadt befand sich eine Art Ferienreservat, eine durch hohe Mauern abgegrenzte Zone, innerhalb welcher etliche prunkvolle Villen standen, eine davon gehörte dem Vater: Großzügig der Bau und die Ausstattung, beste Materialien, Mahagoni selbstredend, geräumige Küche, Marmor auch im Bad, mannhohes Cheminée … etwas protzig, ja und bald wolle er hierherziehen, um dem Stadtlärm zu entgehen, vielleicht aber auch, weil die Siedlung umzäunt und bewacht war. Es war ein schattiges Plätzchen, im Hochsommer sehr angenehm. Überdies habe es hinten noch ein Schwimmbad, das allerdings noch im Bau sei; im Laufe des Herbstes werde es fertiggestellt. Die Abschottung der Familie, die anscheinend ihres Lebens nicht mehr sicher war, hat also begonnen, die über alles geliebte Tochter befand sich außerhalb der Reichweite all jener Gauner, die nach ihrem Leben trachteten, und durfte sich in Sicherheit wiegen, umso mehr, als sie auch dem Dunstkreis ihres ersten Gatten entzogen war. Schlagbaum, salutierender Wachmann mit Seitengewehr, Schluss. Weshalb denn dieser Wachmann? Nun ja, es gäbe eben Neider, die sich immer mal wieder als Vandalen bemerkbar machten, um dies zu verhindern, seien sie da. Ach so! Ist das alles? Doch diese kritische Frage blieb mir im Halse stecken, denn ich hatte nun genügend Informationen, um mir ein Bild von dieser eigentümlichen Mischpoche zu machen. Ja, es ist gefährlich, viel Geld zu verdienen, Neider neiden es einem, daher der Name! Vielleicht aber holen sie sich nur, was ihnen zuvor genommen wurde, doch darüber schweigt des Sängers Höflichkeit.

Ein Festessen sollte den Besuch beschließen, Tema con Variazioni, ein opulentes Dinner mit vielen Platten und Plättchen, zu viel, selbst für die durch Überfluss geweiteten westlichen Mägen. Alles auserlesen, Kaviar zur Vorspeise, drei Zwischengänge mit Borschtsch, Teigtaschen und freilich Hummer, Fisch und Fleisch danach sowie Beilagen und Gemüse ohne Ende, es war fast nicht zu schaffen. Die Süßspeise turmhoch, sie musste nahezu unberührt zurück in die Küche, ein Sakrileg in den Augen der Köchin. Die Gespräche waren nicht angeregter als zwei Tage davor.

Ja, das Essen war ein Feuerwerk sondergleichen, aber danach war ich drei Tage lang krank, jedenfalls inappetent, doch die Demonstration war perfekt und Irina genoss ihre Aufgabe als Gastgeberin und Fremdenführerin, war im Zentrum des Geschehens und konnte sich produzieren. Ja, dieser Rolle war sie gewachsen, solange keine kritischen Fragen aufgeworfen wurden. Es war wohl jedem klar, wo man sich soeben verwöhnen ließ … Frieder kommentierte mit vorgehaltener Hand: Die krummen Geschäfte seien eben lukrativ und Gäste vorzüglich geeignet, darüber hinwegzusehen. Am Maidan, Symbol für Demokratie und Freiheit, geschichtsträchtig und vergessen, sind wir nur vorbeigefahren, ehe wir zum Flughafen gebracht wurden. Die Revolution ist vorbei und ist dabei, ihre Kinder zu fressen.

Es war ein eindrücklicher Einblick in die Welt der Oligarchen, wie sie gerade in dieser Region recht häufig anzutreffen sind. Die naheliegenden Mutmaßungen, dass einiges nicht mit rechten Dingen zugehen, zumindest sich in einem gesetzlichen Graubereich abspielen könnte, stellten sich gewissermaßen von alleine ein und bohrten sich hartnäckig ins Bewusstsein, das einer völlig anderen Lebensweise gewahr wurde, als das zünftige Spektakel wiedergeben wollte; auffällig dies und die berechtige Frage musste aufgeworfen werden, woran es gelegen haben mochte, dass dieser Eindruck entstand. Waren es gerade jene Elemente, auf die man besonders hinwies, die unweigerlich Verdacht erweckten, war es die überspannte Stimmung insgesamt oder war es sogar der ausufernde Überfluss, dem wir buchstäblich ausgesetzt waren und der uns kopfscheu machte. Nun ja, was auch immer, es gab zahlreiche Anzeichen von Ungereimtheiten, deren Auflösung vermutlich Abgründe eröffnet hätte, doch wir hinterfragten besser gar nichts. Ob es sich lohnt, ein solches Leben zu führen, ob es erstrebenswert ist, den Reichtum auf den Leichen anderer aufzubauen, ob es sinnvoll ist, die Fülle der Möglichkeiten unter solchen Umständen zu genießen, ohne zu wissen, wann der Neider an die Türe klopft, um sein selbst etabliertes Recht einzufordern, all dies war freilich zu bezweifeln, doch derartiges Gedankengut war allzu ketzerisch, um im Umfeld der stets ‚Schuldlosen' deponiert zu werden. Freilich, nach einer langen, politisch bedingten Durststrecke einem solchen Ziel entgegenzustreben, war wohl schon deshalb angesagt, weil plötzlich Raum für ersprießliche Machenschaften geschaffen wurde und ehrgeizige Menschen veranlasste, diesen zu nutzen oder eben zu missbrauchen. Ob es angemessen war, dies zu tun? Nun ja, es ist ein bekannter Grundsatz, dass Letztere stets mehr haben wollen als die passiven Verlierer, zu denen Irinas Vater natürlich nicht gehören wollte.

Die gewonnenen Eindrücke beschäftigten nachhaltig und gerade Frieder wurde nachdenklich. Wie viel von all diesen Dingen wusste er bereits, was hat er schon im Vorfeld der Reise mitgekriegt, was geahnt und was erst durch eigene Anschauung zur Kenntnis genommen? Er äußerte sich nicht. Mehr und mehr wurde er sich des Umstandes bewusst, dass er sich unter ‚Otterngezücht' begeben hat, ohne freilich zu wissen, wohin ihn der weitere Weg führen sollte; er dürfte es höchstwahrscheinlich in der Folge erfahren, schmerzlich sogar, und am eigenen Leib erdulden. Nachdem er längst einige ‚Müsterchen' dieser eher abartigen Kultur mitgekriegt hat, war er sich bewusst, dass noch mehr davon ins Haus stand.

Ich meinerseits hatte im Grunde keinerlei Motive, irgendetwas zu erkunden noch Informationen zu sammeln wozu auch immer, nein, ich war Freund und Dolmetscher, neutral und inert, diese Rolle zu spielen, wurde mir wiederholt nahegelegt. Aber ohne gefühlsmäßige Beteiligung am Erkundungsgang meines Freundes konnte das Ganze freilich nicht abgehen, und so war ich involviert, ohne es zu wollen. Zudem war abzusehen, dass die Beobachtungen und Eindrücke später noch zur Debatte stehen könnten. Dieser Ausblick war imminent.

Reich beschenkt – Bestechung? – und mit zahlreichen, teils eindrücklichen Andenken bestückt, reisten wir nach Hause, Irina, nunmehr ihres Amtes enthoben, strahlte über alle vier Backen und es erhob sich die Frage, was sie sich bei all dem denken mochte, was wir als Anstoß zum kritischen Überdenken mitnahmen.

Doch es schien, als ob sie sich befreit fühlte, dachte sie etwa, dass sie nun allen Ballasts entledigt sei?

Aus Irinas Tagebuch:
Er wollte erst nicht meine Heimat besuchen, aber ich nötigte ihn ein wenig ... dann gab er nach und kam mit. Er musste meine Familie kennenlernen, endlich nach all den Jahren. Ich weiß nicht, welchen Eindruck er mit nach Hause nahm. Er nahm seinen Freund mit, interessiert auch er, aber seine kritischen Bemerkungen störten, er will alles genau wissen, ist provokativ. Egal, ich wollte nur aufzeigen, dass auch wir etwas zu bieten haben, das kulturell von Bedeutung ist.

7

Heirat am Flughafen

Nach eifrigem Bemühen, so die Erwartung, wäre doch Entlohnung fällig, das sei nur recht und billig, dachte wohl Frieder und hoffte auf Erlösung von der Ämtertour, die ihm sehr viel Energie abverlangte. Die Integration Irinas in sein Leben, Ziel seines Strebens, die ihrerseits in den Genuss der Früchte seiner mühevollen Arbeit gelangen sollte, wurde nun sehnsüchtig erwartet. Der Reisetag war festgelegt und so war er einmal mehr aus dem Häuschen, kaum mehr erreichbar, die Aufregung groß. Natürlich dürfte sich der Sturm auch wieder legen, die erste Begeisterung sodann alltäglichen Stimmungen weichen und eine bestimmte Normalität sich wiedereinstellen, wenngleich unter anderen Vorzeichen, deren Natur freilich noch unbekannt war. Was wird ihn künftig erwarten? Nun ja, es dürfte sich zeigen, wie die „Neue Normalität" aussieht, wie sich der schon leicht angegraute Junggeselle von seinen Gewohnheiten verabschieden und ins Ungewohnte schicken wird, ja, schicken ist goldrichtig, denn im Hinterkopf ist noch immer die Ermahnung eines Freundes gespeichert, der ihm riet, sich zu vermählen, um die Vereinsamung im Alter zu vermeiden. Und alles, was er dann tat, tat er vorwiegend um des Bestrebens willen, dieses Ziel zu erreichen, und damit in der Absicht, die mahnenden Worte buchstabengetreu zu befolgen, denn er vermochte sich ihrem warnenden Tenor nicht zu entziehen. Ja, sein Freund und Gönner hat ihm sozusagen eine Karotte vor die Nase gehängt, damit er sich endlich bewege, doch jetzt will er sie nicht nur im Sturm erobern, sondern auch fressen, denn sie verhieß ihm das endgültige Seelenheil bis hin zu seiner letzten Stunde. Aber er sprach trotzdem nicht von Eigennutz, nicht vom Gewinn, den er sich insgeheim von seinem Unterfangen versprach, nein, er verschob die Last der Verantwortung vollumfänglich auf das Konto des ausgelagerten Gewissens, ja, fremden Gewissens, sowie der geborgten Vernunft und der letztlich bindenden Einsicht, endlich das richtige Ziel ins Auge zu fassen, jener Einsicht nämlich, die ihn ja auch veranlasste, all die Mühen auf sich zu nehmen, um nun sein Tun einem möglichst glücklichen Ende zuzuführen. Er war also nur mehr der passive Spieler und brave Vollstrecker jener Empfehlungen, die er zu Befehlen machte, um ihnen ein apodiktisches Gewicht zu verleihen ... eine zweifelhafte Maßnahme allerdings, über die manchenorts bereits intensiv nachgedacht und letztendlich der Stab gebrochen wurde. Aber noch ist er sich nicht bewusst, dass dieses intrikate Kalkül einen Haken haben könnte, und die Verlagerung der Verantwortlichkeit focht ihn nicht an.

Keiner hätte gedacht, dass alles so komplex sein könnte, denn alles schien zum Besten zu stehen, doch der Zwiespalt, der sich umgehend einstellte, hatte seinen Grund: So stand er zwischen dem Freund und damit der Braut einerseits sowie der Mutter andererseits, welche freilich entgegengesetzte Positionen bezogen und den Unschlüssigen je nach Situation auf ihre Seite zu ziehen versuchten. Es war jedoch eine verheerende Kraft, die auf ihn einwirkte und der er weder hüben noch drüben gewachsen war. Der Freund aber, der eben grobes Geschütz auffuhr, hat vorerst gewonnen, denn seine Drohung mit einer Zukunft der Isolation und wüsten Verwahrlosung, so er sich nicht zu diesem Schritt entschließen sollte, übte eine anhaltende Wirkung aus, der er sich nicht mehr zu entziehen vermochte. Sie entstammte aber einer speziellen Argumentation, welche andere nicht teilten, ja in dieser Form sogar gänzlich ablehnten. Es waren vor allem die Mutter, aber auch ich, doch ließ er sich davon nicht beeindrucken und fuhr unbeirrt fort, sein sorgsam geschnürtes Gepäck ins Trockene zu bringen. Er hatte zwar Zukunftsangst, aber ob die empfohlenen Mittel sie zu bekämpfen vermochten, war ungewiss und die Frage, ob es so, wie es angedacht bzw. arrangiert wurde, auch vernünftig und angemessen war, blieb einstweilen offen.

Ich war mir zudem auch nicht sicher, ob der Wechsel vom Hagestolz, dessen Natur ihm nicht fremd war, zum liebenden

Ehemann ohne Wenn und Aber vonstattenginge, ob der Abschied von seinem Junggesellenquartier bei Muttern ohne Weiteres gelänge und ob sich die verlassene Mutter, alsdann allein in ihrer Wohnung, mit ihrem Schicksal anstandslos abfinden würde. Es war namentlich nicht abzusehen, was sie alles unternehmen könnte, um ihn wieder zurückzugewinnen, da auch sie die Einsamkeit scheute, vor allem aber die Ansicht vertrat, dass sie ihren ‚Buben' nicht ohne Geleit ins harte Leben entlassen könne, ein Standpunkt, den sie aus Erfahrung seit vielen Jahren einnahm und seine Richtigkeit als erwiesen betrachtete. Nein, es stand so gut wie fest, dass sie keinesfalls klein beigeben würde, sie war immerhin als stille und hartnäckige Kämpferin bekannt, die über wirksame Kampfmethoden verfügte, wie bei anderer Gelegenheit zu konstatieren war. Gewiss, sie hat ihn aufgezogen, ihm alles beigebracht, was ein ehrbarer Mensch braucht, ihm zu einem ersprießlichen Beruf verholfen, alles getan, um ihm auch eine erfolgreiche Laufbahn zu ermöglichen, und nun sollen die Früchte ihrer Bemühungen mir nichts dir nichts dieser blonden Puppe zum Fraß vorgeworfen werden und alles, was sie investiert hat, wäre aus ihrer Sicht verloren, nein, das konnte und durfte nicht sein. Sie hat dies nicht laut gesagt, aber, keine Frage, sich heimlich so zurechtgelegt. Doch er hat sich längst, womöglich gar über ihren Kopf hinweg entschieden, den bedeutungsvollen Schritt zu vollziehen und ihre Anwartschaft schon entäußert, was er rascher bedauern sollte, als zu erwarten war. Die Mutter wurde also zum großen Unsicherheitsfaktor in dieser Angelegenheit, die jedoch bereits so weit gediehen war, dass er nicht mehr zurückbuchstabieren konnte, ja auch nicht wollte, denn er war wild entschlossen das begonnene ‚Werk', die Umsetzung seines verwegenen Plans mithin, zu Ende zu führen. Sei's drum, er war nicht mehr davon abzubringen, soll er sich also ins Abenteuer stürzen.

Das Spannungsfeld war mächtig, die Herausforderung, die ihn erwartete, gewaltig und die bange Frage, ob er all dem gewachsen sei, trübte die Aussichten zu reüssieren beträchtlich. Er seinerseits stellte sich nur teilweise den drängenden Problemen, war er doch abgelenkt, anderweitig beschäftigt, ja sogar überfordert mit all den zusätzlichen Obliegenheiten, welche ihm sein Entscheid auferlegte. Aber er hat mit Eifer und Zuversicht alle Hürden genommen, die Bürokratie bis zum letzten Tropfen ausgekostet und nimmt den vermeintlichen Segen, den er erwirkte, dankbar, aber auch in der Gewissheit entgegen, ihn wirklich verdient zu haben. Er empfing die virtuellen Ovationen mit geschwellter Brust, als wäre es selbstverständlich, den imaginierten Orden von höchster Stelle verliehen zu bekommen. Dabei wusste auch er nicht, ob er den üblichen Anforderungen einer Ehe überhaupt gewachsen war, und auch nicht, ob er jemals die viel zitierten ehelichen Pflichten wird erfüllen können, denn gerade dies könnte sich als verflixte Ul erweisen. Ich riet ihm, schon beim Probegalopp die alles entscheidende Erfahrung einzuholen, das scheiterte jedoch an einer an den Haaren herbeigezogenen Ausrede seiner Erwählten, die dazu ganz einfach nicht Hand bot. Doch diese Pleite schien ihn nicht zu beunruhigen, im Gegenteil, sie spornte ihn an, alles auf die Hochzeitskarte zu setzen. Ob er blindlings oder sehenden Auges die Feuertaufe zu bestehen gedachte, war zu diesem Zeitpunkt nicht erfahrbar, denn das Hochgefühl verlieh ihm Flügel und die Gefahr des Scheiterns blendete er völlig aus, nein, es geht nicht schief, was man partout erreichen will.

Er war zunächst nur auf Auserlenes bedacht, besser, schöner, größer, als was sie je gesehen hat, es sollte schlichtweg ein Tag der Superlative werden, blenden soll der Glanz, nicht zuletzt, damit sie nicht so genau hinschauen konnte, gab es doch etliche Baustellen, die er nicht schon im ersten Augenblick zu erkennen geben wollte. Auch musste alles, Empfang, Willkommensgruß, Hochzeitszeremonie, bei Orthodoxen bekanntlich aufwendig, in einem speziellen Rahmen stattfinden, nichts durfte die üblichen Gepflogenheiten befolgen, und das Geld sollte selbstredend keine Rolle spielen, denn der edle Wettstreit zwischen Braut-Vater, einem Jahrgänger immerhin, und Ehemann ist längst schon entbrannt und müsste wenigstens am Hochzeitsfest zu einem Vorentscheid führen, um gleich zu Beginn deutlich zu machen, wer denn künftig die Rangliste der Bosse anführen darf. Doch die

Feier, die er plante, musste vor allem auch der auserwählten Prinzessin schmeicheln, ja ihre mutmaßlichen Erwartungen übertreffen, das war zweifelsfrei geboten. Dies alles, obwohl zuzeiten all die wahren Hintergründe ihrer Flucht, die erst nach und nach etwas deutlicher ans Tageslicht kamen, noch weitgehend unbekannt waren, und Frieder auch nicht wissen konnte, ob denn der Aufwand überhaupt gerechtfertigt war. Sie spielte gewissermaßen mit gezinkten Karten und behielt ihre wahren Absichten ein, doch er wollte nur brillieren, um auch seine wahre Absicht zu tarnen, was er sich derweil nicht eingestand.

Nun, er heiratete leichthin ein Konterfei, dessen erlösende Macht keineswegs feststand. Das Bildnis, das natürlich so gut wie möglich geschönt war und auch möglichst verführerisch wirken sollte, wurde zum Leitstern. Es verfehlte sein Ziel nicht, denn gierig schluckte er den Köder und zappelte schon hilflos am Haken, da er sich nicht die Zeit nahm, die Braut erst mal genauer unter die Lupe zu nehmen. Nein, er machte ohne Angabe von nachvollziehbaren Gründen deutlich, dass die Zeit drängte. Weshalb er, der zuvor so wählerisch und vorsichtig war, diese überstürzte Vorgehensweise einer gemächlichen Gangart vorzog, war zunächst unverständlich, ob er, weshalb auch immer, die Zeit davonrennen sah, oder ob man sogar von Torschlusspanik sprechen müsste, all dies war zum fraglichen Zeitpunkt unklar. Er flog sozusagen über die Zeit hinweg, ohne nach links oder rechts zu schauen, und verhedderte sich im vermeintlichen Glück, ja, erfüllte seiner Herzdame jeden noch so fragwürdigen Wunsch, der ihm zu Ohren kam. Es musste einfach extravagant sein, sowohl um den Hader der Mutter wie auch den markanten Altersunterschied auszublenden. Dass er dabei Opfer einer arglistigen Aktion werden könnte, schloss er freilich aus. Es war demnach ein gefährliches Spiel, das er in ebenso naivem wie frohem Glauben an eine bessere Zukunft anleierte.

Er war nicht mehr er selber, nein, er war so überzeugt davon, einen fehlerlosen Prozess losgetreten zu haben, dass er kaum auf irgendwelche Einwände vonseiten seiner Umgebung reagierte, geschweige denn irgendetwas zu ändern vermochte, selbst wenn einige Vertrauenspersonen ihn vor unabsehbaren Folgen warnten. Die privaten Gespräche waren dann auch rar, Kritik unerwünscht. Und immer wieder zeigte er das Bild aus dem Katalog und bekräftigte seinen Willen, gemeinsam mit dieser traumhaften Person seinen Lebensweg bis zu dessen Endpunkt beschreiten zu wollen. Weshalb er ihr diese wohl unverdienten Vorschusslorbeeren zuerkannte, war rätselhaft, eine Erklärung blieb er schuldig ... nicht das einzige Rätsel allerdings, das sich in der Folge auftun sollte.

Es war glücklicherweise ein Leichtes, eine Feier, ja sogar eine Hochzeit mit allem Drum und Dran in außerordentlichem Rahmen zu veranstalten, denn die überspannten Vorstellungen moderner Menschen veranlassten gewisse Institutionen, entsprechende Angebote zur Verfügung zu stellen, und Frieder musste nur davon Gebrauch machen und natürlich gewillt sein, die exorbitanten Spesen zu tragen. So hat der Flughafen mit dem „First-Class Wedding" – Standesamt im alten Tower und kirchliche Trauung in jeder Glaubensrichtung in der Flughafenkapelle – den Nagel auf den Kopf getroffen, Frieder war Feuer und Flamme ... Die Braut, samt Sohn und Kuschelbär, würde er von der Ankunftshalle direkt zum Traualtar führen, keinesfalls Zeit verschwenden und gleichzeitig etwas Ausgefallenes anbieten, das kaum mehr getoppt werden konnte. Ja natürlich alles in Reisekleidung, egal, er brauche, so versicherte er zuvor mit Überzeugung, keine verschleierte Braut und dergleichen mehr, um glücklich zu werden ... oder das Unglück abzuwenden, dachte ich und schwieg. Zudem erlaubte dieses ungewöhnliche Prozedere, den Vorgang ohne Beisein der Mutter zu absolvieren, eine Notwendigkeit, die sich aus der Gegnerschaft der beiden Frauen ergab, leider.

Ob die Braut das eher exzentrische Vorgehen goutieren würde, war ihm einerlei, es war dies sein unumstößlicher Entscheid. Es sollte ein überwältigendes Überraschungspaket werden, das er ihr zu Beginn ihres neuen Lebensabschnitts feierlich überreichen wollte. Der Pomp soll sie einlullen, glauben machen, dass er großzügig sei, ein Vorhaben, das sich langfristig als trügerisch herausstellen dürfte, doch es schien ihn nicht zu bekümmern, dass er damit den Grundstein für endlose Kontroversen setzte. Die Rechtfertigung der unüblichen Hast war im Grunde hanebüchen, doch er wollte ihr offensichtlich zeigen, dass sie sich nun in Sicherheit wiegen könne, als ob dies allein mit diesem verrückten Plan gelänge. Es stellte sich doch viel eher die Frage, ob er sich selbst damit nicht vor vollendete Tatsachen stellen wollte, damit er nicht plötzlich umschwenke und die Heirat auf Eis lege, eine Gefahr, die er wohl für gegeben hielt. Doch wie auch immer, er war nicht davon abzubringen, seine verrückte Idee zu realisieren, ja, er war so besessen von ihr, dass eine sanftere Alternative überhaupt nicht geprüft wurde. Die Heirat mit der Braut aus dem Katalog war beschlossene Sache und sie ertrug keine Saumseligkeit. Ich durfte sogar als Trauzeuge fungieren, sozusagen als Belohnung dafür, dass ich ihm immer wieder geduldig zugehört habe, eine Ehre immerhin, wie er salbungsvoll betonte.

Ehre oder Pflicht, ich nahm an, schickte mich in meine Rolle und war reisebereit, als er mich am Morgen des Schicksalstags mit dem blankpolierten Jaguar abholte, um zum Flughafen zu fahren, viel zu früh, versteht sich, und es war abzusehen, dass der Frühstückskaffe in einem der Restaurants recht lange dauern dürfte. Egal, er verhielt sich wie ein junges Pferd, zerrte an den Zügeln und wollte losgaloppieren, als gälte es, ein Rennen zu gewinnen. Ob er sich nicht überschätzte?

Es war ein freundlicher Tag, nur leicht bewölkt, wenig Wind, ideales Flugwetter, allemal beruhigend und mit Verspätungen war nicht zu rechnen, wenigstens das. Es sollte trotzdem noch mehr als zwei Stunden dauern, bis die Maschine aus fremden Landen mit kostbarer Fracht an Bord landen würde. Aber ein ernsthaftes Gespräch entspann sich gleichwohl nicht, dazu war er nicht bereit, zu fahrig, der Smalltalk war mühsam und ob alle Gemeinplätze, die stellvertretend herhalten mussten, bis hin zur Ankunft ausreichen würden, war zweifelhaft. So suchten wir, mangels Erlaubnis, die für die Zeremonie gebuchten Räume im Voraus zu besichtigen, insgesamt drei Cafés auf und konsumierten Koffein bis zur Tachykardie, ehe das Drama überhaupt beginnen konnte … Sodbrennen, pelziger Mund, Kopfschmerzen, insgesamt ungünstige Voraussetzungen für einen heißen Kuss, den er sich freilich nicht entgehen lassen wollte … es sei, wie es sein muss! Und ich dürfe sie freilich nur auf die Wange küssen, so seien nun mal die Gepflogenheiten … Meno male! Ich war ja nicht zum Küssen angetreten.

Die Landung wurde angezeigt, die Ankunft der Leute vor dem Ausgang sollte in rund zwanzig Minuten erfolgen, der Zauber konnte also beginnen. Und dann stand sie plötzlich da, exquisit gekleidet, mit einem Pinkhütchen angetan, die blonden Locken hervorquellen lassend, das Schmollmündchen knallrot gefärbt, genau wie auf dem Konterfei, wahrhaftig ein Heiligenbildchen aus dem Poesiealbum, freilich, auch sie wollte kein Risiko eingehen und verströmte reichlich Parfumduft, vermischt mit sonstiger Lieblichkeit, welche sie sich ins Gesicht gemalt hatte. Neben ihr lief der Sohn, recht groß für sein Alter, neugierig, unsicher, verhalten lächelnd, der etwas abgenutzte Kuschelbär auf dem Arm. Umarmung? Nein, nur ein flüchtiger Kuss, sozusagen pro forma – ich ging leer aus –, alsdann eine stotternde Konversation in englischer Sprache: Das Programm musste erläutert werden, die sogleich geplante Zeremonie angekündigt, Frieders Logik erklärt und ihr Einverständnis eingeholt werden, denn er hat es damals versäumt, ihr einen Heiratsantrag zu machen. Es gelang nur mit Mühe, wiewohl erwartungsgemäß zunächst leichter Widerstand wegen ungeeigneter Kleidung aufkam, der jedoch leicht gebrochen werden konnte … „I am eager to marry you" … natürlich sagte er unter Umgehung meiner Dienste den auswendig gelernten Satz auf und er tat offensichtlich seine Wirkung … nun ja, sie willigte ein …" Yes, so am I" … fand es sogar lustig, ja war sich wohl bewusst, dass sie nicht als Putzfrau, sondern just aus diesem Grund, als Braut eben aus dem Katalog, angereist war.

Es ging alles recht schnell und die Räumlichkeiten, welche zwecks „First-Class Wedding" zur Verfügung standen, waren weniger außergewöhnlich, als man dachte, die Zeremonie verlief reichlich unspektakulär und der Knabe langweilte sich, legte sich auf eine Bank und spielte mit seinem Kuscheltier. Er verstand kein Wort, ebenso wenig wie Frieder selbst, denn alles wurde in englischer Sprache abgehalten, darauf waren sie am internationalen Flughafen vorbereitet. Eine Mischung von Kerosin und Weihrauch war der stete Geruch, der das kurze, aber folgenschwere Ritual begleitete und damit für die spezielle Note des Anlasses verantwortlich war, immerhin! Der Akt, mit obligatem Kuss besiegelt, war gültig, die Verbindung fürs Leben sanktioniert. Frieder verließ die Lokalitäten mit einer geehelichten Frau am Arm, die sein Leben umkrempeln sollte, so viel war abzusehen. Er war am Ziel seiner Träume, deren Verwirklichung derweil der Anfang allen Übels werden sollte, die Peripetie jedenfalls, die die Tragödie nun bis zum unvermeidlichen Ziel vorantreiben würde.

Als alles Pulver verschossen war, gab's ein Festessen, wie immer von auserlesener Qualität – in dieser Hinsicht war er verlässlich – und schlussendlich gingen sie von dannen, frisch verheiratet und mit gleichzeitig gegründeter Patchwork-Familie, denn er heiratete Irina mitsamt Sohn und Bär, ein ungewohntes Bild allerdings, das sein Vorstellungsvermögen überbot. Ob er es prästieren würde?

Die Wohnung mitten in der Stadt, welche die Familie beherbergen sollte, war zwar vorhanden, die Möbel aufgestellt, die Haushaltgegenstände eingekauft, aber sonst war nichts vorbereitet, die frischgebackene Ehe- und Hausfrau musste erst einmal ihre Muskeln spielen lassen, ehe das wahre Leben beginnen konnte, und das tat sie mit Widerwillen, wie er mir später erklärte ... ein erster Hinweis auf unterschiedliche Motive, welche die beiden ihrem Handeln zugrunde legten.

Er schwieg sich jedoch über weitere Details aus, gut so, dachte ich, ist ohnehin Privatsache und wie damals beim Probegalopp blieb einiges im Dunklen, das meines Erachtens für ihr Fortkommen von ausschlaggebender Bedeutung hätte sein können, doch sei's drum.

Ein weiteres wichtiges Etappenziel war somit erreicht, der damit eingeschlagene Weg soll nun zeigen, was es mit dem ganzen Arrangement auf sich hat. Noch steht nicht fest, ob er sich in Sicherheit wiegen kann.

Aus Irinas Tagebuch:
Die übereilte Hochzeitsfeier war, wiewohl pompös, so doch reichlich unangenehm, unstimmig jedenfalls. Es war schon deshalb mühsam, weil wir nicht dasselbe Spiel spielten, aber dass es so unerträglich sein könnte, habe ich nicht gedacht. Er spricht natürlich von Liebe, widerlich eigentlich, aber ich muss es über mich ergehen lassen, er besteht darauf. Nein, ich will meinen Plan nicht gefährden. Ich sagte sehr wohl: „Ja, ich liebe dich auch!" Ein Lippenbekenntnis bloß, er soll sich in Sicherheit wiegen und funktionieren, mehr will ich nicht von ihm. Ach ja, ein kleines Opfer muss ich wohl erbringen!
Zum Empfang küsste er mich nicht, ich verwehrte es ihm. Doch vor dem Traualtar musste ich es gezwungenermaßen geschehen lassen, widerlich ... na ja, wenn es denn nicht mehr ist, als bloß hin und wieder ein Kuss; das werde ich unbeschadet überstehen. Aber es steht fest, dass ich mir mit diesem Mann nur eine Scheinehe vorstellen kann, selbst wenn es schwerfällt, nur zu tun als ob. Es mag ja unfair sein, aber es ist nicht möglich, die Karten auf den Tisch zu legen, sonst kann ich gleich wieder nach Hause fahren.
Wie lange kann ich wohl dieser Maxime treu bleiben, wie lange den Schein wahren?
Ungewiss doch, aber eines ist sicher, wenn ich mich nun schmiegsam einfüge und keine Dummheiten mache, dann werde ich mein Ziel erreichen.

8

Anfangsschwierigkeiten

Nach rund einer Woche war auch die Wohnung funktionstüchtig, Irina hat es binnen kurzer Zeit geschafft, die Gebrauchsmaterialien in den Schränken zu verstauen, die Küchengeräte und Küchenmaschinen, deren Nützlichkeit sie allerdings anzweifelte, einzuräumen und Bad wie Schlafzimmer einzurichten, ja, sie hat sogar mitgebrachte Nippsachen und anderen Zierrat aufgestellt und zum Empfang des Gatten auch Blumen angeschafft, er sollte nun aus Mutters Wohnung ausziehen und, was denn sonst, bei ihr, na ja, in seiner eigenen Wohnung immerhin, Quartier nehmen … keine Frage, es war natürlich geplant, dass sie zusammenleben würden, es musste ja aussehen wie echt, dachte sie wohl, nicht zuletzt eben, um den Behörden keinen Anlass zu geben, irgendwelche Nachforschungen anzustellen. Dass sie sich womöglich dieser Gefahr aussetzte, war ihr bekannt. Auch die unmittelbare Umgebung sollte vom falschen Spiel keinen Wind bekommen, das versteht sich von selbst, sodass sie gezwungen waren, jeweils abends oder auch sonntags Arm in Arm einen Spaziergang zu unternehmen: „Ach ja, die Frischvermählten, wie innig doch, schönes Paar, finden sie nicht auch, Frau Sommer?" Aber keiner – wirklich keiner? – rechnete mit dem erbitterten Widerstand der Mutter, den zu brechen, Frieder sich nicht wagte. Sie ging sogar recht militant zu Werke, wie ich erfuhr, und sparte auch nicht mit handfesten Drohungen, etwa der Art, dass er schon sehen werde, was er davon habe, und ob er denn riskieren wolle, dass ihr Leid geschehe … eine falsche Schlange sei sie und er habe sich bloß einlullen lassen … „Öffne endlich die Augen, du alter Geck!" Ja, sie war wirklich sehr verärgert und das brachte sie ausnahmsweise auch zum Ausdruck.

Und er? Er reagierte erwartungsgemäß: Der Mutter wehtun, nein, das brachte er nicht übers Herz, und die Mutter überreden, sie sozusagen zur Vernunft bringen, das schaffte er nicht, denn sie bestand auf ihrem Recht, den Sohn, den sie unter Entbehrungen großzog, auch weiterhin unter ihren Fittichen haben zu dürfen, ja erhob dieses Privileg zum unantastbaren Tabuthema. Sich alles von einer hergelaufenen Blondine, einem unverfrorenen jungen Ding, kaputt machen lassen, das konnte und wollte sie nicht billigen, soll sie doch hingehen ins Land, wo der Pfeffer wächst. Dabei hat sie sich auch kategorisch geweigert, sie kennenzulernen, ja sie überhaupt einmal zu sehen und ihr vielleicht sogar die Hand zu reichen. Nein, sie beschimpfte sie und garnierte sie mit abträglichen Attributen, ohne sie je gesehen, geschweige denn gekannt zu haben.

Kaum erforderlich zu erwähnen, dass er Mutters Gebot weitgehend Folge leistete und zunächst einmal seinen Wegzug verschob und den ursprünglichen Plan, mit Irina und Oleg zusammenzuleben, auf Eis legte. Sie fanden eine gütliche Einigung und kamen überein, dass er vorläufig noch im Hotel Mama wohnen und dort langsam das Terrain vorbereiten soll, um zu einem späteren, noch nicht näher definierten Zeitpunkt, gleichwohl den Schritt ins Familienleben zu tun. Freilich, Mutters Widerstand hat auch einen Strich durch Irinas Rechnung gemacht, denn was wird geschehen, wenn der Amtsschimmel, angesichts der neuen Tatsachen, zu wiehern beginnt … doch er wieherte erst später! Nein, mit dieser Entwicklung rechnete sie nicht, denn sie kam unverschuldet zur Ehre der Strohwitwenschaft.

Ein weiterer Etappensieg, ein Teilsieg, aber der Mutter dieses Mal, doch auch Frieder hat die erste Runde gewonnen, so zumindest dachte er und war erstaunlicherweise nicht traurig darüber, dass er nicht bei seiner Frau, die er sich so sehr herbeisehnte und angeblich auch liebte, wohnen durfte. Natürlich stimmte er ihr zu und strich die Segel. Gewöhnungsbedürftig auch seine Einstellung zum befremdenden Geschehen, ist doch Folgsamkeit eines Sohnes im fortgeschrittenen Erwachsenenalter zwar tugendhaft, in diesem Fall jedoch abwegig und fehl am Platz.

Die frischgebackene Ehefrau ihrerseits schien sich wohlzufühlen, drängte – und darüber war ich zum ersten Mal bass erstaunt – nicht auf Klärung und endgültige Stellungnahme, sondern verhielt sich ruhig und duldsam. Sie hütete die Wohnung und führte den Haushalt, sorgte auch gleichzeitig dafür, dass klein Oleg möglichst bald zur Schule gehen konnte, und besuchte nebenbei selber Kurse zum Erlernen der Landessprache, denn sie wollte es nicht versäumen, binnen nützlicher Frist in der Wahlheimat integriert zu sein; lobenswert allemal! Ein Verlangen nach ihrem Ehemann schien sie zu unterdrücken, es sei denn, ein solches wäre nie vorhanden gewesen, ein Verdacht, der sich weder bestätigen noch zerstreuen ließ.

In der Folge war deshalb das Eheleben nur fürs Wochenende angesagt und mit der Zeit etablierte sich sogar eine Art Wochenend-Ehe, die am Samstagmittag begann und am Sonntag um ca. 17:00 Uhr endete, um auch noch ein kleines Stückchen vom Sonntagskuchen zusammen mit der Mutter zu genießen. Die Arme, sie wusste kaum, was sie mit sich selber anfangen sollte, zumal sie auf sonntägliche Ausflüge, welche früher gang und gäbe waren, verzichten musste. Alleine unternahm sie nichts. Nein, auch dies war keine befriedigende Lösung, aber sie schickte sich in ihr hartes Los, denn sie sah einstweilen keine Möglichkeit, diese Abmachung zu konterkarieren. Frieder bedauerte – offiziell nur – diese, im Grunde absehbare Entwicklung, hatte jedoch einstweilen keine bessere Idee, als auf eine allseits zufriedenstellende Lösung zu verzichten, und ging daran, das Alternativmodell einzufrieren. So wurde das Provisorium zur festen Einrichtung und kein einziger Gedanke wurde verschwendet, um es aufzugeben. Inwieweit er sich mit Irina besprach, ist unbekannt, sie richtete sich ein und lebte wie die Made im Speck, dort, wo er sie nach dem pathetischen Hochzeitsfest abstellte, und sie genoss es, nicht ständig die Gelüste des nunmehr rechtmäßigen Liebhabers abwehren zu müssen, denn längst hatte sie eingesehen, dass eine normale Ehe mit Frieder weder denkbar noch erwünscht ist.

Oft saß er weinend bei mir, fühlte sich hin- und hergerissen, beklagte seine Unlust, mit der an sich attraktiven Frau endgültig zusammenzukommen, und gestand sich ein, dass er sich in eine beinahe ausweglose Situation hineinmanövriert hat. Die Verantwortung dafür zu übernehmen, sei Pflicht, ihr auch gerecht zu werden schwierig, weshalb dem so war, konnte er nicht sagen, er fühlte sich ganz einfach außerstande einen definitiven Entscheid zu fällen und die Hochzeitsnacht sei auf den St. Nimmerleinstag verschoben worden" ... „Hochzeitsnacht?" ... „ja, Hochzeitsnacht, sie hat noch immer nicht stattgefunden!"

„Ja zum Teufel, juckt es dich denn nicht, wenigstens einmal mit deiner Frau ein Schäferstündchen abzuhalten? Du hast so von ihr geschwärmt, als sie noch nicht hier war, und nun lässt du sie allein in deiner Luxuswohnung hausen und ignorierst ihre weiblichen Reize. Und sie, hat sie denn noch keinen Vorstoß gewagt, dich ins Bett zu kriegen? Du verbringst ja immerhin die Nacht vom Samstag auf den Sonntag bei ihr. Hast du denn überhaupt Eier in den Hosen oder begnügst du dich mit Marmeln in der Hosentasche?"

„Spötter, elender! Aber nein, nichts, es ist abnorm, Stille nur! Ich habe mehr Lust, weiterhin zu einer Prostituierten zu gehen, als mich zu meiner Frau zu legen, mit der ich einen legitimierten Beischlaf haben könnte. Ich weiß noch nicht einmal, ob es denn bei ihr klappen könnte, doch egal, die Lust ist mir längst vergangen."

„Du bist ein Idiot! Da hast du im Katalog nach dem lieblichsten Konterfei gesucht, ein Ansprechendes gefunden, die dazugehörige Braut vom Fleck weg geheiratet und lässt sie nun ‚unbenutzt' verkümmern, das ist tatsächlich abwegig. Hast du wenigstens herausgefunden, ob du ihre Oberschenkel magst, dein Kriterium für Sextauglichkeit, das du immer mal wieder hervorgehoben hast."

„Nein, du Holzwurm, es gab noch keine Gelegenheit und offenbar hat auch Irina keine Lust, die ehelichen Pflichten, wie man so schön sagt, endlich zu erfüllen, irgendetwas scheint sie dran zu hindern. Ihr Motiv, sich so zu verhalten, kenne ich nicht, und meines ist mir offiziell entfallen und inoffiziell ... nun ja, ich bin es nicht gewohnt, die herrlichen Blumen am Wegrand unbeachtet stehen zu lassen, weshalb ich es in diesem Fall tue, ist schleierhaft. Sicherlich, sie ist eine wunderschöne Frau, zum Knuddeln gar und hat auch noch kindliche Züge, und ob mir ihre Oberschenkel passen, ist momentan unbedeutend, und ich will es auch nicht wissen. Sie ist zwar so verführerisch, wie ich dachte, aber auch abweisend und tut einen Teufel, um das zu ändern."

„Verstehe nicht: Du bist jeden Samstag dort, wo schläfst du denn?"

„Bei Oleg!"

„Bist du noch zu retten?"

„Ich fürchte, nein!"

„Also lieber Freund, jetzt hör mal gut zu. Du nimmst dir eine Frau aus dem Prospekt und verfährst genau gleich, wie wenn du in einem Versandgeschäft eine Hose oder ein Hemd kaufen würdest. Du stürmst dann alle Ämter, um sie einreisen zu lassen, veranstaltest ein Riesen-Tam-Tam schon bei ihrer Ankunft, stellst sie in einer eigens dazu gekauften ‚Vitrine' ab, schaust dir die ‚Beute' hin und wieder an, aber lässt sie wie ein Museumsstück dort vergammeln. Würdest du denn die Hose, die du kaufst, auch einfach in den Schrank hängen und nicht gebrauchen ... nun ja, ein etwas simpler Vergleich, aber, es kommt mir so vor, als ob du ..."

„Stopp ... nein, würde ich natürlich nicht, aber bei dieser Sache steckt noch etwas dahinter, das ich nicht weiß, ein Geheimnis wohl, welches sie nicht preisgibt. Und genau das ist der springende Punkt, dass wir nicht wirklich zusammenkommen, ich kann nicht funktionieren, wenn im Hintergrund eine falsche Musik läuft, verstehst du?"

„Dann stell sie zur Rede, nichts einfacher als das. Setz sie ein wenig unter Druck, ich denke, du hast ein gewisses Recht zu erfahren, was Sache ist, und Druckmittel hast du genügend."

„Denkst du, aber ich sage dir, du bist auf dem Holzweg, sie will nicht über ihre Vergangenheit sprechen, negiert die Gefahr, abgeschoben zu werden, und meine Drohung, ins Bordell zu gehen, lässt sie kühl. Weißt du, der Charakter einer Person ist dem Konterfei nicht zu entnehmen, vor allem dann, wenn er der Büchse der Pandora gleicht."

„Kaum zu glauben, unerhört, was? Wer hätte das gedacht? ... Aber was gibt's denn zu beanstanden? Schielen etwa die Brüste?"

„Lass die Häme beiseite und sei nicht albern! Auch du weißt, dass ich sie bisher nie nackt gesehen habe, also stell dich nicht so an. Zu beanstanden gibt's jede Menge. Alles und nichts könnte man auch sagen; sie benimmt sich so, als wäre sie allein hier, kümmert sich auch nur marginal um ihren Sohn und wie sie den Tag verbringt, ist unklar. Weißt du, sie verhält sich wie eine Modelleisenbahn und weckt lediglich das Kind im Manne. Mehr ist nicht drin!"

„Dann sei eben Lieb Kind! ... „Ha, ha" ... „aber siehst du nun, da hast du die Bescherung, so läuft's, wenn man die Katze im Sack kauft, und freilich hat sie während der Probezeit ihr wahres Gesicht nicht gezeigt, verständlich, aber unfair. Und nun sitzt du auf deinem ‚Einkauf' und kannst nichts damit anfangen, weil du das Rückporto nicht bezahlt hast. Aber ich rate dir, lass doch einmal den ganzen Seelenballast ruhen, geh zu ihr hin, ins Schlafzimmer – ein Muss als Ehemann – und versuch doch einfach, sie rumzubringen, um mit ihr zu schlafen, sie wird sich nicht verweigern, denn sie hat doch Angst, dass du die Ehe annullierst, wenn ruchbar würde, dass sie es nicht ernst meine, denn niemals würde sie riskieren, abgeschoben zu werden, sie unterschätzt diese Gefahr."

„Erpressung? ... unschön! Nein, kommt nicht infrage! Ich bin ein Ehrenmann!"

„Na ja, geht so ... verdorre an deiner Ehre! ... Aber musst du denn gleich mit solch zentnerschweren Ausdrücken aufwarten, es ist doch normal, mit einer Ehefrau zu schlafen, und der Gefahr, abgeschoben zu werden, wenn sie nicht mehr deinen Schutz genießt, dürfte sie sich, auch wenn sie das Gegenteil behauptet, durchaus bewusst sein, da ist es unnötig, mit dem Holzhammer nachzuhelfen."

„Werd's versuchen."

„Was denn: Holzhammer oder sanfte Tour?"

„Säuselnd wie der Wind, das himmlische Kind, werde ich sie liebkosen und mir an den Dornen die Hände zerstechen ..."

Kleinlaut zog er sich in die Ecke zurück und wurde nachdenklich ... welche Gedanken mochte er gewälzt haben? Er verharrte kurz in verzückter Pose, doch plötzlich hellte sich die Miene auf und er schlug vor, am Abend ins Bordell zu gehen, er kenne bekanntlich ein Etablissement, das sehr seriös sei, wenn es mir nicht behage, dann könne ich mich ja zurückziehen ... und ich halte solange ein Plauderstündchen mit der Puffmutter ab, bis du abgespritzt hast, oder wie denn?" „Sei kein Frosch!" ... sie sei eine interessante Frau mit viel Lebenserfahrung ... aber egal doch, er hätte einfach Lust, wieder einmal richtig verwöhnt zu werden ... ja, ja, ja, mit allem Drum und Dran.

„Nein, verstehe bitte, den Abend in einem parfümgeschwängerten Vorraum mit einem Sexheftchen verbringen ... das ist unattraktiv, sei mir nicht böse, aber das spar ich mir. Und wenn du Anlauf brauchst, dann hol ihn dir allein."

„Lass dich doch auch einmal verwöhnen, es macht Spaß, würde dir guttun."

„Inwiefern? Ich bin ausreichend divertiert, wenn du verstehst, was ich meine."

„Einige täuschen sich gewaltig! Unermüdlicher ‚Sex-Experte', du!"

Er ließ nicht locker, bis ich aus Gutmütigkeit zusagte, ihn zu begleiten, jedoch klarstellte, dass ich auf keinen Fall die Dienste dieses Hauses beanspruchen möchte ... ich hatte meine Gründe!

Ach ja, lange ist's her: Ich war jung, Student in den letzten Semestern und musste ein Praktikum absolvieren. Die Praktikanten mussten bedürftige Menschen innerhalb der Stadt behandeln, oft auch zu Hause besuchen, Hausarztmedizin üben halt. In meinem Revier erkrankte eines Tages eine Frau, die angab, deshalb den Arbeitsplatz nicht aufsuchen zu können, eine banale Sache an sich, unauffällig, mit Ausnahme ihres Jahrgangs ... üblicherweise behandelten wir alte Leute, sie aber war recht jung, weshalb also bedürftig, auf soziale Hilfe angewiesen? ... unglaubwürdig!

Nichts ahnend ging ich hin: finstere Bude, mehr ein Loch, ein sogenanntes Studio, tiefrote Plüschvorhänge, zentnerschwer, ein Boudoir mit Schmink- und Nippsachen, ein Tischchen, auf dem ein Dildo lag, mitten im Zimmer ein Hocker mit Plüschüberzug der Sitzfläche … sie selber saß im durchsichtigen Nachthemd und offenem Morgenmantel auf dem Bettrand, an den Füßen süße Pantöffelchen mit rosaroten Blümchen; ein Bordell, fraglos. Ich war nur kurz verblüfft, fasste mich aber sogleich wieder, denn auch Nutten können erkranken, hieß sie sich aufs Bett zu legen … „ja gerne" … „ich werde Sie kurz untersuchen, mehr nicht" … „ach so!"

Ja, sie war krank, hatte Fieber und musste behandelt werden. Für sie am wichtigsten war es jedoch, dass der Arbeitgeber informiert werde, sonst gäbe es Probleme … Arbeitgeber? … ja freilich, von ihren Freiern allein könne sie nicht leben, und überdies sei es in diesem Haus schwierig, welche zu empfangen, die Leute reklamierten, wenn es, natürlich meist nachts, etwas Lärm gebe, Schritte halt im Treppenhaus mitunter noch ein kurzes Gespräch. Das sei für einige bereits zu viel. „Ach so … dachte, es sei ein stilles Gewerbe, täuschte mich wohl."

Jämmerlich doch dieses arme Hürchen, wovon soll sie denn leben? Keine Frage, von den Freiern … ach so? Sie bezahlen schlecht. Brauchen zu viel Zeit, schwitzen und stinken; unrentabel! Dann eben von Sozialhilfe und einem kleinen Zugewinn von der Arbeit als Kellnerin in jener finsteren Spelunke, die ich anschließend aufsuchte, um sie abzumelden. Nun, sie habe eben nichts gelernt, die Schule oft geschwänzt und sei froh, dass sich ihr Köper, das einzige Kapital, das sie veräußern könne, einigermaßen gut verkaufen lasse, mehr habe sie nicht zu bieten. Und sollten die Bewohner des Hauses Ernst machen und sie bei den Behörden anschwärzen, dann wäre sie völlig mittellos. Aber jetzt sei sie krank und könne nicht arbeiten, weder als Kellnerin noch als Hure, was einen erheblichen Verdienstausfall bedeute … „bitte helfen Sie mir!" … Betrüblich dies, kaum zu glauben … hätte nie gedacht, dass es so was hierzulande gibt.

Die Behandlung schlug rasch an und nach einigen Tagen war sie wieder gesund und pudelmunter … „Vielen Dank", doch bezahlen könne sie leider nicht, sie sei gerade etwas klamm … das sei nicht meine Sache, das Büro, würde sich schon … „nein,

nein, bitte nicht dem Büro melden, das wäre gefährlich!" Bitte, bitte, sie habe doch eine bessere Idee, etwas fürs Gemüt. Ach so, wie denn? Und schon schickte sie sich an, ihre ohnehin transparenten Hüllen gänzlich fallen zu lassen und wollte mir an die Wäsche; nun, zugegeben, sie war recht hübsch, verführerisch sogar, doch das billige Parfum, das mir entgegenschlug, verdarb mir den Appetit. Zudem, in Anbetracht der eben erst abgeklungenen Krankheit, einer Berufskrankheit mithin, verspürte ich nicht die geringste Lust, mit dieser Frau Sex zu haben, dabei war ich damals noch ungebunden und frei zu entscheiden, mit wem ich schlafen möchte, aber so? Ich konnte widerstehen … Nein, ein für alle Mal sogar hat es mir den Appetit verschlagen, der Infekt ihres Geschlechtsorgans, ihrem eigentlichen „Arbeitsinstrument", war allzu abschreckend. Ab sofort stand fest, von solchen Frauen, selbst wenn sie noch so verführerisch wirken, möchte ich niemals einen Liebesdienst beziehen, und sei es auch nur, um meine Leistung honorieren zu lassen … „verstehst du mich?" Ich meldete dem Büro den Krankheitsfall nicht, sie tat mir leid und schwor mir, niemals ins Bordell zu gehen, was ich bis heute durchhielt.

„Schöne Geschichte, aus den Niederungen der Straßenprostitution, aber du musst wissen, dass ich in einer anderen Liga spiele, sie nennen sich dort ‚Kurtisanen', vornehm, teuer, keine Sozialbezügerinnen, kerngesund mit Zertifikat! Zudem musst du mit der netten Dame, die ich dir vorstellen werde, nicht unbedingt schlafen, sie hat noch andere, äußerst attraktive Dinge in ihrem Angebot … und ich versichere dir, die Ansteckungsgefahr ist gleich null."

Der Abend war unangenehm, die Atmosphäre, erwartungsgemäß mit billigen Parfums versetzt, kaum auszuhalten, die Lobby, wo ich auf Frieder wartete, ungemütlich und die „Mädchen", welche immer mal wieder vorbeischauten, um nachzufragen, ob denn noch immer kein Wunsch bestehe, mühsam. Die Puffmutter hatte ihren freien Abend und der abgegriffene Playboy, den ich kursorisch durchgeblätterte und bald einmal durchhatte, war uninteressant … keine anatomischen Besonderheiten, speziell im Bereich menschlicher Sexualmerkmale ... Ich war wohl im falschen Film.

Er seinerseits kam wohlgelaunt nach rund einer halben Stunde aus einem hinten gelegenen Raum, wo er bedient wurde, ja, er sei zufrieden ... „und danke schön, dass du mitgekommen bist, mein lieber Alibipartner."
„Ach daher weht der Wind, dachte, es sei genehm!"

Aus Irinas Tagebuch:
Ich mag seine Liebesbezeigungen definitiv nicht, er ist schmuddelig, hat Mundgeruch und ein klebriges Gebaren. Ich kann es ihm nicht so sagen, muss mir Tricks ausdenken, um ihn davon abzuhalten, mich ständig zu liebkosen. Er meint es wohl ernst, will mich anmachen, doch wie kann ich es ihm ausreden? Sonst ist er liebenswürdig und gutmütig, genau das, was ich brauche. Aber ich muss ihn hin und wieder ausschelten, damit ihm die Lust auf Sex vergeht.
Ich weiß, ich bin offiziell seine Frau und wäre deshalb verpflichtet, ihn an meinen Körper heranzulassen. Aber ich habe einige Gründe, weshalb ich mich nicht entschließen kann, dies zuzulassen. Es wird schwierig sein, ihn auch in Zukunft fernzuhalten. Ob es gelingt, ab und an Ausnahmen zu machen?

... Was ein Mensch mit sich machen und mit sich machen lassen soll, ohne sich selbst zu verlieren, ist ein wichtige Frage, deren Beantwortung bisher ausgeblieben ist. Es wird wohl eine lange Zeit in Anspruch nehmen, stichhaltige Regeln aufzustellen. Auch wenn ich mich erdreiste, frei in den Gärten des anderen zu flanieren,

so darf ich mich dennoch nicht aufgeben, weder mich, noch meine eigene Identität und muss darauf achten, dass mir genügend Raum zum Atmen bleibt, wo bliebe sonst die Befreiung aus er Umklammerung. Möglich allerdings, dass ich meinen Platz neu definieren, ihn verändern und anpassen muss, ohne ihn jedoch allzu sehr zu beschneiden ...
Manchmal denke ich, dass ich Unrecht tue, Unrecht, das sich nach Maßgabe des Rechts auf Selbstverwirklichung ergibt. Es mag eine Apologie sein oder nur eine schändliche Ausflucht, doch das Beharrungsvermögen im alten Trott herrscht vor und erzwingt die leidige Pein.

9

Eine Scheinehe?

> *„Wer die Hälfte liebt,*
> *der liebt dich nicht halb,*
> *sondern gar nicht,*
> *der will dich zurechtschneiden,*
> *amputieren,*
> *verstümmeln!"*

Es war nicht leicht herauszufinden, was Frieder wirklich wollte, seine Aussagen waren diffus und reichlich chaotisch, eine fassbare Linie war nicht auszumachen, außer dass er wild entschlossen war, an seinem Grundmotiv unter Inkaufnahme aller Konsequenzen festzuhalten. Er war buchstäblich festgefahren in seinem Sinnen und Trachten, keine Veränderungen durften sein Unterfangen stören, selbst als längst feststand, dass es im Großen und Ganzen unrealistisch war. Erstaunlich zwar, denn zum einen war der intrikate Plan minutiös ausgetüftelt und nach hartnäckigem Ringen endlich realisiert worden, bekanntlich mit dem deklarierten Ziel, der Vereinsamung und einer damit oft verbundenen Exzentrizität zu entfliehen. Es ging ja darum, die Schreckensvision, welche mit dem Ableben seiner Mutter ihren Anfang nehmen sollte, schon im Vorfeld zu bannen, ein fragwürdiges Anliegen indes, mit ungewissem Ausgang, zumal sein Lösungsansatz allenthalben für ungeeignet gehalten wurde. Zum anderen aber wollte er seit Langem schon eine Frau an seiner Seite haben, welche ihm alles bieten sollte, was eine Frau eben zu bieten hat, vor allem liebevolle Zärtlichkeit bis hin zur bedingungslosen Hingabe, intime Aufmerksamkeiten mithin, die er bis dahin schmerzlich vermisste. Es ging ferner um Bedienung und Unterstützung in alltäglichen

Situationen sowie mitunter auch süße Schäferstündchen, welche er zuvor käuflich erwerben musste, um seine körperlichen Bedürfnisse wenigstens ansatzweise zu befriedigen. Doch als die ersehnte Prinzessin eingetroffen und im goldenen Käfig weggesperrt war, mochte er mit ihr keine Zeit verbringen, war verunsichert und abgeturnt, da sie kein Zutrauen zeigen konnte. Das war verwirrlich, unlogisch sogar und darauf angesprochen, gab er stotternd eine wenig überzeugende Antwort, derart, dass er die Mutter ... ja schon klar, keine weiteren Angaben seien vonnöten, die alte Leier eben ... und hier verlor sich die wenig überzeugende Argumentation im Dschungel altbekannter Überschwänglichkeit. Es war bedauernswert, denn er vermochte die Tiefen des selbstgeschaffenen Dilemmas nicht auszuloten, ja, nicht einzusehen, dass er sich ins Fadenkreuz zweier Frauengestalten begeben hat, die sein Lebenszentrum in gegensätzlicher Richtung aus seiner seelischen Mitte wegbefördern wollten. Und das schien er anstandslos hinzunehmen, eine Kapitulation der Vernunft vor der Obstination.

Während langer Zeit änderte sich kaum etwas, außer Frieders Verweildauer am häuslichen Herd, indem der Zeitpunkt seiner Rückkehr zur Mutter, unter Angabe verschiedenster Begründungen, zusehends vorverschoben wurde. Er verließ zunächst schon sonntags um vier, dann um zwei Uhr sein Weekend-Domizil, denn in Ermangelung stellvertretender Aufmerksamkeiten wuchs seine Sehnsucht nach Mutters Güte und Obsorge stetig, steigerte sich bis zur Schmerzgrenze und verdarb ihm die Lust, länger bei Frau und Stief-Sohn auszuharren. Die Mutter hatte einstweilen Oberwasser, erwartungsgemäß allerdings, denn sie war im edlen Wettstreit um seine Gunst eindeutig favorisiert. Und das eine oder andere Mal lud er die Mutter zum Mittagessen ein, in ein exquisites Restaurant, versteht sich, einmal sogar in der löblichen Absicht, endlich eine Vorstellungsrunde – sie kannte weder Irina noch Oleg – zu absolvieren, was freilich im Streit endete, später dann aber ohne Begleitung, was die gewohnheitsmäßige Harmonie förderte und Mutter und Sohn zu beider Zufriedenheit in gewohnter Zweisamkeit vereinte. Sie liebte ihn, klammerte massiv, war weit entfernt davon, ihr Kleinod preiszugeben, und er ließ es geschehen, denn es war auch ihm genehm. Sie wurde wiederholt befragt, was sie von der ganzen Sache halte, war jedoch nicht bereit, ihr Urteil über die Schwiegertochter abzugeben, es sei sinnlos, ins Blaue hinein etwas zu sagen, nein, sie zog nur die Augenbrauen hoch und schwieg beharrlich. Die wortlose Botschaft kam dennoch an, aber Irina hatte auch nicht die geringste Chance, Gegensteuer zu geben, denn sie war die Verursacherin des unsinnigen Zwists, den die Mutter in gewisser Weise zunächst für sich entschied, war es doch aus ihrer Sicht ein großer Sieg, den „Buben", der er freilich blieb, wenigstens unter der Woche bei sich zu haben, und jedes Zureden, dass sich nämlich diese wirklichkeitsferne Eigenwilligkeit langfristig negativ auswirken könnte und die Eheleute so kaum Gelegenheit hätten, sich richtig aneinander zu gewöhnen, war vergebliche Liebesmüh ... sie pochte auf ihre Rechte und gab überdies zu bedenken, dass sie mit der Zustimmung zum aktuellen Kompromiss genügend Nachgiebigkeit gezeigt hätte. Fragwürdig doch, diese sonderbare Vorstellung, doch solange Frieder sie mit Muttern teilte und sich danach richten wollte, gab's keine Möglichkeit, diesem Unsinn ein Ende zu bereiten. Und die Geprellte hatte das Nachsehen, oder etwa nicht?

Aus Irinas Tagebuch:
Wir hatten Streit und ich wurde laut, sehr laut sogar, warf ihm Schimpfwörter ins Gesicht, er ließ von mir ab, nahm Mantel und Hut und verschwand aus der Wohnung ... eine taugliche Methode? Werde mich ihrer vermehrt bedienen müssen, obwohl ich diese widerliche Atmosphäre nicht täglich heraufbeschwören möchte, es wäre mir zu anstrengend, doch sollte es ohne nicht gehen, dann werde ich mich in die qualvolle Fügung schicken. Mein Lebensziel ist mir heilig, alles andere wird diesem untergeordnet. Es mag ja ungerecht sein, aber ich kann nicht anders.

Irina schickte sich offensichtlich mit Gleichmut in ihr Schicksal und es stand zu befürchten, dass der Grund hierfür in ihrer eigenen Planung zu suchen ist, vorläufig nur eine Vermutung, die zuzeiten noch jeglicher Grundlage entbehrte, jedoch einem Bauchgefühl entsprang, das sich langsam installierte. Sie pflegte den Haushalt ziemlich sorgfältig, nicht zuletzt, um den Schein zu wahren und sich Klagen zu ersparen. Sie fütterte regelmäßig den Jungen, der unterdessen zur Schule ging, wenn er nicht schwänzte, was recht oft der Fall war. Er war ein schlimmer Bengel, seine Streiche beflügelten einige Schulkameraden und Irina musste wiederholt beim Rektor antreten, um sich gewisse Hiobsbotschaften anzuhören, die sie ungefiltert weitergab:

Da gab's etwa jene eine, recht unangenehme Episode, welche lange zu reden gab. Oleg verprügelte auf dem Schulhof ein Mädchen, das nach Beendigung der Strafaktion spornstreichs zum Klassenlehrer eilte, um zu petzen. Er prügelte jedoch nicht ohne Anlass, gefiel sie ihm doch sehr und er versuchte, sie zu küssen, doch das wollte sie sich nicht gefallen lassen, sodass sie ihm eine Ohrfeige versetzte, doch diesen Teil der Begebenheit ließ sie beim Petzen außen vor, denn sie wollte ihren makellosen Ruf nicht beschmutzen ... Mädchenlogik! Der Lehrer stellte den Missetäter, ohne die Klage zu hinterfragen, zur Rede, doch klein Oleg schwieg beharrlich ... ein Anflug von Männerehre etwa? Der hilflose Lehrer erließ eine Mahnung, verhängte eine gewaschene Strafaufgabe und verfasste ein Schreiben an die Mutter, des Inhalts, dass der Junge in seiner Klasse wegen wiederholten Ungehorsams demnächst zum unerwünschten Schüler erklärt werden müsse, ja schlichtweg unhaltbar sei. Eine heftige Drohung, die er bei fortgesetzter Fehlbarkeit wahrmachen müsse und recht folgenreich gewesen wäre. Aber auch sie kannte die genauen Umstände nicht und maßregelte den Sohn aufs Heftigste, ja schlug ihn ins Gesicht, bis seine Nase blutete ... und er schalt sie eine dumme Kuh ... das ging zu weit! Sie drohte, ihn rauszuwerfen, und er seinerseits damit, Frieder ins Boot zu holen ... Nun ja, es war dies eine Wiedergabe der internen Kräfteverhältnisse, wie sie sich langsam, aber sicher etablierten. Es gab Streit, viel Streit zwischen Mutter und Sohn, Frieder, wenn er zugegen war, nahm Sohnemann in Schutz und griff schlichtend ein, mit unterschiedlichem Erfolg allerdings. Sein Ansehen bei Oleg stieg derweil, denn er stand fast immer auf seiner Seite und war weit weniger streng als die Mutter, ja verurteilte sogar gewisse Strafmaßnahmen, die sie verhängte, er aber für unverhältnismäßig hielt. Freilich ergriff er auch in diesem konkreten Fall Olegs Partei, denn ihm allein hat er die ganze Wahrheit offenbart; kein Wunder also! Zu oft spielte er eben mit verdeckten Karten und begriff rasch, dass er so die beiden gegeneinander ausspielen konnte, um sich aus der Schusslinie zu nehmen. Dennoch stellte sich die Frage, ob Frieders Parteinahme eher einem Trick entsprach oder echter Fürsorge für den geplagten Sohn, der, wiewohl ein Luftikus, kein böser Knabe war.

Die unschöne Episode wirkte lange nach. Immer wieder wurde er deswegen gepiesackt, sowohl zu Hause wie auf dem Schulhof, wo die Kameraden ihn zusehends mieden ... xenophob seien sie alle, meinte Frieder, und hatte wohl recht, selber schuld, meinte Irina, die prinzipiell die Gegenseite vertrat, selbst wenn sie dem Sohn schadete. Nein, sie mochte ihn nicht, er war Ursprung aller Unbilden, die sie zu erleiden hatte, und die Ehe mit Frieder gehörte wohl auch dazu. Er war offenbar der Prügelknabe im eigentlichen Wortsinn, bekanntlich Urheber für einen schlechten Start ins Leben. Und einmal mehr wird eine alte Schuld auf die Schultern eines Kindes überwälzt, das freilich nicht um seine Zeugung gebeten hat, eine unausrottbare Untugend! Peinlich nur, dass sich auch kluge Leute dieser Unsitte bedienen, statt ihre eigenen Fehler einzugestehen.

Die beiden „Männer", Frieder und Oleg, verstanden sich gut und machten oft Front gegen Irina, die dies schlecht ertrug, ja mit der Zeit zu heftigen Gegenmaßnahmen griff und den Buben immer härter bestrafte, zuweilen eben auch schlug, sogar im Zimmer einsperrte und das Abendessen verweigerte, womit sie all jene Strafen auf ihn übertrug, die sie eigentlich gegen Frieder hätte verhängen wollen. Das war unverständlich, denn er war noch ein Kind und musste Mutters Niederlagen ausbaden, Niederlagen namentlich, deren Natur er gar nicht kannte, denn er war der Letzte, der die Hintergründe der eigenartigen Vorstellungen seiner Mutter kannte. Frieder seinerseits, der, nach inquisitorischer Befragung Irinas, diesen Fehlmechanismus erkannte und letztlich einer Hilflosigkeit zuschrieb, versuchte, die Streithähne zu trennen, so oft es eben ging, denn er wollte ihn aus einem Teufelskreis befreien, in den er unbeabsichtigt hineingeriet. Er nahm ihn mit in die Stadt oder auf einen Ausflug, unternahm jedenfalls Interessantes, meist Altersgerechtes, zuweilen jedoch etwas, das man vielleicht als nicht schicklich einstufen würde, doch egal, er war beschäftigt und damit ungefährlich; selbstredend wurde die Mutter nicht informiert, denn es war abzusehen, dass sie einiges nicht gebilligt hätte, aber sie pfiffen auf deren stets negative Einstellung. Selten nur erfuhr sie Näheres und das gab regelmäßig Reibereien, als wäre die vermeintliche Untat ein willkommener Anlass, einen Streit vom Zaun zu brechen, Stellvertreter-Kriege allemal. Ja, diese unschöne Spiegelfechterei griff zusehends Platz.

Irina, die jede ungestörte Minute genoss, war sonst auffallend indifferent, schien sich meist nicht nach dem Jungen zu sehnen und lernte fleißig die Landessprache, Teil ihres Planes eben. Sie nahm sich bekanntlich vor, eine Weiterbildung anzutreten oder gar einen neuen Beruf zu erlernen, selbst wenn es eine Weile dauern sollte, ja, sie war fest entschlossen, ihr Leben neu zu gestalten. Doch sie war einstweilen dazu verbrummt, das Heimchen am Herd zu spielen, was sie scheinbar ungerührt tat, ja, sie war eine recht gute Hausfrau und Köchin, wohl eine Schülerin ihrer Mutter, was sich auch auf anderem Gebiet noch bemerkbar machen sollte, wie später in unrühmlicher Weise publik wurde.

Aber noch war es nicht so weit, jedenfalls gab's noch keine entsprechenden Hinweise auf weiterreichende Aktionen und ihre wahren Ambitionen waren nur teilweise bekannt. Irinas Haltung mag erstaunen, und sie richtig einzuordnen, war kaum möglich, waren doch konkrete Anzeichen für doppelbödige Aktionen nicht erkennbar. Aber irgendwelche Gedanken, die womöglich im Hinterkopf schlummerten, kamen hin und wieder an die Oberfläche und nährten den Verdacht, dass sie noch mit einigen Überraschungen aufwarten könnte. Ja, sie war eine Wundertüte mit diabolischem Inhalt, dessen Enthüllung Verderben versprach.

Wir beiden Männer trafen uns wieder öfter zum Morgenkaffe, für Frieder eine Gelegenheit, Rat einzuholen, den ich ihm derweil nicht immer erteilen konnte, denn mit sogenannten Mischehen, wie er sich eine zulegte, hatte ich kaum Erfahrung. Meine Erfahrung beschränkte sich auf eher biedere Verhältnisse. Ich verfügte sogar über einschlägige Erkenntnisse betreffs weiblicher Arglist, die auch mir nicht erspart blieb, doch das allein schien nicht zu genügen, um ihm allemal zum Durchblick zu verhelfen. Es waren jedoch fast immer rein menschliche Belange, die zur Debatte standen, und in diesem Bereich konnte ich durchaus mitreden. Ich schlug dann auch die eine oder andere Maßnahme vor, keine davon setzte er um. Er wollte offensichtlich keinen einschlägigen Rat einholen, er wollte sich bloß den Kummer vom Leib reden, und davon gab's bereits jede Menge. Unklar freilich, was er damit bezweckte, doch ich nahm's so hin, es blieb mir ja nichts anderes übrig. Seine feste Überzeugung, aller Unbilden zum Trotz auf dem richtigen Weg zu sein, war unzerstörbar und keine noch so drastische Strafmaßnahme seitens Irina vermochte, ihn davon abzubringen.

Dann wurde ich zum Abendessen eingeladen, musste mir die Wohnung und die Einrichtung ansehen, das zumindest war der Vorwand. Effektiv war es eine Aufforderung, auch in diesem neuen Umfeld eine Art Beraterrolle zu übernehmen, da Frieder verunsichert war, seine Rolle ja gar nicht ernsthaft wahrnahm und sich vermutlich auch scheute, Letztere endlich korrekt zu spielen, denn er hatte ja keine Ahnung, was Irina von ihm erwartete. Mal war er Ersatzvater des Jungen, mal De-Jure-Ehemann, mitunter schützender Kumpan aus der Westentasche oder prestigeträchtiges Vorzeigeobjekt bei gesellschaftlich hochrangigen Anlässen, nie jedoch echter Lebensgefährte oder gar Geliebter, geschweige denn begehrter Bettgefährte. All dies war aber Inhalt wiederholter Klagen über ein schmerzliches Manko, das jedoch keine gebührende Beachtung fand, ja buchstäblich ignoriert wurde. Noch immer rätselhaft, weshalb dem so war, eine sträfliche Unterlassung oder böse Absicht gar, doch wurde dieses Kapitel tunlichst gemieden. Unter den gegebenen Umständen war es natürlich undenkbar, dass sie ihn in ihre Pläne einweihte, denn dies hätte üble Folgen gehabt, Folgen, die ihre geheimen Vorhaben unterwandert hätten.

Als ich am besagten Abend eintraf, öffnete mir ein strahlendes Paar die Türe, perfekt war die Inszenierung, mustergültig das ‚glückliche' Ehepaar, das offensichtlich keine Mühe scheute, den Gast gebührend zu empfangen. Sie waren beide abendlich gekleidet, als ob eine besondere Feier anstünde, Irina trug sogar eine Art Cocktailkleid, war reichlich mit Schmuck behangen und geizte nicht mit ihren Reizen, was mich sehr erstaunte, denn dies war nicht ihre Art, dachte ich zumindest. Ja, sie war wirklich eine schöne Frau, eine Frau auch zum Vorzeigen, eine Frau, welche das Prestige des Gatten mehren könnte und durchaus in der Lage war, dessen Stolz zu rechtfertigen. Die Wohnung war auf Hochglanz poliert, feine Essensdürfte schwebten im Raum, Blumen da und dort, aus dem Radio strömte klassische Musik, Tafelmusik, die ich recht gerne mochte, ein Verwöhnprogramm also, das seinesgleichen suchte. Der Junge war auf dem Zimmer und spielte oder machte Hausaufgaben, wurde her gepfiffen, um höflich guten Abend zu sagen, dann wieder entlassen, alles wie im Lehrbuch. Das Essen war schmackhaft, Borschtsch zur Vorspeise, Stroganoff nach Mutters Art, Reis, Salat und ein schwerer Wein, es wurde nicht gespart, eher geklotzt, doch als eingefleischter Gourmet kam es mir zupass.

Es entspann sich eine recht angeregte und interessante Diskussion über Musik und Literatur und ich wurde mir der Tatsache bewusst, dass sie recht gebildet, auch sehr belesen war, na ja, erwartungsgemäß bei einer Absolventin eines Literaturstudiums, das sie möglicherweise nicht abschloss …, ach ja, man kennt die Nummer: Sie schwieg beharrlich zu diesem Punkt, der dann selbstredend auch für mich tabu war, wiewohl es mich gelüstete, einem bestimmten Hinweis nachzugehen. Dieser erwies sich indes als ziemlich schwer nachvollziehbar, sodass ich – unverrichteter Dinge, versteht sich – bald einmal die Waffen streckte, ohne dass mein Plan dabei aufgeflogen wäre. Ich durchforstete noch meine Erinnerung, als ich aufhorchte: „Die Universitäten sind schlecht bei mir zu Hause." Eine reichlich chaotische Einlassung, die in keinem Zusammenhang mit vorangehenden Erörterungen stand. Was wollte sie damit sagen, wohin die Debatte lenken?

Ich konnte mir keinen Reim machen, aber sie bot Anlass, ihren Studiengang zu hinterfragen: Sie müsste doch einiges vom abundanten Stoff, der im Rahmen eines solchen Studiums gelehrt wird, unweigerlich mitbekommen haben, dachte ich, und um den dabei erworbenen Vorsprung auf Frieders Bildungsstand zu nutzen, war sie womöglich an diesem Abend angetreten, freilich ohne zu verraten, ob sie damit einen ganz bestimmten Zweck verfolgte oder nur aus Prestigegründen handelte. Um diesen Vorsatz umzusetzen, hat sie wohl genügend Vorlesungen besucht, ja das war natürlich anzunehmen.

Ich erkannte jedoch mühelos, dass sie in einem anderen Kulturraum aufgewachsen war, die Ausbildung absolvierte und tätig war, fand ihre Bemerkungen sehr interessant und stellte einmal mehr fest, dass fremdes Kulturgut ausgesprochen bereichernd sein kann. Dass Frieder davon nichts wissen wollte, erstaunte, später erklärte er dann, dass sie so, wie vermutet, nur ihre Überlegenheit zementieren wollte, was nachvollziehbar war, stach doch ein unverkennbarer Ehrgeiz immer mal wieder hervor. Trotzdem, weshalb hätte sie sich denn so aufführen sollen, ich war ja in keiner Weise ein Konkurrent, wessen auch immer. Die andauernde Kontroverse der beiden Eheleute war somit wohl eher aus Missgunst und Inkompatibilität heraus entstanden und die Konversationsthemen jenes Abends, welche schließlich mit einem Außenstehenden abgehandelt wurden, waren dafür nicht verantwortlich. Nein, es sollte lediglich ein Gedankenaustausch werden, um die Interessensgebiete abzustecken, mehr nicht. Ob sie, von ihren Freunden getrennt, vielleicht solche und ähnliche Gespräche vermisste, gar kulturell unterfordert war? Die

Annahme, dass dem so sein könnte, war naheliegend, für Frieder jedoch eher bemühend, nicht zielführend jedenfalls, reines Ablenkungsmanöver, Ablenkung vom Kardinalproblem, der leidigen Inkompatibilität zweier Menschen, die unvorsichtigerweise heirateten, ehe sie sich richtig kennenlernten, und es auch unterließen, ihre individuellen Ziele abzugleichen.

An diesem Abend gab sie sich unerwartet sorglos und recht lebhaft, aufmerksam und zutraulich, von passivem Widerstand keine Rede. Das mochte wiederum Frieder nicht, doch er wusste, dass ich keinesfalls die Absicht hatte, ihm seine teure Partnerin auszuspannen. Sie war, aller hervorstechenden Attribute zum Trotz, nicht mein Typ und ich hätte es auch niemals gewagt, die Frau eines Freundes anzubaggern. Aber auch sie warb nicht um mich, sondern vielmehr um mehr Beachtung und Bewunderung ihrer Steckenpferde und der damit verbundenen Kenntnisse, ja, um Zuwendung an sich und um eine angemessene Position in einer Gesellschaft, in der sie sich nun mal ansiedelte, nachdem sie das schützende Dach des väterlichen Heims verlassen musste. Sie war ein Mensch wie viele andere auch und brauchte hin und wieder ein paar Streicheleinheiten, was soll denn dabei so schlimm sein. Doch über alles gesehen, war keineswegs klar, wer welche Interessen verfolgte oder wo die Schwerpunkte der Bemühungen lagen, denn einmal mehr wurden nicht alle Karten auf den Tisch gelegt.

Am nächsten Tag fragte er mich, wie ich sie gefunden hätte, es war wohl ein Testlauf, den sie zu bestehen hatte ... ein abgekartetes Spiel also? Ich sagte, dass ich sie hübsch und nett fand, vielleicht etwas maniriert, keinesfalls abstoßend. Sie gäben ein schönes Paar ab, fügte ich bei, doch diese Bemerkung rutschte ihm in den falschen Hals, was eine Tirade von Flüchen auslöste, denn dies war das Letzte, was er hören wollte. Er schnitt dabei eine Grimasse, als widerte es ihn an.

Er hatte schon recht, die allzu eilig aus dem Boden gestampfte Verbindung war keine normale Angelegenheit, die angeblich perfekte Ehe, reine Augenwischerei, gespannt die Atmosphäre, unwirklich das eigentümliche Konstrukt, das trotz zahlreicher

Stolpersteine fortzusetzen, sich diese beiden grundverschiedenen Menschen vornahmen. Damit war ein problematischer Fortgang der Lebensumstände natürlich vorprogrammiert, ein Faktum, das schon durch die ungewöhnliche Vorgeschichte bestimmt wurde. Es war nicht der Junge, der störte, auch nicht die unterschiedliche Herkunft, nein, die differenten Vorstellungen darüber, wohin die Reise gehen soll, wirkte sich prohibitiv aus und ließ eine liebevolle Beziehung einfach nicht zu. Doch gerade eine solche hätte womöglich die Erwartungen beider erfüllt und selbst unter ungünstigen Auspizien zum erwünschten Erfolg geführt. Dass sie gleich zu Beginn die Gelegenheit verpassten, diesen aussichtsreichen Weg einzuschlagen, war bedauerlich und letztendlich Ausgangspunkt eines endlosen Kampfes um eine Position, die niemals erreicht werden konnte, weder von ihr noch von ihm. Es war, als ob sich ein Drama anbahnen würde, dessen unglücklicher Ausgang zum Vornherein feststand, nicht zuletzt, weil keine Mahnung ernst genommen wurde. Der Tragödie letzter Akt konnte somit beginnen, Akteure und Zuschauer sind bereit.

Aus Irinas Tagebuch:
Heute Abend kam er in mein Schlafzimmer, pochte auf sein Recht als Ehemann, mit mir zu schlafen. An sich hätte ich gegen diese Absicht nichts einwenden sollen, aber ich suchte automatisch nach einer Methode, ihn abzuwimmeln, weil ich von andersartigen Voraussetzungen ausging als er. Ich merkte natürlich, dass er frisch geduscht war, aber es kam mir trotzdem nichts Besseres in den Sinn, als ihm zu sagen, er müsse sich erst waschen gehen; da war er beleidigt, und ging. Muss ich mir merken. Am folgenden Abend schützte ich die Monatsblutung vor ... wie lange mag der Vorrat an Ausflüchten noch reichen?
Ich will ihn auch nicht im Bett haben, wenn er sauber ist und frisch riecht, er ist nicht sexy. Er hat schon angedeutet, dass er

einige Zuwendungen brauche, ehe sein Organ funktionsfähig ist. Darauf habe ich nicht die geringste Lust und es wäre auch nicht im Sinne meines Plans, hier Konzessionen zu machen.

Ich höre die Stimme der Vernunft: Mach doch mal gute Miene zum bösen Spiel, denn du bist es, die nach geheimen Regeln spielt, die dein Mann, der er nun mal ist, nicht kennt. Ich habe mir das auch schon gesagt, aber ich schaff es nicht, ich finde ihn abstoßend. Ja, ich weiß, ich hätte ausreichend Gelegenheit gehabt, ihn rechtzeitig abzuweisen, doch damals war ich in Not, es musste schnell gehen und da dachte ich, es wird schon gehen. Nun habe ich den Schlamassel.

Ich fragte mich wiederholt, ob ich es mit Ehrlichkeit versuchen sollte, doch die Gefahr, dass er mich in die Wüste schickt, ist mir zu groß.

10

Ziehsohn

Frieder, in Familiendingen ziemlich speziell geprägt, entwickelte sich wider Erwarten zu einem halbwegs brauchbaren Vater, brachte viel Verständnis auf für die Anliegen des fremden Jungen, der freilich völlig andere Voraussetzungen mitbrachte als etwa seine Klassenkameraden oder sonstigen Kumpels. Er war ein schlechter Schüler, nicht nur wegen der Fremdsprache, die er in der Schule sprechen musste, nein, er war faul und desinteressiert, streunte ziellos im Quartier herum, statt Hausaufgaben zu machen, und ärgerte damit seine Mutter. Einerseits ärgerte sie sich darüber, dass er ihren Anforderungen nicht gewachsen war, andererseits war sie froh, dass er ihr so ausreichend Gründe lieferte, ihn fortgesetzt zu rügen und zu bestrafen, denn immer wieder drückte ihre Abneigung gegen dieses Kind durch, das ihr eben einen Strich durch die Rechnung machte, als sie in jungem Übereifer ihr Lebensziel festlegen wollte. Kein Wunder bei ihrer Vorgeschichte, dass die Selbstsucht weit größer war als die Sorge um die Zukunft ihres Jungen, dessen Aussichten, das ließ sich bereits abschätzen, nicht gerade rosig waren, und dies vorwiegend durch ihr Desinteresse an seinem Fortkommen. Dass solches Verhalten einer Mutter befremdet, muss nicht weiter kommentiert werden, und weil anfänglich dessen Hintergrund nicht bekannt war, stand man vor einem großen Rätsel, das etwelches Kopfzerbrechen verursachte. Wie, so die kritische Frage, kann eine Mutter das eigene Kind einer derart schwierigen Problematik aussetzen und gleichzeitig davon profitieren, das war kaum verständlich und der Ruf nach Abhilfe ließ nicht lange auf sich warten. Dass dann der vor allem in Erziehungsfragen reichlich unbedarfte Ziehvater – als solcher wurde er vorerst bezeichnet, ein Ruch, der später korrigiert werden musste – diese unglücklichen Verkettungen nicht ohne Weiteres hinnehmen wollte und Gegensteuer zu geben versuchte, war begreiflich, hat er doch eingesehen, dass man die Laufbahn eines Jungen nicht vorzeitig in eine verderbliche Richtung lenken sollte, zumal die Entwicklung unter solch ungünstigen Voraussetzungen schädliche Neigungen hervorbringen könnte. So ging er bewusst auf Konfrontationskurs mit Irina, was er wohl für das kleinere Übel hielt, als die Bemühungen zum Wohlverhalten des Jungen zu opfern. Frieder machte sich also echte Sorgen um den Buben, erfasste intuitiv die anhaltende Zwietracht zwischen ihm und der Mutter und griff öfter ein, als erwünscht, was wiederum Letztere zur Weißglut brachte, denn sie wollte sich jede Einmischung in die Erziehung ihres Kindes verbeten haben; ein widersprüchliches Verhalten allerdings, wohl eine Grundsatzfrage einer fehlgeleiteten Mutter. Ein neuer Streitpunkt hat sich somit aufgetan und er wurde nahezu täglich zum Casus Belli gemacht, ja es sah so aus, als ob sie absichtlich auf diesen Zug aufgesprungen ist, um Streitigkeiten auf anderer Ebene zu vermeiden. Jedenfalls nahm die Komplexität der Verhältnisse innerhalb dieser kleinen Familie fortwährend zu, sodass deren Prosperieren erheblich behindert, ja schlichtweg verhindert wurde.

Die Atmosphäre in diesem Haus war vergiftet und an eine Änderung der Bedingungen war nicht zu denken, jedenfalls wurde kein Wort darüber verloren, geschweige denn wurden irgendwelche zuträglichen Maßnahmen ergriffen. Die Wochenenden waren zwar weiterhin gemeinsamen Aktionen vorbehalten, deren Diversität jedoch zu wünschen übrig ließ, während er unter der Woche noch immer im Hotel Mama den Feierabend verbrachte und auch schlief. Er traf Oleg ab und an zum Mittagessen in einer Kantine, spendete Trost für erlittenes Unrecht seitens der Mutter und verwöhnte ihn nach Noten: Eis, Schokolade, auch Spielzeug sowie größere Dinge, wie etwa ein Tretauto, später ein Fahrrad und dergleichen mehr. Ja, er schrieb sich aufs Banner, dass er ihm Ersatz für nicht bezogene Streicheleinheiten bieten wolle, dachte er doch weiterhin, dass sich die Kaltherzigkeit, welcher er fortwährend ausgesetzt war, später bitter rächen könnte; dies galt es eben zu verhindern, doch ob seine Maßnahmen zielführend sein würden, war gleichwohl ungewiss. Er tat, was in seiner Macht stand, und dies mit großem Aufwand. Es bildete sich eine vertraute Beziehung zwischen Vater und Ziehsohn heraus, sie waren oft zusammen anzutreffen, das Einvernehmen war sogar herzlich, was der Mutter immer wieder sauer aufstieß … erwartungsgemäß freilich, aber aus Sicht des Jungen, im Sinne eines gerechten Ausgleichs mehr als willkommen und aus Frieders Sicht insofern wünschenswert, als er sich so eine Art Faustpfand schuf: Olegs Gunst als Ersatz für entgangene Zuneigung seiner Frau, ein verqueres Konstrukt mit fraglicher Wirkung. Es war eine verzwickte Angelegenheit, die ein seelisches Labyrinth hervorrief und wenig zum Verständnis der Situation beitrug. Dass Irina in Anbetracht dieser sonderbaren Entwicklung, welche ihr, der mehr und mehr Kaltgestellten, künftig etwelche Schwierigkeiten einbrocken könnte, ihre Taktik nicht änderte und niemals den Sohn in die Arme nahm, um ihm jene Nestwärme zu bieten, auf die er fraglos einen Anspruch hatte, war schlichtweg unverständlich.

Natürlich machte sich Frieder auch ernsthafte Gedanken über die gemeinsame Zukunft, die sich zusehends einzutrüben begann. Dabei ging es ihm in erster Linie um den Jungen, doch die Sorge um seine Ehe, die offensichtlich einen Fehlstart hinlegte, und seine eigene Zukunft, welche wohl kaum den erhofften Weg einschlagen würde, stellte er hinten an. Das war zwar großzügig, doch nicht nachhaltig angedacht. Seine eigenen Anliegen, das war absehbar, dürften so in Vergessenheit geraten, und sofern sich nichts ändern sollte, stünde auch zu befürchten, dass er eines Tages leer ausgehen könnte, sodass sich alles Tun und Lassen irgendwann als zwecklos herausstellen müsste. Aber noch war er nicht bereit, diese trübseligen Aussichten anzuerkennen, hätte es doch sein Handeln allzu sehr beeinträchtigt.

An diesem Punkt der Entwicklung angekommen, ließ sich somit konstatieren, dass sich zwei Menschen mit völlig verschiedenen Zielsetzungen zum Bund des Lebens vereinten, was wenig sinnvoll und kaum aussichtsreich war. Jeder behielt aber die eigene Zielsetzung unter Verschluss, mithin eine geeignete

Voraussetzung für Missverständnisse und Differenzen, die dann den gemeinsamen Lebensweg pflasterten und die Grundlage misslicher Verhältnisse schuf. Doch dessen ungeachtet, verfolgten beide stur ihren eigenen Plan, sodass eine Annäherung ausgeschlossen war. Indes gerade Letztere wäre eine unabdingbare Voraussetzung für eine ersprießliche Atmosphäre im eigenen Haus ... sie stellte sich nie ein.

Frieder konzentrierte sich daher auf seinen Ziehsohn und stellte auch gewisse Überlegungen zum Vater-Sohn-Verhältnis an, mithin einer wichtigen Grundlage, um die Weichen für Lebensziel und -qualität eines jungen Menschen zu stellen und letztlich auch Sinnen und Trachten des Heranwachsenden zu prägen. In dieser Hinsicht positiv einzuwirken, war alsdann sein vordringlichstes Anliegen, denn hier, so seine berechtigte Überzeugung, wird ja der Grundstein für ein aussichtsreiches Erwachsenenleben gesetzt. So kam er bald einmal auf die Idee, dass unter den gegebenen Umständen womöglich eine Adoption erstrebenswert wäre, nicht zuletzt, um klare Verhältnisse zu schaffen und insbesondere die „Befehlsgewalt" festzulegen, denn ab und an kam es auch vor, dass Oleg gewisse unangenehme Anordnungen mit dem Kommentar ignorierte, dass er ihm ja nichts zu sagen hätte. Natürlich urteilte er als unreifer Junge und vor allem nach Maßgabe des Augenblicks, denn Weitsicht war ihm fremd, aber hinderlich war es gleichwohl. Frieder, immer wieder ernsthaft besorgt, wollte, wie gesagt mangels andersartiger Optionen, wenigstens hier Nägel mit Köpfen machen, ein löbliches Vorhaben, das er mehr umständehalber anstrebte, und mit Verve betrieb.

Dazu brauchte er das Einverständnis des leiblichen Vaters, doch der war lange Zeit nicht auffindbar, was den Umständen gemäß totgeschwiegen wurde, doch Oleg suchte nach ihm, nicht zuletzt, weil er mit dem Ziehvater das denkbar beste Verhältnis pflegte. Er piesackte die Mutter, löcherte sie gar und kriegte selbstredend nur ausweichende Antworten, mit denen er nichts anfangen konnte. Er war nicht zu beneiden, beantwortete die Abgunst mit dummen Streichen und kleinen Straftaten, wie etwa Ladendiebstahl und dergleichen mehr, und kam zusehends auf die schiefe Ebene, eine Entwicklung, der zweifellos Einhalt zu gebieten war, und dazu benötigte Frieder wiederum klare Befugnisse. So drängte er auf rasche Verhandlungen mit dem Exmann, um die Frage der Adoption zu erörtern und eben sein Einverständnis zu erwirken. Schnaubend vor Wut – weshalb denn? – und nur zögerlich gab Irina nach, lieferte die Kontaktdaten des verschollen geglaubten Exmannes, sodass er zu einem Treffen eingeladen werden konnte. Allerdings bezweifelte Irina die Wirksamkeit der vorgeschlagenen Maßnahme, leistete ihrerseits Widerstand, ohne jedoch ihre Gründe zu erläutern, und machte sich einmal mehr verdächtig, ein geheimes Spiel zu treiben. Es dauerte recht lange, bis der ersehnte Termin stand, denn der umtriebige Vater saß im Gefängnis und musste erst auf seine Entlassung warten. Dieser Umstand wie auch dessen Begründung wurden allerdings vor Oleg verheimlicht.

Großer Bahnhof, Tag der Entscheidung ... Wirklichkeit oder Irrglaube? Auffällig jedenfalls: Die Wohnung wurde wieder einmal gründlich geputzt, die Vorräte aufgefüllt, Früchteschalen reihum und Blumen zuhauf aufgestellt, alles so, als käme der wahre Gebieter vorbei, und insgeheim nannte ihn Frieder bereits so, eine Benennung wohl aus prinzipieller Eifersüchtelei. Sie selber takelte sich auf, schminkte sich bis über beide Ohren hinaus, als hätte sie mit dem Exgatten ihr erstes Date, was Frieder in seiner Skepsis nur bestärkte, doch hatte er gerade keine Zeit, diese Beobachtung näher zu hinterfragen. Er hatte zwar Hinweise, dass der Kontakt zwischen den ehemaligen Eheleuten nicht abgebrochen worden war, und dass insgeheim noch irgendwelche Aktivitäten geplant wurden, doch stellte er die Recherchen zu diesem Thema vorläufig zurück, da er dieser Thematik keine besondere Aktualität zuschrieb, zu Unrecht, wie er später einmal wird feststellen müssen.

Salopp gekleidet und nicht sonderlich gepflegt, stand er vor der Türe, nicht allein allerdings, nein, neben ihm stand ein grobschlächtiger Typ, Skinhead und Sonnenbrille, Springerstiefel, unbewaffnet jedoch, ein unverkennbarer Schlägertyp, ein Leibwächter etwa? Er war furchterregend und machte eine finstere, undurchschaubare Miene, wie auch Oleg d. Ä., der sich, leicht verlegen wohl, hinter den unheimlichen Koloss stellte: ungewohnt dieses Bild, deplatziert in unseren Breiten, Altlast womöglich aus der Heimat. Was hat er sich denn eingebrockt, dass er sich schützen musste?, dachte Frieder kurz, ging aber sogleich zu einstudierten Höflichkeitsformeln über, denn es galt, den Herrn gefügig zu machen, ja, ihm gar einige Zugeständnisse abzuringen, so er denn Frieders Ersuchen nicht freizügig stattgeben sollte. Erste Wodkas gingen über den Tisch und ergossen sich in die Kehlen der hartgesottenen Männer ... nein, keine Toasts, wie üblich, eher stille Verneblung des Geistes, Frieder ließ Vorsicht walten, trank wenig und machte sich lächerlich ... gemeint: die Memmen, die nichts saufen! Aber es wurde noch nichts gesprochen, denn der große Manitou schwieg, wie es sich für souveräne Männer gebührt, nein, er ist freilich nicht gekommen, um kniefällig das Gespräch zu suchen, die anderen waren die Bittsteller, damit das ein für alle Mal klar ist ... es war klar. Den Sohn, seit Jahren nie mehr in seinem Umfeld zu Besuch, wollte er auch nicht sehen, weshalb dem so war, war unklar, oder doch nicht? Ob es auch ihm nicht um den Sohn ging, den Sohn mithin, der auch seine Lebensplanung durcheinanderbrachte? Warten, abwarten, sich in Geduld üben, jetzt nicht die Nerven verlieren ... außergewöhnlich indes und für Frieder eine Art Prüfung, die er natürlich bestehen wollte, also schwieg auch er, obwohl ihn das Anliegen unter den Nägeln brannte, und nippte zögerlich am Wodkaglas, unmännlich, aber erwartungsgemäß. Irina wusste auch nicht, wie sie sich verhalten sollte, offensichtlich war sie wegen der Begleitperson unruhig, meinte, er könne doch draußen warten, es sei keine Gefahr in Verzug ... in deren Landessprache versteht sich, doch eine Reaktion blieb aus, nicht mal die Augenbrauen wurden hochgezogen: Pokerface! Und alle wussten, dass Vater Oleg ein hartgesottener Verhandlungspartner war, unklar also, wer ihm gewachsen sein würde, ja, wer ihm letztlich eine Konzession abzuringen imstande sein könnte.

Doch dann richtete Irina als Erste das Wort an ihn, den Schreckensfürsten, als den sie ihn, etwas unbeholfen zwar, hinzustellen versuchte. Bitte schön, mal zuhören … Ob er denn wisse, weshalb man ihn habe kommen lassen … keine Angst, ein harmloser Grund … keine Reaktion, Stillschweigen, steinharte Mimik, dann eine kaum wahrnehmbare Regung, begleitet von einer müden Handbewegung: nun ja, um zu klären, ob er allenfalls gewillt wäre, den Sohn zu verkaufen; ungern, ääh … aber vielleicht schon, doch das hänge einzig und allein vom Angebot ab … ääh, dem Preis nämlich, der geboten würde … nein, nein, ein Missverständnis, man sei nicht bereit, irgendeinen Preis zu bezahlen, es ginge vielmehr um die Frage der Adoption, die schon deshalb im Raum stünde, weil Frieder nun dauernd da sei und finanziell vollumfänglich für ihn aufkomme … ach so … ja, dann gehe rein gar nichts, denn sein Entgegenkommen – sofern – sei doch eine Gunst, die honoriert werden müsse, er sei Geschäftsmann und nicht die Wohlfahrt … na ja, wenn dem so sei – Frieder erwachte aus der Schockstarre – in diesem Fall wäre dann aber eine Diskussion über seine Aliment-Zahlungen fällig, immerhin könne er gerichtlich dazu gezwungen werden … ihn zwinge niemand, es sei denn; er nestelte am Pistolen-Halfter, na ja, es gäbe unterschiedliche Antworten auf solche Vorhalte … ein unangenehmer Bursche, offensichtlich gewohnt, raue Sitten zu pflegen, ja Antworten mit der Pistole zu erteilen, zu starker Tobak für Frieder, er schlaffte ab und zog den Schwanz ein. Nein, nein, so sei es nicht gemeint, beschwichtigte Irina, die das Ritual kannte und zuzeiten wohl etliche Male über sich ergehen lassen musste. „Wie denn?", wollte er fragen, doch die Frage blieb ihm im Hals stecken, er stand geistesgegenwärtig auf, verließ grußlos den Raum und brach die Verhandlungen ergebnislos ab. Nein, in dieser Liga wollte er keinesfalls spielen!

Die Runde war ein Schlag ins Wasser, unsinnig wohl das Ansinnen, ein gemeinsames Problem vernünftig lösen zu wollen, doch egal, er könne gut damit leben, monierte Frieder im Hinausgehen. Und Oleg d. Ä., vermutlich ärgerlich über die eingefangene Schlappe, fügte an: Sein Beitrag zur Ausbildung des

Sohnes sei allenfalls in Naturalien zu beziehen, dann, wenn es so weit sei, und mehr habe er dazu nicht zu sagen, erhob sich und verließ seinerseits die gute Stube, zwinkerte mit einem Auge, um den ungemütlichen Kollegen aufzufordern, ebenfalls aufzustehen, und ging, ohne weitere Worte zu verlieren, Richtung Ausgang, ein Wildwestheld hätte diese Szene nicht besser hingekriegt ... Irina stand wie ein begossener Pudel da ... die Wohnungstüre fiel krachend ins Schloss, aus der Traum!

Eigentlich rechneten sie damit, dass der leibliche Vater auch den Sohn begrüßen sowie auch zusammen mit der Patchwork-Familie zu Abend essen, ja sogar den Abend gemütlich und in einvernehmlichem Sinne mit ihnen zusammen verbringen würde, doch das ganze wohl etwas allzu bürgerliche Programm wurde über den Haufen geworfen, nein, rein gar nichts blieb übrig von all den Erwartungen, die man sich so niedlich ausdachte, freilich ohne zu ahnen, wie schwierig oder gar aussichtslos es sein könnte, einen mit allen Wassern gewaschenen Halsabschneider zur Räson zu bringen. Es schien, als ob unter dem Begriff Räson unterschiedliche Vorstellungen subsummiert würden, und damit rechnete naiverweise keiner.

Irina war etwas besorgt, vielleicht auch traurig, dass der Mann, der sie einst verführte, so kaltschnäuzig sein konnte, hoffte sie doch, dass sie durch ihre Aufmachung ihm etwas mehr von seiner Gelassenheit hätte abkaufen können, doch auch sie ging leer aus; er hat wohl ein Exempel statuiert.

Das unerwartete Nullsummenspiel hatte keine Konsequenzen und die Patchwork-Familie fristete weiterhin ihr Dasein mit ungewissen Aussichten. Die Aufforderung, den Erzeuger zu entsprechenden Zahlungen zu veranlassen, stieß offensichtlich ins Leere und jedweder Appell an Irinas Adresse wurde lediglich mit einem unbedarften Achselzucken beantwortet. Sie war also nicht mehr für eine gemeinsame Aktion zu gewinnen, gab vor, ihn gut genug zu kennen, um die Aussichtslosigkeit solchen Unterfangens abzuschätzen, und riet zum Stillhalten. „Er ist stur und wird niemals klein beigeben, solches Tun ist in seinem Repertoire nicht vorhanden." Nun ja, sie hatte gut reden, die Hauptlast trug ja ihr Gatte, dessen Zuwendungen sie letztlich auch aufs eigene Konto umleiten konnte. Es wäre zu diesem Zeitpunkt bereits deutlich zu erkennen gewesen, dass auch sie ein undurchsichtiges Spiel trieb, doch Frieder hatte anscheinend ausreichend Gründe, diesen Aspekt zu ignorieren

Aus Irinas Tagebuch:
Mein Exmann will Oleg nicht zur Adoption freigeben, er will ihn verkaufen, der Schuft, dabei hatten wir doch ein anderes Ziel ins Auge gefasst. Hat er etwa vergessen, was wir vereinbart haben, oder ganz einfach aus verhandlungstaktischen Gründen davon Abstand genommen? Doch wenn dem so wäre, dann ist sein Plan, den er einmal mehr nicht mit mir abgesprochen hat, gründlich schiefgegangen. Was mag er sich dabei gedacht haben? Er ist abgebrüht, wollte den reichen Nebenbuhler buchstäblich ausnehmen, doch er machte die Rechnung ohne den Wirt. Ausnahmsweise bin ich mal mit Frieders Reaktion einverstanden, es hätte mich sehr unangenehm berührt, wenn er tatsächlich eine Kaufsumme genannt hätte.
Ja, Frieder hat ihm die Stirn geboten, erstaunlich, hätte ich nicht gedacht. Zum ersten Mal habe ich ihn bewundert, aber es entspricht nicht meiner Vorstellung, diese beiden Männer gegeneinander auszuspielen und deren Verhalten auf die Goldwaage zu legen. Dass am Ende des Tages Oleg unser Kind bleibt und Frieder nicht die Gelegenheit hat, sich noch mehr in die Erziehung einzumischen, ist nicht ungünstig, selbst wenn er mir gewaltig auf die Nerven geht. Und Frieder, das weiß ich, wird gleichwohl bezahlen.

11

Eskalation

Frieder hat sich in eine äußerst prekäre Lage verbracht und war nahezu handlungsunfähig: Er ließ die Zügel schießen und kapitulierte vorbehaltlos, erfüllte auch sämtliche Bedingungen seiner fordernden Gattin und übernahm stillschweigend die Rolle des braven ‚Pater familias' ohne Portefeuille wie auch langmütigen Sponsors eines vermutlich zweifelhaften Unternehmens. Es handelte sich dabei um das Management seiner Patchwork-Familie, namentlich aber um die Erziehung und Ausbildung Olegs, die noch einiges Kopfzerbrechen verursachen dürfte. Dieser letztgenannten Aufgabe wollte er sich keinesfalls entziehen. Weiterhin blieb es ihm freilich versagt, die Rolle eines landesüblichen Ehemanns zu spielen, obwohl er im Besitz einer gültigen Eheurkunde war; es war bloß Makulatur, wertloses Papier, bestenfalls als Klopapier geeignet; ein Vorschlag zur Güte meinerseits, dank welchem ich mir seine Gunst verscherzte, vorübergehend nur. Nun ja, er wohnte noch immer bei der Mutter, die allein zu lassen, er auch nach geraumer Zeit nicht schaffte und Letztere tat einen Teufel, um ihn endlich loszuwerden, was sie als bejahrte Frau mit ausreichend gesellschaftlicher Erfahrung längst hätte tun sollen; auch sie handelte sehr egoistisch, ohne dies einzusehen, wie denn? Doch damit versäumte er es nach wie vor, sich und seiner Gattin wenigstens eine minimale Chance einzuräumen, sich später einmal als Paar, ja eben Ehepaar, egal welcher Färbung, zu bestätigen und so eine gangbare Version des Zusammenlebens zu realisieren, die für beide stimmig wäre: „Tema con Variationi!" Und so waren auch künftig Schäferstündchen oder gar echter Sex ausgeschlossen, denn sie wagten es nicht, oder genauer, er wagte es nicht, sich seiner Gattin mit klaren Absichten zu nähern, zu groß war die Versagensangst, und sie ihrerseits tat alles, um Letztere zu schüren und ihn so fernzuhalten, wie gehabt. Eine verfahrene Situation, keine Abhilfe in Sicht und Treten am Ort. Es war jedenfalls äußert beschwerlich, sich die Inertie dieses Paares immer wieder vor Augen zu führen.

Betrüblich war ferner, dass die äußerliche Makellosigkeit Irinas die charakterlichen Mängel nicht zu übertünchen vermochte, was zunehmend zum unbekömmlichen Umstand wurde. Sie konnte auch Frieder nicht dazu veranlassen, endlich zu seinem ursprünglichen Entschluss zu stehen und definitiv mit ihr zusammenzuleben, ein Restposten, der endlich eliminiert werden müsste, um wenigstens eine heile Welt zur Schau zu stellen. Doch das Verführungspotenzial der Puppenhaftigkeit Irinas ist wohl bereits nahezu erschöpft, zu geringfügig jedenfalls, um noch irgendetwas zu bewirken. Auch das Vertrauensverhältnis der beiden Akteure war erheblich gestört und die vertrackte Wohnsituation war kaum geeignet, daran etwas zu ändern, ja es stellte sich sogar die ketzerische Frage, ob nicht beide nunmehr ein großes Interesse daran hatten, den Status quo aufrechtzuerhalten.

Sie war und blieb streitsüchtig und jeder noch so geringe Anlass verschaffte offenbar ausreichend Gelegenheit, einen Streit vom Zaun zu brechen, Nichtigkeiten als Casus Belli aufzuplustern, die im Grunde der Rede nicht wert waren; simple Duplikate echten Lebens bloß: Nihilitis crepitans, wie man zuweilen sagt. Jeder Tag, den sie zusammen verbrachten, war Anlass genug, um einen lautstarken Schlagabtausch vom Zaun zu brechen, der so lange dauerte, bis Frieder aufstand und die Wohnung verließ, indem er absichtlich die Türe zuknallen ließ und sich in die Kneipe ums Eck begab, um ein Bier zu trinken … Vergessen im Alkoholdunst! … aber nein, er war kein Alkoholiker, doch das Bierglas wurde öfter mal zum Strohhalm; Verzweiflung machte sich breit.

Bei den Auseinandersetzungen ging es meist um Geld, ausnahmsweise auch um Erziehungsfragen betreffend Oleg oder dann, vor allem in letzter Zeit, um die Wohnsituation an sich, die ihr offenbar nicht behagte, denn sie hätte gerne eine große, helle Wohnung, am ehesten eine Attikawohnung in einem Villenquartier gehabt, so ähnlich, wie sie es von zu Hause gewohnt war … die Arme, ein verwöhntes Kind mithin, sie wurde auf ein bürgerliches Normalmaß zurückgestuft und die kleinbürgerlichen Vorstellungen ihres Mannes mochte sie nicht teilen und er wiederum tat sich schwer mit ihren luxurösen Ansprüchen, die zu finanzieren er nicht die Mittel zu haben glaubte. Nein, Mutters Bub war nicht bereit, das Geld zum Fenster hinauszuwerfen, die hinlänglich ausgerüstete Eigentumswohnung der Mittelklasse musste genügen. Die Auseinandersetzung war mühsam und unproduktiv:

„Lass doch das aufreibende Gezeter; jedes Mal, wenn wir von Geld sprechen, beginnst du zu jammern, diese Platte kenne ich zur Genüge. Du bist zwar nicht reich, aber ausreichend begütert, um mir ein anständiges Leben zu ermöglichen. Und diese Aufgabe hast du unstreitig übernommen."

„Mag ja sein, aber was ist ausreichend, was anständig? Darüber gibt's unterschiedliche Auffassungen, wie uns Grimms Fischer mit seiner Frau lehrt, doch egal, ich jammere zu Recht, denn deine maßlosen Forderungen bringen mir den Ruin. Ich bin kein Krösus, wie dein Vater, der Zar", wie er ihn heimlich nannte, „ich bin nur Frieder Lindenmann, der brave Bub aus dem Volk."

„Ja, Vater ist großzügig und hilft mir ... natürlich aus gutem Grund, sonst hätte er dir ja auch eine gehörige Mitgift gegeben, doch angesichts deiner Position hat er eben darauf verzichtet ... Sein Entscheid."

„Protektionismus wohl, doch egal, aber es wäre gleichwohl recht und billig gewesen, wenn er sich am Unterhalt seiner werten Tochter beteiligt hätte, und ich warte noch heute auf eine Zahlung. Hat er sie etwa auf den Sankt Nimmerleinstag verschoben oder ganz ausgesetzt?"

„Aha, daher weht also der Wind; wir sind sicher, dass du darauf verzichten kannst."

„Wie will er das denn wissen? Er kennt ja meine Finanzen nicht, und was heißt ‚wir'?"

„Datenschutz, verstehst du! Seine und meine Informanten sind geheim."

„Ungeheuer! Nun, ich verstehe. Ihr seid ganz einfach professionelle Beutelschneider, das ist euer Lebenszweck ... ihr seid ein Pack."

„Diese Qualifikation ist beleidigend, aber ich diskutiere nicht auf diesem Niveau; lass mich doch einfach in Ruhe ... verstehe aber, dass ich deinen Geiz verabscheue."

„... und deinen Vater, intriganter Geizhals vom Dienst, in Schutz nimmst."

Aus!

Schlimmer noch waren die nahezu endlosen Diskussionen um persönliche Dinge, etwa um Essen, Sauberkeit oder Haarschnitt oder dann den Gutenachtkuss, den sie wegen Mundgeruchs nicht mochte, oder dann Hinterlassenschaften im Badezimmer oder Klo, wo sein Verhalten angeblich nicht ihrem Standard entsprach, und so fort. Was genau sie beanstandete, war nicht in Erfahrung zu bringen, aber anscheinend waren es ebenfalls Kleinigkeiten, die er der Rede nicht wert fand, und sein Vorschlag, einfach eine friedliche Koexistenz zu pflegen, verhallte stets ungehört. Dass sie dazu nicht Hand bot, war offenbar unwesentlich; eine spezielle Logik allerdings. Was mochte der wahre Grund sein? Der Krieg dauerte nun schon seit Beginn ihrer Ehe, wie lange noch soll er mit solch unbeirrter Vehemenz fortgeführt werden?

Über alles gesehen, musste man einfach feststellen, dass diese zwei keine betuliche Beziehung aufzubauen verstanden, und die Konflikte, welche meist lautstark und temperamentvoll ausgetragen wurden, verkamen mehr und mehr zu Stellvertreter-Kriegen, die sich natürlich sachfremder Themen bedienten, während das eigentliche Problem auf der Strecke blieb. Solche Entwicklungen sind allgemein bekannt und stellen sich meist dann ein, wenn's unter der Bettdecke nicht stimmt, und das war hier zweifellos der Fall. Dass beide, wir wissen es, daran nichts ändern wollten, trübte die Aussichten, eines Tages eine angemessene, zumindest aber unprätentiöse Privatsphäre genießen zu dürfen, sodass die Zukunftsaussichten der beiden Eheleute in erheblichem Maße beschnitten wurden.

Ich konfrontierte Frieder mit dieser unschönen Prophezeiung, die er allerdings nicht bestätigen mochte, denn er fand sie hanebüchen, aber vermutlich war es ihm peinlich, einer Kategorie

Menschen anzugehören, die abseits üblicher Gepflogenheiten ihr partnerschaftliches Dasein fristen mussten und damit nicht zurande kamen. Weiterhin steckte er somit den Kopf in den Sand und wollte nicht wahrhaben, dass er kaum je mit einer normalen Mann-Frau-Beziehung rechnen könne, und überdies sein Verhalten nichts dazu beitrage, diesem Umstand entgegenzuwirken. Selber schuld, das Verdikt, dumme Ausrede seine Replik, Pattsituation also auch hier. Und auch die folgende Ansage fand er wenig glaubhaft: Die Abwesenheiten während der Woche seien geeignet, sie in fremde Arme zu treiben, und sei es nur insoweit, als sie sich ihre sexuellen Bedürfnisse anderweitig befriedigen lasse, war sie doch eine junge, attraktive Frau, die langfristig ein klösterliches Dasein kaum ertragen dürfte. Ob dies bereits der Fall sei oder erst eine dürre Idee, die meiner Fantasie entspringe, stehe dahin, dieser Eventualität jedoch ins Auge zu schauen, sei notwendig. Aber er stellte auf stur, gab sich unbelehrbar und lehnte jede Hilfe zur Befriedung seiner Home-Front ab … es ginge doch leidlich gut und die Zwischenfälle seien erträglich, er werde schon lernen, damit umzugehen. Opportunismus in Ehren, doch fett wird man davon nicht, nein auch diese Äußerung fand er deplatziert.

Er kam aber immer wieder auf die Thematik zurück, nahm die Debatte aufs Neue auf und lehnte weiterhin meine Vorschläge ab, Dreschen leeren Korns mithin! Wiederholt saßen wir beim Morgenkaffee und zogen Bilanz, um die unumgängliche Frage zu erörtern, ob es denn nicht besser wäre, einen Schlussstrich zu ziehen, um endgültig sein offensichtlich untaugliches Projekt zu beenden, zumal auch immer noch völlig unklar sei, welcher Projektidee Irina folge … Zum hundertsten Mal: „Bitte keine Verschwörungstheorien, lass solches beiseite!" Nein, diese Schiene war nicht genehm, erneut verschloss er die Augen.

Ich sah, wie er litt, sah, wie er kämpfte, erkannte die Zweifel, die er hegte, und dabei befürchtete, dass sein ganzes Konstrukt ins Wanken geriet und zu zerfallen drohte. Nichtsdestotrotz hatte er noch immer erhebliche Skrupel, seinen ursprünglichen Plan, dessen unumstößliche Berechtigung er weiterhin für gegeben hielt, endgültig zu verwerfen, und dies nur wegen einiger zusammenhangloser Streitereien, die er scheinbar mühelos wegsteckte, da er sie zusehends als sinnloses Gezeter abtat, das ihn nicht anfocht ... beim einen Ohr rein, beim andern raus ... „geübter, gewiefter Kleinredner, du!" Die fixe Idee, nicht allein leben zu wollen, obsiegte regelmäßig, die Angst vor Einsamkeit und Isolation überwog bei Weitem, nichts und niemand konnten ihn davon abbringen. Er schwenkte nicht auf die einzig denkbare Linie ein, der Leidenszeit durch den längst fälligen Schlussstrich ein Ende zu bereiten. Nein, er wollte die ermüdende Mahnung, dass er sich so, wie die Sache lief, endgültig kaputt mache und damit eine ersprießliche Zukunft außerdem unwahrscheinlich werde, strikte wegbedungen haben. Auch die materiellen Engpässe, die er gegebenenfalls schaffen würde und die er als Hinderungsgrund für eine proaktive Lösung ins Feld führte, fielen so sehr ins Gewicht, dass er eine Trennung von vorneweg inopportun fand. Er nahm somit in Kauf, dass er weiterhin mit exorbitanten Forderungen konfrontiert sein würde, obwohl ihn dieses Treiben sehr ängstigte und zusehends belastete. Er habe, so weiter, ohnehin den letzten günstigen Zeitpunkt – ein namhafter Zeitfaktor, den wir längst schon in die Argumentation einfügten – den letztmöglichen Stichtag also, verpasst ... ja natürlich, dem war so, aber auch dies war ein Versäumnis, das er selbst verschuldete. Und gerade dieses Versäumnis würde erhebliche Kosten verursachen, dessen war er sich bewusst. Ob Kosten zu Hause oder beim Gericht, das sei einerlei.

Von Anfang an war der Wurm drin, kein Intermezzo gab's, das ruhigere Zeiten versprach, nichts wies darauf hin, dass er irgendwann seine Vision verwirklichen könnte, und mit diesem „letzten" Argument schloss er jeweils die Debatte ab.

Weil er unbelehrbar war und bis dahin jede sinnvolle Maßnahme ablehnte, sich aber zudem seine häuslichen Verhältnisse merklich verschlimmerten, begannen wir zu einem späteren Zeitpunkt erneut einige vorstellbare Aktionen zu diskutieren, welche jeweils im Sinne von Vorschlägen zur Güte hätten verstanden werden können, ein Weg mithin, der ihm trotz hoher Kosten helfen müsste, etliche Verbesserungen seiner Lebensumstände herbeizuführen. Es ging unter anderem um Versuche, durch gewisse Angebote allenfalls ihr Wohlwollen zu gewinnen, Angebote, die sie nicht ausschlagen konnte und welche ihr auch in gewissem Sinne eine Art Dankbarkeitsgefühle abringen sollten, denn bisher kassierte sie die täglichen Zuwendungen in der Meinung, dass sie ihr fraglos zustünden. Die Einsicht in die Begleitumstände fehlten ihr. Aber es ging letztlich auch darum, ihre Achillesferse zu reizen, damit sie kleinlaut werde und ihre Aggressivität etwas zügle. Doch war der Erfolg solcher Offerten alles andere als gesichert, denn sie war ein Sturkopf, ja, letztlich aber eine eingebildete Ziege, die stets recht haben wollte. Es war somit eine Art Vabanquespiel, dessen Aussicht auf Erfolg in den Sternen stand, doch ein Versuch war es allemal wert. Dies beliebt zu machen, war Ziel der Gespräche, bei denen ich eine Art Mediator spielen sollte.

Frieder war bekannt als Stubenhocker, liebte noch immer die bescheidene Lebensweise der Mutter, die als Einzige in der Lage war, die Speisen so zuzubereiten, dass sie bekömmlich waren, und jede andersartige Kochkunst lehnte er ab. Ferner hasste er Reisen, die ihn in fremde Länder führten, wo er eben andere Kost zu gewärtigen hatte und obendrein einem andersartigen Lebensstil ausgesetzt sein würde. Solches fand er unleidlich. Dass ihr gerade solches fehlte, hat er bereits mit Missbehagen zur Kenntnis genommen, ein Gefühl, das es jedoch zu überwinden galt, denn hier war Handlungsbedarf angebracht. Er war deshalb, im Rahmen neuer Erkenntnisse und fortgesetzten Wohlwollens, aus eigenem Antrieb bereit, ihr einige Reisen anzubieten, um gut Wetter zu machen. Eine erste Tour, egal wohin, gewissermaßen als Hauptprobe, aber nur dann, wenn ich ihn begleite, denn er fürchtete sich vor seinem eigenen Mut. Ich schlug eine Kreuzfahrt auf der Ostsee vor, welche uns bis nach St. Petersburg führen sollte. Diese Stadt wollte ich schon lange besuchen, er selber war skeptisch, doch weil Irina die dortige Sprache beherrschte, war er einverstanden, als Nichtschwimmer die Gefahren einer Schiffsreise auf sich zu nehmen … der Trost:

„Ich bin Rettungsschwimmer!" ...
„Gut so! Eine echte Beruhigung." Diese Rechnung müsste doch aufgehen und innerlich triumphierte ich bereits, denn auf dem Schiff gab's nun mal nur wenig Ausweichmöglichkeiten und selbst der individuelle Freiraum war begrenzt. Doch die pfiffige Absicht schlug fehl, denn die Querköpfe bestellten gleich zwei Kabinen, da sie nicht gewohnt seien, im gleichen Raum zu schlafen, und Frieder, der gutmütige Kerl, bezahlte die Zeche, ohne dazu einen weiteren Kommentar abzugeben, entfiel doch so ein angsteinflößender Umstand, der ihn beinahe die Lust am Unternehmen kostete. Erneut hat sie gewonnen, erneut entkam er einer Prüfung, erneut war ein Zusammenführen vereitelt, das Ziel meiner heimlichen Mission verfehlt.

Die Reise war trotzdem sehr schön, interessant, gesellschaftlich aber unergiebig und letztlich ergebnislos: Die Intention führte ins Leere, weiterhin Treten am Ort. Das hervorragende, oft mehrgängige Essen entsprach schlichtweg nicht den Vorgaben seiner Mutter, war unbekömmlich und die Atmosphäre an Bord war weit überkandidelt. Nichts für einen Buben aus dem Prekariat, als den er sich immer noch verstand. Auch Irina, den Luxus gewohnt zwar, aber eben allein gelassen, verschwand jeden Abend nach dem Essen in der Kabine und ließ sich erst am nächsten Morgen wieder blicken, während er zur Bar ging, um einige Drinks zu konsumieren, schon wieder; ja, er wollte vergessen und das war natürlich nicht der Zweck der Übung. Er nahm auch allein an der Tanzveranstaltung auf Deck teil und lernte wohl einige – ja, einige! – Damen kennen, allerdings hatte dies kaum Folgen, denn Irina schien es weiter nicht zu kümmern, hatte sie doch offensichtlich andere Sorgen. Sie nahm sich zusammen, mit sichtlicher Mühe, machte derweil keine Szenen, es war die einzig sichtbare Wirkung des teuren Unternehmens.

Ein Schuss in den Ofen also, ich war am Ende meines Lateins ... „ich bin ratlos, lieber Freund" ... „ich auch, aber sei's drum". Resignation prägte die Stimmung und es schien einmal mehr, als ob der ‚Status quo' zementiert würde. Erneut drängte sich gleichwohl die Frage auf, was denn Irina davon hielt und was sie sich für Ziele setzte. Ein Eheleben nur aufgrund materieller Gesichtspunkte zu führen, dürfte doch auch für sie keine Option sein; was also führte sie im Schilde, wie sah sie selber ihre Zukunft? Alles interessante Fragen, die ich ihr gerne einmal gestellt hätte, wiewohl ich mir vornahm, mich nicht allzu sehr ins Privatleben dieses zwiespältigen Paares einzumischen ... ja aus Frieders Sicht – er konsultierte mich ja immer wieder – wäre es sicher erwünscht gewesen, aus Irinas Sicht aber eher nicht, denn sie habe ohnehin keine Gelegenheit, ihre Meinung zum Ausdruck zu bringen, wie sie immer mal wieder beklagte. Ihr Schneckenhaus, das sie bezog, war jedoch brüchig und hellhörig, Fakten mithin, die sie zu ihrem Vorteil zu nutzen verstand. Ob derweil ihr Verhalten an Bord alles klarmachte, war noch immer fraglich und ließ weiterhin einige Ungewissheiten offen, zumindest lag ein tauglicher Abschluss noch fern.

Indes, Freund Zufall kam zu Hilfe: Eines Tages traf ich sie rein zufällig in der Stadt und lud sie zu einem Kaffee ein, aus Höflichkeit, geheuchelter Freundschaft oder bloß gesellschaftsfähigem Verhalten, egal, ich dachte nur, es sei angemessen, rechnete jedoch damit, dass sie ablehnte. Ich irrte ...

Plötzlich ergriff sie das Wort, als die Kaffeetassen serviert waren: „Es läuft nicht gut!"

„Nein, es scheint so, aber ich bin nicht wirklich im Bild", log ich, weil ich Zurückhaltung üben und Frieders wiederholtes Ansuchen um Hilfe nicht verraten wollte, denn ich dachte, er würde sie, wiewohl aus eigenem Antrieb, unter Wahrung der Verschwiegenheit anfordern.

„Was weißt du denn?"

„Wie soll ich diese Frage verstehen?" Zeitgewinn ... nicht in eine Falle tappen!

„So wie ich sie stellte!"

„Ach so, nun ja, hm ... das eine oder andere, du weißt ja, wir sind schon lange befreundet und dabei hat sich ein gewisses Vertrauensverhältnis aufgebaut ... ich bin diskret, verstehst du, aber ich leihe jedem, der will, ein offenes Ohr; freilich auch dir."

„Ja, schon, aber ich möchte gern wissen, was Frieder dir erzählt hat." Beharrlich! Ostentativ schaute sie in die gegenüberliegende Ecke und vermied jeden Blickkontakt ... sie war wütend oder zumindest missgestimmt, nicht meine Schuld allerdings! Wollte sie mich provozieren? Ich griff an ...

„Schau mich mal an! ... Liebst du ihn?"

Sie hatte wunderschöne graublaue Augen, doch ihr Blick war eiskalt und sie blickte mit stechendem Blick durch mich hindurch, hielt einen Moment inne und versetzte dann in scharfem Tonfall: „Nein, niemals!"

„Wumm! ... Donnerkeil!" ... Ich erholte mich erstaunlich rasch, denn ich hab's mir ja so gedacht! „... fraglos mutig und dreist ... hm weißt du denn, dass du dich mit diesem Geständnis in Gefahr begibst? Du könntest deiner Existenz großen Schaden zufügen, wenn ..."

„... Lass gut sein, ich bin im Bild, bitte dich aber, diese Aussage vertraulich zu behandeln, es ist lebenswichtig."

Zentnerschweres Gedankengut, Teufel noch mal, viel verlangt, doch einstweilen: „Ja natürlich, verstehe! Keine Angst, ich kann das Geständnis ohnehin nicht veräußern. Aber wenn dem so ist, was wollt ihr denn mit eurer Ehe? Das Bündnis ist unter diesen Umständen bedeutungslos und steht quer zwischen euch, es wird sinnentleert und führt eure Beziehung ad absurdum. Ich gehe davon aus, dass in euerm Fall ein Leben wie Brüderlein und Schwesterlein kaum erstrebenswert ist. Was bitte schön hast du dir dabei gedacht, als du seinerzeit Frieders Angebot angenommen hast? Du wusstest, dass er viel älter ist als du, du wusstest, dass er einen Mutterkomplex hat, du wusstest, dass es schwierig sein würde, mit ihm zu leben, was also war dein Motiv, ihn zu ehelichen. Müssen wir vielleicht sogar von Missbrauch sprechen?"

„Wie du willst, aber ich weiß eben noch einiges mehr, Behinderungen noch und noch, Stolpersteine, Ungereimtheiten! Insgesamt ein Riesenpaket abträglicher Begleitumstände, die jede konstruktive Lösung verunmöglichen. Dieses Paket schnüren Mutter und Sohn, die allen Grund haben, meine Person zu verunglimpfen, um mich zu vertreiben. Ich habe aber keine andere

Wahl, als gutgläubig mitzuspielen, denn eine Rückkehr in die Heimat kommt aus verschiedenen Gründen nicht infrage, ja wäre geradezu lebensgefährlich. Und gerade diese Gründe waren es zuzeiten, die mich zum raschen Handeln veranlassten. Ich hatte damals keine Zeit mehr, um meine Wahl einer gründlichen Prüfung zu unterziehen, und diese Unterlassung muss ich nun teuer bezahlen, selbst wenn ich dabei ... doch nein, lassen wir das! Im Übrigen hatte ich nicht die Absicht, meinen Gatten nicht zu lieben, das lass ich mir nicht unterstellen, denn diese Absage hat er sich selber verdient."

„Du sprichst in Rätseln, widersprüchlich auch die Sache der Liebe!"

„Nimm es so, wie ich es sagte, eines Tages wirst du mich verstehen."

„Na, schön, wenn's weiter nichts ist. Aber noch hast du mir meine wichtigste Frage nicht beantwortet."

„... hab's auch nicht im Sinn!"

Ich war in der Klemme! Eigentlich hätte ich an dieser Stelle einhaken und ihr meine Meinung geigen sollen, denn ich hielt ihre Strategie bekanntlich für falsch und parasitär und damit sogar für unanständig, musste sie doch anerkennen, dass sie so ihren ‚Sponsor' langfristig erheblich schädigen würde. Aber ich hatte nicht den Mut, ihr dies ungeschönt ins Gesicht zu sagen, denn noch wollte ich mich raushalten und vermeiden, was schaden könnte. Sie hat ja nicht erwähnt, dass sie seinerzeit bewusst einen Manager auswählte, weil sie davon ausging, dass er gut verdiene. Ihr Plan sollte doch unter anderem auf dem strikten Wunsch basieren, ihren hohen Lebensstandard tunlichst erhalten zu können, was sie fern der Heimat aus eigenem Antrieb nicht schaffen konnte. Und diesen Grundsatz setzte sie mit großem Eifer durch. Ich versuchte es mit einer harmlosen Bemerkung:

„Du kannst ja hierbleiben, selbst wenn du dich scheiden lässt, du bist ja lange genug hier, sodass die Gefahr einer Ausweisung gebannt ist. Und die Frage der Scheinehe ist ja auch geklärt, obwohl ... ach ja, lassen wir's, ich habe keinen Grund, dich in Bedrängnis zu bringen."

„Weiß ich, doch wie soll ich dann hier als geschiedene Frau leben? Ich habe keine Ressourcen und eine Unterstützung durch die Eltern ist momentan nicht möglich. Vater steckt in Schwierigkeiten, Mutter ist auf Gedeih und Verderb auf Vaters Gnade angewiesen und ihre Zukunft ist ungewiss. Auch der Bruder steckt in Schwierigkeiten, er hat schon wieder Konkurs gemacht … ach weißt du, ein Fass ohne Boden! Doch nun soll jede weitere Unterstützung seitens des Vaters ausbleiben, sodass der Faulpelz Existenzängste hat. Ich müsste Frieder fragen …"

„Frieder ist lediglich dein Kassenschrank, doch eine angemessene Entlohnung, so wir ausnahmsweise einmal diesen tendenziösen Ausdruck verwenden wollen, hast du ausgeschlossen? Stattdessen willst du ihm noch eine weitere Bürde aufs Auge drücken? Halt ein, es reicht. Entweder du verlässt ihn oder du besinnst dich deiner Rolle als Gattin und verführst ihn mal nach Noten, es wäre an der Zeit."

„Ich hab's versucht, mit Widerwillen, es geht einfach nicht."

„Ach so, wusste ich nicht", … log ich, aus taktischen Gründen oder weil ich nicht petzen wollte … hätte gerne gewusst, welchen Reim sie sich auf die feindseligen Umstände machte, hielt mich aber zurück, denn ich wollte sie nicht zu früh verärgern.

„Ich möchte nicht allzu viel Schlafzimmergequatsche preisgeben, aber glaube mir, Frieder ist ein schwieriger Partner, zumal er seiner Mutter hörig ist, die laufend gegen mich intrigiert … ich bin ihr Feindbild schlechthin. Aber auch das lässt mich kalt, habe ich doch nicht Frieders Mutter geheiratet" … „täusch dich mal nicht, man heiratet immer auch die Schwiegermutter" … „pah!"

Das war mehr Information, als ich erwartete, und erlöste mich aus der Bredouille, nicht über intime Dinge sprechen zu wollen. Natürlich kannte ich Mutters Meinung und ahnte auch, dass sie nicht untätig war. Nun aber war es klar, was tatsächlich gespielt wurde, und das war kein Pappenstiel. Die Intrigen schwangen obenaus, eine Beruhigung war in weite Ferne gerückt und der Blechnapf kreiste im Gegenurzeigersinn.

„Dann ignoriere doch einfach mal dieses dumme Störfeuer und bezirze einmal deinen Mann, er wird es dir nicht verdenken."

„Noch einmal: Hab's auch schon versucht, mit schlechtem Gewissen allerdings und vor allem des Amtsschimmels wegen, war jedoch erfolglos! Er ist ein harter Brocken."

„Amtsschimmel?" ... ich stellte mich unwissend, „was wollte denn der?"

„Tu nicht so verlogen, du weißt doch genau, wovon ich spreche. Er sollte doch ..."

„O. k., lass gut sein, ich habe verloren! Aber dann mach ihn eben eifersüchtig, das hilft oft." Ein rötlich schimmernder Anflug von Liebreiz überzog ihr Gesicht und sie sah mir direkt in die Augen:

„Möchtest du mir etwa dabei behilflich sein?"

Hat sie das wirklich gesagt? Verlockend zwar, aber unter den gegebenen Umständen abwegig. Doch auf diesem Fuß sollte sie mich nicht erwischen, nicht der eiskalte Engel aus dem Kuckucksnest. „Schau, du bist eine schöne Frau, aber du bist die Frau meines Freundes, damit wäre es unklug von mir, als Steigbügelhalter zur Befeuerung eurer Sexgeschichten zu fungieren, zumal mir eine solche Rolle nicht gut zu Gesicht stehen würde. Außerdem ist dieser etwas triviale Rat wohl eher als Ultima Ratio gedacht, sollten alle Stricke reißen, vorher müsste es doch noch andere Möglichkeiten geben, endlich in ruhigere Gewässer vorzustoßen ... vielleicht, frei aus Großmutters Almanach, ein Beruhigungstee vor dem Gang ins Bett."

„Ja, ja, ja, gut gebrüllt, Löwe; ich wage es ohnehin nicht, deinen Rat zu befolgen, denn er würde es nicht ertragen ... und sollte er mir davonlaufen, so bin ich verloren."

„Hast dich in Abhängigkeit begeben, musst du selber auslöffeln, was du dir eingebrockt hast, doch eines kann ich dir verraten: er wird dich weder rausschmeißen noch verlassen, dazu hat er zu viele Hinderungsgründe." Ich schämte mich, denn ich wollte ihn nicht verraten, nicht seine Geheimnisse preisgeben, aber die Situation verführte mich, dies auszuplaudern, nicht zuletzt in der Absicht, vielleicht den Weg für eine einigermaßen einvernehmliche Lösung zu ebnen, illusorisch zwar, aber ... ach ja, es war ohnehin alles verlorene Liebesmüh, denn weder er noch sie wollten wirklich etwas verändern, das hatten wir schon zur Genüge. Der Trott, der sich einstellte, war bereits sakrosankt und der Krug geht zum Brunnen, bis er bricht, eine Binsenwahrheit doch.

„Nicht gerade erfreuliche Aussichten, aber ich weiß ja, woran ich bin."

„Es liegt auch in deiner Hand, etwas Besseres daraus zu machen, vielleicht musst du noch einmal über die Bücher. Glaube mir, es ist noch nicht aller Tage Abend …"

„noch aller Nächte Morgen … werd's dennoch versuchen."
Unergiebig dieses Intermezzo, aber allemal interessant.

Lange musste ich nicht warten, bis ich erfuhr, welchen Effekt das Gespräch hatte, Frieder meldete sich kurz danach und schalt mich einen Verräter. Damit musste ich rechnen, was aber das Ganze soll, musste dennoch geklärt werden, denn er sollte meine Intentionen kennen.

„Ich wollte mich in Zurückhaltung üben, aber sie ist nicht dumm und kennt ihre Pappenheimer. Sie zieht einem geschickt die Würmer aus der Nase und dies nicht zuletzt, weil sie zweifellos ahnte, dass wir regelmäßig über eure Eheprobleme sprechen. Auch war es nicht sonderlich schwer zu ahnen, welchen Standpunkt ich dabei vertrete."

„Mag ja sein, aber du hast mir einen lauten und nahezu unerträglichen Abend eingebrockt. Sie hielt mir eine Standpauke, die sich gewaschen hat, beklagte ihre bedauernswerte Situation zum wiederholten Mal und schalt mich einen Jammerlappen. Eine konstruktive Wirkung hatte eure Aussprache nicht."

„War auch nicht zu erwarten, denn wir beendeten sie mit dem Summton der Resignation und jeder Optimismus war verfehlt. Ob sie dies bedauerlich fand oder nicht, konnte ich nicht in Erfahrung bringen. Aber eines möchte ich von dir wissen: hast du tatsächlich einigen Verführungsversuchen Irinas widerstanden, und wenn ja, wie hast du das gemacht? Ich kann es mir kaum vorstellen. Ich denke, dass sie doch sehr attraktiv ist und ihre diesbezüglichen Aktivitäten nicht wirkungslos sind."

„Geht dich eigentlich nichts an, aber sei's drum: Es kommt drauf an, was man unter Verführungsversuch verstehen will und was auch immer sie damit meinte. Nein, es gelang ihr nicht, mich zu verführen, es gab dabei stets einen Unterton der Verachtung oder Geringschätzung, welcher ihre angeblichen Annäherungsversuche begleitete, und der Höhepunkt ihrer Abscheu war ihr Ansinnen, an jenem einen Abend, als wir fast so weit waren, zusammen ins Bett zu gehen, mit dem Waschlappen meinen Penis, der sich bereits regte, mit einem kalten Waschlappen zu traktieren, nachdem ich eine Stunde zuvor geduscht hatte. Verstehe, das war Humiliation pur, arrogantes Gehabe einer verhinderten Amazone, jedweder Bezug zum Liebesleben war dahin und der gute Freund quittierte seinen Dienst. Ich konnte einfach nicht mehr, fühlte mich ausgemustert, buchstäblich abgeschossen. Sie hat unmissverständlich kundgetan, dass ihre hygienischen Vorstellungen nicht erfüllt wären, zudem auch, bewusst oder unbewusst, erklärt, dass ich außerstande sei, ihr als Mann zu genügen. Das war ein Schlag ins Gesicht ... der Handschuh wurde mir vor die Füße geworfen ... den Dank, meine Dame, begehr' ich nicht!"

„Kindsköpfe, die ihr seid! Wann endlich werdet ihr erwachsen, wann werdet ihr euch verhalten wie erwachsene Menschen? Mehr verlangt ja keiner."

„Hartes Urteil, aber wohl berechtigt. Doch glaube mir, ich weiß mir bald nicht mehr zu helfen, verkorkst und abgehalftert das Leben als ungeliebter Partner, unmöglich, je wieder Fuß zu fassen."

„Schau, es gibt zwei Dinge, die du beherzigen solltest: Zum einen müsstest du bald einmal einen Entscheid treffen, ob du weiterhin bei Muttern oder bei ihr leben willst, ich denke, ihre Geduld, so sie denn noch spielt, wird nächstens aufgebraucht sein ... Hinweise, weißt du! Zum anderen halte ich alle Tricks und Umwege, die euch endlich einmal eine Hochzeitsnacht bescheren sollten, für unsinnig. Geht doch einfach mal zusammen ins Bett und tut, was der Knecht mit der Magd macht und der Stier mit der Kuh, mehr wäre weniger, glaube mir. Ich rate dir, nächstens einmal eine Probewoche ohne Oleg einzuschalten, mit

dem Ziel, ein normales Eheleben in Betracht zu ziehen, das wäre der direkte Weg zum Ehealltag, den ihr noch immer meidet. Und glaube mir, ich werde den Eindruck nicht los, dass ihr gar keine Harmonie wünscht."
„Wenn es denn so einfach wäre …"
„Lass die alte Jeremiade, gehe hin und handle!"
„Zu Befehl!"

Aus Irinas Tagebuch:
Ich finde es gar nicht so schlecht, dass er bei seiner Mutter wohnen bleibt, da habe ich ungeahnte Freiräume und fast wäre ich geneigt zu sagen, dass ich mir so eine ideale Position geschaffen habe. Er hat noch immer nicht begriffen, dass ich einen herkömmlichen Ehealltag nicht wünsche. Möglich allerdings, dass ich mir eines Tages etwas mehr Freiheiten herausnehme, ist doch mein widerstrebendes Verhalten zuweilen schwer erträglich. Ja, ich bin noch eine junge Frau und habe gewisse Bedürfnisse. Simons Rat war nicht aus der Luft gegriffen, selbst wenn ich ahnte, dass er mir damit die Würmer aus der Nase ziehen wollte. Ich parierte den Steilpass ohne Gesichtsverlust, denn er ist ein harmloser Spießbürger, der sich nicht zu irgendwelchen Eskapaden hinreißen lässt. Aber die Verwirrung war perfekt, er musste sich mit meiner Einlassung abgeben und verlor den Faden.
Der Wermutstropfen: Nach dem Tod der Mutter muss er ohnehin bei mir einziehen, es gibt dann keine andere Möglichkeit mehr. Wenn das nur gut geht, der Gedanke engt mich ein. Meine wahren Ziele lassen sich ja auch ohne gemeinsame Wohnung erreichen.

12

Mutters Tod

Es war so weit, es musste einmal kommen, die Mutter wurde älter und älter und ihr krankes Herz würde eines Tages aufhören zu schlagen, das war absehbar, nun war es der Fall; ein viel geliebter Mensch beendet sein Leben, stellt seine Herrschsucht und Güte ein, verlässt die Stätte seines Kampfes um Wertschätzung und Anerkennung und verwirft seine sterbliche Hülle. Frieder fürchtete sich vor diesem Tag. Seit Langem schon versuchte er, sich darauf vorzubereiten, doch kannte er keine Methode, welche ihm dazu verholfen hätte, die Angst loszuwerden, sie quälte ihn nahezu täglich. Während einiger Zeit durfte sie trotz Verschlechterung des Gesundheitszustands noch zu Hause bleiben, wurde von ihm liebevoll gepflegt, brauchte dann aber immer mehr Pflege und auch medizinische Unterstützung, sodass er sie kurz vor dem Ableben ins Spital brachte, ein Schritt, mit dem er auch die Hoffnung verband, dass sie dem Tod noch einmal entrinne. Dort wurde sie aber als moribund eingestuft und zu seinem Entsetzen nicht auf die Intensivstation gelegt, sondern in ein Sterbezimmer, wo man sich anschickte, ihre letzten Stunden so angenehm wie möglich zu gestalten. Er stritt derweil mit dem diensthabenden Arzt, bat ihn nahezu kniend, der Mutter noch eine allerletzte Chance einzuräumen, doch vergeblich, sie blieb im angewiesenen Einer-Zimmer, wo sie binnen weniger Stunden verstarb, friedlich und versöhnt, denn sie hat ihre Lebenszeit mit dem Sieg über die verhasste Schwiegertochter beendet. Frieders Kampf um die Mutter hingegen war verloren, aber gleichzeitig wurde er auch ins wahre Leben hinausgeschleudert, dessen war er sich auf der Stelle bewusst. Ja, Mutters Tod bedeutete auch den längst fälligen Wandel seines eigenen Lebensstils, in diesem Fall die endgültige Inangriffnahme seines alten Projekts, dessen

Vollendung er jahrelang vor sich herschob. Es ging dabei, wir erwarten es seit Langem schon, um die definitive Vereinigung mit seiner Frau, die er gerade um dieser Krux willen kommen ließ und heiratete, ohne allerdings zu wissen, was er sich damit aufbürdete. Er wusste, dass selbst diese Option sein größtes Problem nicht zu lösen vermochte.

Die Mutter, wohl die nächste Angehörige eines Menschen, vor allem eines Mannes, doch wenn sie verstirbt, geht meist sein wichtigstes Kapitel zu Ende: Sie trug ihn unterm Herzen, sie gebar ihn unter Schmerzen, sie säugte ihn, fütterte ihn, zog ihn groß und ließ ihm die nötige Zärtlichkeit und Liebe angedeihen, die für ein zuträgliches Fortkommen unabdingbar ist. Dass sie die mütterliche Obsorge auf das Erwachsenenleben ausdehnte, war eher schädlich, wurde indes mit Wohlwollen quittiert, ja letztlich sogar für unabdingbar gehalten und wurde deshalb zu Frieders eigentlichem Lebenszentrum gemacht, ein Eigentor freilich, das auch zählte. Ihr Tod war nicht zuletzt deshalb äußerst schmerzlich, ja, er war am Boden zerstört, teils auch wütend, weil sie ihn nun alleinließ, teils ärgerlich, weil er mehr ärztliche Hilfe erwartet hätte, um ihr noch ein paar Tage – „Art pour l'art" – mehr zu schenken, insgesamt jedoch verzweifelt und untröstlich.

Der Verlust war herb, die Trauer echt … es sei die einzige Frau gewesen, die er wirklich liebte – ach so! –, eine weitere Erklärung blieb er jedoch schuldig. Die einzig erdenkliche Interpretation war indes naheliegend, gab's doch zuzeiten einige Bemerkungen dieser oder ähnlicher Art, indes darauf angesprochen, enthielt er sich meistens eines Kommentars. Nein, er habe nicht mir ihr geschlafen, wiederholte er immer wieder, als müsste er sich stets rechtfertigen, weshalb er es tat, blieb unklar, und ob der Beischlaf der einzig wahre Liebesbeweis ist, sei dahingestellt, nicht ausgeschlossen indes, dass er diesem Irrtum verfiel. Ob sich nun anlässlich der Trauer um die Mutter eher Gefühle eines Sohnes oder Gefühle eines Liebhabers einstellten, blieb ebenfalls offen … später wolle er dann einmal Klartext sprechen … wozu denn, es war und blieb seine Privatangelegenheit und sollten sich deren Inhalte ungünstig auf die Beziehung mit Irina auswirken, so wäre ohnehin professionelle Hilfe angezeigt oder dann Hopfen und Malz verloren. Nein, er verließ seine hermetisch verschlossene Welt nicht, drehte sich im Kreis herum und fand keinen Ausgang aus der Kapsel der längst entzauberten Utopie seiner nunmehr hinfälligen Lebensphilosophie.

Er verblieb einstweilen in Mutters Wohnung, noch wurde sie nicht geräumt, noch hielt er am Althergebrachten fest, doch allzu lange konnte diese recht ungewöhnliche Übergansphase auch nicht dauern, es war absurd. Aber nein, es war nicht Trotz, es war die Unbeweglichkeit, die Schwierigkeit, ein für alle Mal loszulassen, die Unfähigkeit, sich in der grauen Masse der Trauer zu drehen und zu wenden, ja, sich endlich einen günstigen Ausblick zu verschaffen, um den Sprung ins Weite zu wagen. Er wusste, dass dem so war, und fürchtete sich vor dem Tag, an welchem er die alte Wohnung verlassen musste, wusste er doch auch, welches Schicksal ihn anschließend erwarten sollte. Aber er war irgendwie gelähmt, lethargisch sogar, keinerlei Aktionen mochte er vollbringen, ja, er erlebte eine Art Schockstarre, die zu überwinden zwar angesagt war, aber sich wohl durch die heilende Wirkung der Zeit erst lösen dürfte, dachte er und rechnete nicht mit allfälligen Folgen.

Wohl oder übel musste er eine Abdankung organisieren, mühsam, denn Mutters letzter Wunsch forderte eine Erdbestattung, auf dass eine Grabstätte entstehe, die er anschließend besuchen könne, eine narzisstisch angehauchte Forderung immerhin. Sie sollte möglichst schlicht sein, religiösen Kitsch wollte er vermeiden. Die Bestattung selber erfolgte im engsten Familienkreis, zu welchem auch Irina und Oleg gehörten, unerbetene Teilnehmer jedoch aus Sicht der Verstorbenen, für Frieder aber Mittel gegen die Verlassenheit, die ihn in den Abgrund zu stürzen drohte. Eigenartig soll dabei Irinas Reaktion gewesen sein, als sie vom Tode dieser Frau erfuhr, sie gab ihm die Hand, kondolierte förmlich und verschwand anschließend im Zimmer, wo sie sich für den Rest des Tages einschloss. Er wusste nicht, ob sie etwa weinte, nahm an, dass nicht, und entnahm dem Fehlen jeglicher Trauermerkmale die Ablehnung und Verachtung seiner wichtigsten Bezugsperson, ein Affront sondergleichen ... womit hat die Mutter das verdient? Es gab nicht einmal eine Umarmung, keine Spur von Anteilnahme, nein, der eisige Wind der Kaltherzigkeit schlug ihm brutal ins Gesicht und es war davon auszugehen, dass sie sehr wohl wusste, was sie tat. Herzlicher, geradezu rührend zeigte sich Oleg, der die Verstorbene mehr und mehr als seine Oma betrachtete und gerne mochte, immerhin traf er sie oft beim Mittagessen, wie wir wissen. Doch die Trauergefühle der Familienmitglieder hielten sich in Grenzen, Frieder war trotz seiner Bemühungen einmal mehr allein, keiner spendete Trost und gerade dieses Alleinsein isolierte ihn, enthob ihn der familiären Zugehörigkeit, die er weidlich spät, aber umso verzweifelter suchte.

Natürlich kam er zu mir und klagte sein Leid: Keiner habe ihr geholfen, schon der Notfallarzt im Spital sei inkompetent gewesen, habe den Ernst der Lage nicht erfasst, habe sie einfach sterben lassen, das sei hartherzig, standeswidrig auch und widerspreche dem Hippokratischen Eid ... „ach so!" ... er ereiferte sich allzu sehr und ließ sich auch nicht beruhigen, als ich ihm erklärte, dass auch die Sorge um ein angenehmes Sterben zu den ärztlichen Pflichten gehöre. Dann die Trauertage, ganz allein habe er sie verbringen müssen, habe auch zu viel Zeit gehabt, um nachzudenken, habe Bäche geweint, kiloweise Taschentücher verbraucht, sich kaum eingekriegt. Dann zu Hause – das war wohl die neue Bezeichnung für die Wohnung, in welcher bereits Irina und Oleg lebten – kein Mitgefühl, nichts, es sei vielmehr der Eindruck entstanden, dass sie froh waren, dass diese Frau nicht mehr lebe, kränkend vor allem Irinas Gebaren, die freilich Gründe hatte, so zu denken und zu fühlen, aber so demonstrativ ... nichts, aber rein gar nichts war mehr gut auf dieser Erde ... und Frieder, schuldlos freilich, war das Opfer aller Unbilden dieser Welt, unschuldig bescholten, abgestraft.

Ich schlug ihm vor, bei einem gemeinsamen Abendessen alle offenen Fragen zu klären, ja, ich wolle ihm zur Seite stehen in diesen schweren Stunden und Tagen, bestünde aber darauf, dass er mir die volle Wahrheit sage.

„Sie ist einfach weg, nicht mehr da, ich kann es nicht fassen. Sie hat dieses Leben, das ich ihr durch meine Umstellung schwer machte, letztlich kommentarlos hinter sich gelassen, entzieht sich damit der Verpflichtung, mich weiterhin zu führen, obwohl sie die Vorzeichen des neuen Lebens, das mich erwarten würde, vollumfänglich erkannte und mich wiederholt aufforderte, den richtigen Weg zu wählen, mich und meinen Entscheid kritisch zu hinterfragen, zu prüfen auch, ob ich denn mit einer Frau leben möchte, die mich nicht liebe, mich geradezu quäle, tagtäglich offenbar, ob es somit nicht besser wäre, alle Bemühungen zu beenden ... ach, weißt du, während der letzten Tage überhäufte sie mich mit Fragen und Vorhaltungen aller Art, als ob sie gewusst hätte, dass es der letzte Moment für eine Belehrung sein könnte, nun ja, all diese Sorgen raubten auch ihr den Schlaf und sie tat mir leid, weil ich sie nicht beruhigen konnte."

„Freilich, es ist hart, aber leider entspricht es einer natürlichen Norm, dass alte Menschen irgendwann sterben und Nachkommen hinterlassen, das ist der Kreislauf irdischen Daseins, auch Regeneration natürlicher Wesensart, ‚Natura naturans' mithin und Ziel biologischen Strebens. Viele vermögen ihr Werk nicht zu beenden, hinterlassen schmerzliche Lücken, unvollendete Symphonien und Opern, oder eben unwirkliche Lebensformen, die ihre wahre Gestalt noch nicht gefunden haben. Das ist unumgänglich ... etwa Mozarts Requiem, Bruckners 9. Symphonie oder Puccinis Turandot und Bergs Lulu, Werke, die wir kennen und lieben, obwohl ... eben der Kommentar erübrigt sich."

„Schon klar, das ist eine Binsenwahrheit, doch bin ich so sehr betroffen, dass ich kaum weiß, wie ich stehen, sitzen oder liegen soll ... verstehst du, die Mutter war die erste Frau in meinem Leben, die ich küsste, die erste Frau in meinem Leben, die ich umarmen durfte, die erste Frau in meinem Leben, die für mich sorgte, die einzige Frau in meinem Leben, die ich wirklich liebte, noch einmal sei's betont. Nein, keine erotische Liebe, eine tiefe, echte Liebe, eine Liebe, die man vermutlich keiner fremden Frau jemals entgegenbringen kann, es ist sozusagen reine Liebe, die keiner erotischer Beigaben bedarf, es ist reine Agape, du weißt schon … ach ja, die Griechen wussten, dass es verschiedene Formen von Liebe gibt, doch wir Menschen der Moderne sind dabei, es zu vergessen!"

„Ich verstehe! Du hast ihre Güte so sehr in deine persönliche Daseinsgestaltung einbezogen, dass du nun mit leeren Händen dastehst, oder soll ich sagen, dir der Boden unter den Füßen weggezogen wurde. Ich will damit nicht etwa sagen, dass du selber schuld bist, das wäre unsinnig, umso mehr, als ich den Ursprung dieser starken Bindung kenne, aber vielleicht müsste man sich eingestehen, dass du den Zeitpunkt verpasst hast, als es gegeben war, dich zumindest insoweit zu lösen, als dass du dann ein selbstständiges Leben hättest führen können, das Leben, das jedem Erwachsenen an sich zusteht. Die Abhängigkeit hast du selber gewählt, um es mit anderen Worten zu sagen, dich ihrer zu entledigen, ist schwierig, zumal es nun unter Zwang geschehen muss. Aber nun hast du keine andere Wahl, als die liebgewordenen Bande mit Gewalt zu zerstören, ein schmerzhafter Prozess, der dauert."

„Ja und nein, ich konnte und wollte sie, die mich großzog wie auch hegte und pflegte, nicht einfach verstoßen oder gar abhalftern, als ich erwachsen wurde, nein, ich wollte sie eher miteinbeziehen in mein Leben, das war für mich eine vornehme Pflicht und dringendes Bedürfnis. Sie war nach Vaters Tod allein mit mir, und zu keinem Zeitpunkt verspürte sie angeblich Lust, den fehlenden Gatten zu ersetzen, Opferhaltung oder wahre Befindlichkeit, sie sprach nie darüber. Sie hat sich und ihre Gestaltungskraft ganz in den Dienst ihres einzigen Sohnes gestellt, ja, ihr Interesse galt hauptsächlich meinem Wohl, und dafür opferte sie ihr ganzes Leben, sodass ich es später nicht wagte sowie auch ganz und gar nicht wollte, mich ihr zu entziehen."

„Hörst du dir eigentlich zu, ist es nicht allzu schwärmerisch, was du sagst? Nein, ich habe dich nicht zu kritisieren und es mag ja sein, dass alles zutrifft, doch das ändert am neuen Status quo rein gar nichts und die Vergangenheit ist eh nicht mehr zu ändern. Deine Haltung wie auch die Hochachtung deiner Mutter ist zwar ehrenhaft, aber wie sich jetzt zeigt, auch problematisch, vielleicht sogar kontraproduktiv, denn so ist dein Fortkommen, insbesondere nach ihrem Tod, sichtlich gefährdet. Der Schmerz über den Verlust ist verständlich, aber er hemmt den Fortschritt, namentlich die überfälligen Schritte in die unmittelbare Zukunft. Das ist bekanntlich die Ul, wenn man in der Vergangenheit lebt."

„Ich verstehe deine Argumente, muss dich aber auch bitten, meine zu verstehen, schließlich bin ich der Abgestrafte, egal ob selbstverschuldet oder nicht. Darüber hinaus frage ich mich, ob ein Mensch denn tatsächlich spurlos verschwinden kann, das kann doch einfach nicht sein, es muss doch eine gewisse Hinterlassenschaft geben. Sie war doch stets präsent, ihre Aussagen hatten Gewicht, ihr Wort war Evangelium und nun soll alles null und nichtig sein. Wo, so frage ich mich dauernd, ist sie denn abgeblieben mit all ihren Werten und Attributen?"

„In deiner Erinnerung, den Briefen, den Tagebucheinträgen …"

„Schon gut. Aber das meine ich nicht. Vielmehr beschäftigt mich die kritische Frage nach dem Jenseits seit ihrer Todesstunde, dem Augenblick, als sie die Augen für immer schloss, mich, ihren Sohn nicht mehr sah und endgültig verstummte … es ist diese Endgültigkeit, die ich nicht ertrage. Irina hat eine sehr kitschige Vorstellung vom Jenseits, es ist wohl eine Vorstellung, die man ihr als Kind beigebracht hat, damit kann ich beileibe nichts anfangen. Ich denke vielmehr, dass eine Fortsetzung, sofern es sie gibt, eher im transzendenten oder geistigen Sinn zu postulieren ist. Deshalb frage ich mich auch, ob denn der Raum, in welchem sie sich momentan aufhält, nur nach dem Tod erreichbar ist oder ob es Methoden gibt, als lebender Mensch mit ihr in Verbindung zu treten? Verstehst du, es gibt noch eine Menge offener Fragen, die sie vielleicht im Zustand der Verklärung trefflicher beantworten könnte als zuvor."

„Nun, das ist das ganze Spektrum vom kindlichen Paradies, bis hin zur philosophischen Betrachtungsweise der postmortalen Ungewissheit, die du zur Debatte stellst; ein bisschen zu viel, um es mit einem Bissen runterzuschlucken. Entsprechend schwierig ist es, darauf eine brauchbare Antwort zu geben, zumal ich selber an eine Existenzform nach dem Tod nicht glauben mag. Im Übrigen, hast du einmal daran gedacht, wo man denn all die Seelen hernähme bei der momentan herrschenden Überbevölkerung. Da ist wohl demnächst ein Engpass zu erwarten!?!"

„Spaßvogel, dummes Gerede aus einem klugen Mund, schäme dich! Aber ich denke, dass das kein ernst zu nehmender Diskussionsbeitrag ist, oder?"

„Reiner Schabernack, ein Versuch, den tierischen Ernst zu bannen, aber vielleicht noch dies: Wenn du darauf bestehst, es gibt natürlich welche, die deine Version unterstützen, ja damit sogar einträgliche Geschäfte machen. Da ist doch einer der hoch und heilig verspricht, mit den Toten ..."

„Lass gut sein, ich will davon nichts wissen, bin misstrauisch, denn nichts ist heilig genug, um nicht zum Goldesel gemacht zu werden, das ist ebenso bekannt wie bedauerlich. Damit kann ich aber nichts anfangen, es geht immerhin um meine Mutter, die ich ehren will. Dass ich aber nicht mehr mit ihr sprechen kann, macht mich traurig. Und dass ich diese Trauer nicht mit meiner Frau teilen kann, ist schlichtweg unerträglich. Ja, sie entzieht sich konsequent ihrer ehelichen Pflichten und damit meine ich nicht nur Sex."

„Vielleicht ist sie aber gleichwohl traurig, wagt sich aber angesichts der Differenzen, welche diese beiden Damen austrugen, nicht, es auch zuzugeben oder gar sichtbar zu machen,"

„ ... oder sie ist nur traurig, weil sie weiß, dass ich nun keine andere Möglichkeit mehr habe, als bei ihr zu wohnen ... davor fürchtet sie sich, das hat sie mir gesagt, denn es ist ungewiss, ob das gut geht."

„Ach, Unsinn! Nehmt euch zusammen, dann klappt's."

„... und wenn's in die Hose geht, ist nichts verloren!"

„Galgenhumor etwa?"

„Wie du meinst, egal doch, aber zurück nun zum Hauptthema, das mir unter den Nägeln brennt: Sollte sich nämlich Mutter in einem virtuellen Raum aufhalten und ihr ‚Ich' bewahrt haben, dann wäre eine Kommunikation denkbar, oder anders gesagt, eher undenkbar, dass es keine geben sollte. Das musst du doch zugeben ..."

„… tu ich nicht, aber … hör mal gut zu, ich möchte noch einmal darauf hinweisen, dass ich jemanden kenne, der vorgibt, Kontakte zum Jenseits herstellen zu können, er nennt sich Medium, arbeitet mit hemdsärmeligen Hypothesen und verdient sich eine goldene Nase damit, sei's drum, es sei ihm gegönnt, selbst wenn er seine Kunden veräppelt, sie gehen ja aus eigenem Antrieb hin. Ich selber halte ihn für einen Scharlatan, eine Anschuldigung, die er weit von sich weisen dürfte und unter Verweis auf etliche, zugegebenermaßen recht rabulistische Argumente widerlegt. Doch all seine Weisheiten hat er irgendwo im Gruselkabinett aufgeschnappt und bedient nun seine Kundschaft damit, etwa mit Onkel Fritz und Tante Emma, er im Blaumann, sie in karierter Küchenschürze. Egal, es ist nun sein tägliches Brot und die Leute kriegen einen gekochten Zinnober für ihren Obolus, ohne es zu bemerken, na ja, jedem das Seine. Aber dir würde ich nicht empfehlen, dort deinen Wissenshunger zu stillen, es ist schade ums Geld und kritische Kundschaft mag er ohnehin nicht … ja, du hast schon deutlich gemacht, dass du von diesem Kerl nichts wissen willst, es ist besser so. Ich wollte dir nur mitteilen, dass es ihn gibt und was er tut."

„Schlauberger, du, weiß ich doch alles, aber danke für die eindringliche Warnung; werd's mir dennoch überlegen, denn Mutter hat am Vortag ihres Ablebens gesagt, dass sie sich melden wolle, das hat mich sehr verwirrt, und da wäre es doch nicht abwegig … nein, nein, und noch einmal nein, diesen Weg will ich nicht gehen. Aber eine Antwort auf meine Frage hast du mir nicht gegeben."

„Kann ich auch nicht, denn ich weiß es ebenso wenig wie du und alle anderen auch, und die Äußerung deiner Mutter war womöglich bereits jenseitig und damit jeder diesseitigen Sichtweise entzogen. Weißt du, Sterbende durchlaufen gewisse Phasen bis hin zum Tod, das ist recht gut erforscht, und dabei stoßen sie auf verschiedene, teils skurrile Bilder – Träume vielleicht oder Chimären – und sprechen dann davon, das ist wenigstens eine mögliche Erklärung für die eigenartige Ankündigung. Doch sie beweist immerhin, dass sie sich ihrer Situation bewusst war und womöglich bereits im Stadium der Akzeptanz angekommen war, als sie es sagte. Und das ist für dich wichtig, denn damit hat sie Irdisches losgelassen und den Tod gebilligt und du kannst vielleicht besser verstehen, weshalb keine medizinische Hilfe mehr angebracht war. Vielleicht tröstet dich diese Einsicht; ich hoffe es für dich."

„Ja, vielleicht, doch wie auch immer, ich gehe regelmäßig auf den Friedhof und besuche sie, spreche mit ihr etwa eine Viertelstunde lang, erzähle, was ich alles erlebt habe, bin dann ruhiger als zuvor und kann getrost nach Hause gehen, um zu schweigen oder mir eine Schimpftirade anzuhören."

„Das halte ich, Tiraden hin oder her, für die einzig sinnvolle Lösung ... alles andere ist Mumpitz."

Im Anschluss an dieses Gespräch wollte er sich eingehend mit dieser Materie befassen und besuchte einen Kurs für Laientheologie, ein ernsthafter Versuch, aller Gaukelei zu entgehen. Ein guter Entschluss, dachte ich, und bestärkte ihn in seinem Ansinnen. Er zeigte mir eine Art Semesterarbeit über einschlägige Themen, zweifellos ernst zu nehmende Bemühungen also, doch fand er keine befriedigenden Antworten auf die sogenannt ‚Letzte Frage', ließ das Studium sausen und suchte gleichwohl das Medium auf ... Fehlanzeige, er kriegte bei Weitem nicht, was er sich erhoffte, erlangte stattdessen wertvolle Erkenntnisse über die Arbeitsweise dieses bunten Hundes. Ja, er musste meine Vorbehalte bestätigen, fügte noch einige bei und damit war diese Bauernfängerei vom Tisch.

Aus Irinas Tagebuch:
Frieders Mutter war eine alte verbitterte Intrigantin. Sie liebte ihn vermutlich, aber sie missbrauchte seine unerschütterliche Zuneigung für eigene Interessen. Gewiss, sie war allein, hatte nur noch ihn auf dieser Welt, aber das rechtfertigt noch lange nicht

ihr Gebaren, das nur ein Ziel verfolgte, nämlich nicht verlassen zu werden. Damit hat sie ihm die Zukunft versaut, ich kann sie nicht verehren. Seine Trauer war tief und echt, aber ich empfand kein Mitgefühl.
Die negative Beurteilung meiner Person war also zweckgebunden und entbehrte jeglicher Objektivität. Natürlich war ihr Empfinden subjektiv geprägt, das ist normal, aber eine gesunde Einstellung hätte ihr vielleicht gut zu Gesicht gestanden, und sei es nur, um dem Sohn eine vernünftige Perspektive zu gewähren, doch diesen Aspekt ließ sie außen vor ... ich werde mich danach richten, denn ich fühle mich nicht verpflichtet, seine Defizite auszugleichen.

13

Hader, Groll und Zorn

Nach ungefähr einem halben Jahr konnte Frieder den Ablöseprozess von der Mutter insoweit beenden, als er den Mut aufbrachte, die Gestaltung seines „neuen Lebens" in Angriff zu nehmen, ein Unterfangen, das ihn einige Kraft kostete. Es war eine Art Zwang, der ihn veranlasste, den Kraftaufwand zu leisten, denn er sah ein, dass ein Verbleib in Mutters Wohnung unsinnig war, da er der vielen Erinnerungen wegen die Trauerarbeit belastete, ja merklich verzögerte, ein unliebsamer Effekt, den es zu eliminieren galt. Nach erneutem Abwägen diverser Alternativen, die er allesamt als ungeeignet verwarf, sah er nur noch jene einzige, indes Angst erzeugende Möglichkeit, die letztendlich verblieb, die Übersiedelung nämlich in die Wohnung seiner Patchwork-Familie, ein Schritt jedoch, der längst schon fällig war und aus bekannten Gründen immer wieder hinausgeschoben wurde. Aber er tat sich schwer und es kostete ihn recht große Überwindung, all die Anstalten zu treffen, die für den Umzug notwendig waren. Noch zögerte er, dachte sogar – einzige noch nicht verworfene Variante – über eine andere kleine Wohnung in der Stadt nach, die er während der Woche allein bewohnen könnte, um sodann bisherige Gewohnheiten, sprich die Wochenendehe, weiterhin zu pflegen, verwarf jedoch auch diesen Gedanken und biss in den sauren Apfel … und weshalb war der Apfel denn so sauer? Unklar im Grunde, hatte er sich doch genau dieses Szenario gerade für diesen besonderen Fall zurechtgelegt und auch die Partnerin, welche ihm zu einer neuen Lebensform in der „Nachmutterära" verhelfen sollte, sorgfältig ausgewählt, die echten und scheinbaren Imponderabilien durch einen Probelauf abzuschätzen gelernt und nun, da die Zeit endgültig gekommen war, den Plan endlich umzusetzen, war er unschlüssig und suchte vergeblich nach Alternativen, von denen es kaum mehr welche gab. Er war effektiv in seinem eigenen System komplexer Lebensbedingungen gefangen und sah die Möglichkeiten der Zukunft nur mehr durch die Brille einer Utopie. Es tat sich vor ihm buchstäblich eine schwarze Wand auf, die mit dem Kopf zu durchstoßen, er sich scheute. Doch aller inneren Widerstände zum Trotz, sah er sich veranlasst, sie gleichwohl zu durchbrechen, schlichtweg, um zu überleben. Aber noch hatte er keine Vorstellung davon, wie er dies anstellen sollte, zögerte zunächst, da er schmerzhafte Einschnitte ins übliche Gewohnheitsmuster befürchtete, und ging betont langsam an die Arbeit. Ja, er schlug ein gemäßigtes Tempo an, denn er erkannte, dass die bevorstehende Weichenstellung endgültig sein würde, und wie sehr sie sein Leben verändern sollte, war noch offen. Ein kleiner Zeitgewinn kam ihm schon zupass, doch allzu lange sollte er doch auch wieder nicht dauern, denn seine zögerliche Haltung hatte Nachteile, die sein chaotisches Denken nur förderten. Es galt eben ernst, und gerade dies ängstigte ihn sehr.

Aber nein, keine Faxen jetzt, musste er sich selber einbläuen, um endlich seine Trägheit zu überwinden und zur Tat zu schreiten. Es fehlte recht lange noch der Impetus, um auch den Rest seines Besitzes zusammenzupacken, erst nachdem er einen Großteil von Mutters Besitz veräußert hatte, versteht sich. Selbst Kleider und Utensilien des Alltags lösten Erinnerungen aus, die mit deren Entsorgung zu entschwinden drohten, ein schmerzlicher Prozess mithin, den er immer wieder verzögerte, um den Augenblick verweilen zu lassen und nostalgische Gefühle zu genießen. Doch eines Tages war es so weit, dass er sich definitiv verabschieden konnte.

Mit seinem geschnürten Bündel wollte er einfach hingehen in die gemeinsame Wohnung, die Sachen in die bereitstehenden Schränke packen und Schluss! Nicht lange überlegen, den Schritt tun, kein Aufhebens machen. Es waren vor allem Kleider und Gegenstände des täglichen Gebrauchs, aber auch einige Wertsachen, wie etwa eine kostbare Uhren- und Ikonensammlung, die er über Jahre angelegt hatte, sowie auch Schmuckstücke aus

Mutters Schatulle, Geschenke mithin, die er ihr jeweils zu Geburtstagen oder Weihnachten feierlich überreichte. Er hing an diesen Dingen, denn auch sie waren Erinnerungsstücke an die alte Zeit, wertvolle Kostbarkeiten immerhin, denn er war nicht knauserig, wie einige unterstellten, aber auch nicht verschwenderisch, ein beträchtlicher Unterschied! Aber es war ihm ein wichtiges Anliegen, diesen Schatz in die „Neue Welt" hinüberzuretten. Also rein und auspacken! Schön wär's gewesen, aber so einfach sollte es nicht sein, es gab zahlreiche Bedingungen und Vorschriften, die er zu respektieren hatte, ansonsten ihm kein Zutritt gewährt würde ... wie bitte? Ach so: Gewohnheitsrecht und Beschlagnahme fremden Besitzes, wieso, weshalb denn? Na ja, es gefiel der selbsternannten Despotin so, also wurde es so gemacht, ohne Begründung freilich, keine Widerrede! Ob er all die Konzessionen eingehen wollte oder eher protestieren, die Widersacherin vielleicht sogar rausschmeißen müsste? Mit welchem Recht ... Nichts davon zog er in Betracht, denn er wollte nicht über den Minimalaufwand hinausgehen und seine Nerven schonen. Er war entrechtet, im Umfeld der Gattin nur geduldet, seiner Dignität weitgehend beraubt. Doch was hatte er denn zu erwarten? Irina als Haushalts-Chefin freilich, ihre Vorstellung von Unterdrückung mittels pingeliger Ordnungsvorschriften, die sie aus dem Hut zauberte, wobei der Eindruck entstand, dass sie damit eine Art Vormachtstellung im häuslichen Bereich etablieren wollte, Hegemonialstreben also innerhalb der Familie. Er hätte dabei die Gelegenheit gehabt, auch seine Position zu definieren, unterließ es aber, um den Hausfrieden zu retten; es gelang nicht! Und gerade dies war eigentlich eine entscheidende Erfahrung, die er hätte bewahren sollen; vergeblich jedoch!

Es war nicht schwer einzusehen, dass sich längst ein fatales Abhängigkeitsverhältnis herangebildet hat, das die beiden Streithähne aneinanderband und jeden Versuch abzudriften ausschloss. Jeder hatte sich letztlich zu fügen, kein Ausweg war gegeben, der weitere Weg musste so beschritten werden, wie er durch jahrelanges Reiben und letztlich Einpassen der wechselseitigen Ansprüche in die allgemeinen Lebensbedingungen nunmehr gegeben war. So blieb ihm nichts anderes übrig, als stur an seinem Plan festzuhalten, wiewohl dieser längst erhebliche Verbrauchsspuren aufwies, ja inzwischen sogar teilweise obsolet geworden ist, denn nichts war mehr so, wie es einst angedacht war, aber auch sie verfolgte unbeirrt ihren noch immer geheimen Plan.

Fünf Jahre waren schon vergangen, seit er Irina heiratete, was ihr natürlich eine gewisse Sicherheit verschaffte, denn Trennungsgelüste, von denen zuweilen die Rede war, fürchtete sie nicht mehr allzu sehr, solange zumindest, als ihre wahren Absichten nicht durchschaut wurden. Eine Abschiebung in die alte Heimat, nahezu ein Todesurteil, müsste sie kaum mehr riskieren, und ein Auskommen zusammen mit dem ungeliebten Sohn wäre bestimmt gesichert. Damit waren wohl die schlimmsten Sorgen vom Tisch, dachte sie zumindest, wappnete sich aber trotzdem für eine schlimme Auseinandersetzung, welche ihr gegebenenfalls ins Haus stand, denn sie wusste, dass er, aller Gutmütigkeit zum Trotz, eine rote Linie gezogen hatte, die zu überschreiten nicht opportun war. Auch wusste sie, dass sie sich auf dünnem Eis bewegte, und ging entsprechend vorsichtig zu Werke. Sie nahm sich deshalb vor, leisezutreten, doch es gelang ihr nicht, denn das Temperament ging mit ihr durch.

Sie hatte unterdessen die Landessprache recht gut gelernt und nach Ausbildungsmöglichkeiten Ausschau gehalten, welche ihr zu einem neuen Beruf und damit zu einer gewissen Selbstständigkeit verhelfen sollten, aber noch hat sie nicht gewählt. Sie verspürte anscheinend einen Drang hin zu Pflegeberufen, was aus meiner Sicht überraschend war, fehlten ihr doch die dazu erforderlichen Voraussetzungen. Ihr kalt berechnendes Naturell hielt ich für ungeeignet und die puppenhafte Erscheinung passte doch eher zu einem Kosmetiksalon als zu einem Spital oder Pflegeheim, und auch die langen Haare und perfekt maniküren Fingernägel dürften sie doch bei der Arbeit behindern. Egal, sie sah es anders und konstruierte sich selbstbewusst eine Welt ohne Frieder, eine Welt, in der sie, materiell ausreichend versorgt, ihre eigenen Vorstellungen umsetzen könnte, sofern denn der Sprung ins Erwerbsleben gelingen sollte. Und ihre Vorstellungen waren insofern realistisch, als sie sich nicht allein auf Frieders Unterstützung verlassen wollte, es war ihr zu unsicher, denn sie befürchtete, dass sie mit ihrem Gebaren irgendwann seinen Unmut erwecken könnte, was ihren Status als Gattin beenden würde. Ja, er machte zuweilen Bemerkungen, die sie beunruhigten, Andeutungen mithin, welche Trennungsgelüste erahnen ließen, dass es ihm dabei aber nicht ernst war, konnte sie nicht ahnen.

Vorläufig ging es allerdings um ein völlig anderes Programm, denn es stellte sich vielmehr die Frage, wie die vielen Scherben, die sie bis dahin produziert hatten, gekittet werden könnten, nachdem die halbherzige Ehe von Streitigkeiten und abträglichen Gefühlen geprägt war, während liebevolles Verständnis und positive Empfindungen längst keine Rolle mehr spielten, ja nie gespielt haben. Beide haderten vorerst mit ihrem Schicksal, beide waren sich zwar der eigenen Schuld mehr oder weniger bewusst, doch keiner gab nach und keiner war bereit, endlich einzulenken, die zerstörerischen Gedanken zu begraben und Hand zu bieten, für eine gemeinsame, einigermaßen annehmbare Zukunft. Nein, das Prestigedenken hatte weiterhin Vorrang und verhinderte jeden konstruktiven Schritt hin zu einem gedeihlichen Zusammenleben. Dabei ging es nicht darum, einstiges Glück zu zerstören, wie es üblicherweise der Fall ist, nein umgekehrt, es wäre vielmehr darum gegangen, fehlendem Glück endlich Einzug ins Paardenken zu verschaffen, um sich auch einer einvernehmlichen Harmonie zu erfreuen. Doch daran war gar nicht erst zu denken, denn diese Begriffe kannten sie nur vom Hörensagen. Es war vielmehr die Umkehr üblicher Vorgänge, mithin die Pervertierung des Ehealltags zur Hölle der Monotonie, die längst von ihnen Besitz ergriffen hatte und die gähnende Leere ihres Daseins kennzeichnete. Erstaunlich namentlich, dass niemals eine Debatte zum zentralen Erfordernis jeder Paarbeziehung abgehalten wurde, etwa um die Frage nach dem eigentlichen Lebensinhalt zu stellen, der weitgehend fehlte und in mühsamen Auseinandersetzungen einen völlig verfehlten Ersatz fand. Niemals wurde auch nur ansatzweise daran gedacht, wenigstens den Versuch zu unternehmen, jenen unabdingbaren Prozess einzuleiten, der allenfalls dazu führen könnte, zusammenführende Aktivitäten anzustreben, um friedliche und weitgehend ruhige Verhältnisse zu etablieren. Das Benutzen alter Schienenstränge, wiewohl nahezu unerträglich, wurde jedweden Änderungen vorgezogen, ein Beharren also im matschigen Sumpf des notorischen Antagonismus und der Ambiguität rechthaberischen Gebarens.

Gott! Sei's getrommelt: Er hatte keine andere Wahl, er musste wohl oder übel zu Irina und Oleg ins verhasste Kabäuschen – Irinas Worte – in die gemeinsame Wohnhöhle nämlich ziehen, denn alle erdenklichen Varianten zu diesem Vorgehen stellten sich bekanntlich als utopisch heraus, es sei denn ... aber nein, eine destruktive Lösung verwarf er kategorisch und wir wissen zur Genüge, weshalb. Er wusste überdies, dass er bislang viel Zeit ungenutzt verstreichen ließ, zu viel eben, um zu tun, was allein sinnvoll und endgültig gewesen wäre und ihn von der Bürde des gescheiterten Bräutigams, der er im Grunde noch immer geblieben ist, befreien könnte. Nachdem ein Zusammenleben mittlerweile unabdingbar wurde und er aufgerufen war, seine ursprünglichen Vorstellungen zu realisieren, schickte er sich in sein Los, ungern zwar, denn angesichts der katastrophalen Zustände im häuslichen Milieu, war dies kein Zuckerschlecken, sodass er kraftlos resignierte und tat, was nicht zu ändern war. Ja, schreckliche Zeiten würden anbrechen, dessen war er sich bewusst, ändern wollte er es nicht, nicht wirklich. Er wusste ja, dass die Frist, binnen welcher er noch mit einem blauen Auge davongekommen wäre, definitiv um war und jede drastische Maßnahme somit seinen Ruin bedeuten könnte. So stieg er sozusagen unter Todesverachtung und mit wenig Kampfgeist versehen in den Ring und stellte sich einem sinnlosen Kampf, der ihm fraglos ins Haus stand, wohl wissend, dass er ihn niemals würde gewinnen können: trübe Aussichten! Die Voraussetzungen für ein Leben, wie er es sich einst vorstellte, als er den unseligen Plan schmiedete, waren miserabel, mit einiger Sicherheit schlechter, als sie je für ein Leben in Einsamkeit gewesen wären. Aber er nannte tausend

Gründe, weshalb er nicht zurückbuchstabieren wollte, tausend Gründe, die er schon tausendmal aufgezählt und deren Entwertung er tausendmal verworfen hatte.

Schon am Tag des Einzugs, einem Samstag – ein Wochenende sollte zu Beginn für vertraute Szenen sorgen – gab's Zoff, gehörigen sogar, und es kam so weit, dass er alles hinschmiss und sich in die nächste Kneipe absetzte, wo er sich mit einem gehörigen Bier etwas Ruhe verschaffte, während es wohlweislich zu Hause weiterbrodelte und sich ein Unwetter zur Sturmstärke aufbaute. Er kam etwas gelöster zurück und schon brach das Donnerwetter los: Nichts, was er tat, war genehm, alles wurde kommentiert, analysiert, für falsch gehalten und abgelehnt, ja lautstark verwünscht. Nichts, rein gar nichts durfte so gemacht werden, wie er es sich ausdachte. Ja, wie denn … ob er in dieser Wohnung leben soll oder anderswo, ob er denn überhaupt willkommen sei, ob es denn vorgesehen sei, dass auch er seine Siebensachen irgendwo wegpacken könne, oder ob er sich besser das Recht auf Existenz absprechen sollte … ein nahezu endloser Streit um des Kaisers Bart, bestenfalls aber um Vorrechte oder gar Dominanz, was denn sonst. Ja, die Hackordnung gleich zu Beginn festlegen, das war wohl angesagt, einen anderen Sinn vermag keiner zu erkennen. Frieder war als Dauergast, bestmögliche Qualifikation, die er zu erwarten hatte, unerwünscht, das musste er sich unumwunden eingestehen, erwartungsgemäß allerdings. Dass er jedoch gleich zu Beginn so sehr abgewiesen wurde, war doch ein starkes Stück.

Das gab ihm zu denken … wird bald Zeit! Dass jede Zukunftsaussicht dieser Familie unter einem ungünstigen Stern stünde, war mehr als offenkundig, dass es aber gleich zu Beginn einer neuen und entscheidenden Phase der Ehe Lindenmann zu derart hässlichen Szenen kommen konnte, war gelinde gesagt ein Ärgernis, das Frieder schlaflose Nächte bereitete, doch er vermochte bei sich und seinem Verhalten keinen Fehler auszumachen, was ein Gefühl der Ratlosigkeit hinterließ. Was sollte er denn tun, wie sich verhalten? Liebenswürdig, kompromissbereit, gefügig. Schön und gut, aber seine sanfte Art kam nicht an. Er wollte doch nur seinen „Gutschein" einlösen, den er sich damals auf dem Flughafen verdient zu haben glaubte, ein Irrglaube mithin, den er nun bitter büßen musste. Weshalb denn? Hat er etwa seine Aufgaben und Verpflichtungen nicht wahrgenommen? Nein, es war vermutlich nicht so, denn die längst schon vergiftete Atmosphäre, die sich nun in vollem Ausmaß manifestierte, war dafür verantwortlich, während sachliche Angelegenheiten gar nicht mehr zu Buche schlugen. Doch wie würde sich unter solchen Umständen ihre Zukunft entwickeln? Ist es denkbar, dass die Eheleute jemals mit ihren Ressentiments umzugehen verstünden, ja, vielleicht sogar, nachdem die Hörner abgestoßen sind, irgendeine Form friedlicher Koexistenz, eine Minimalforderung immerhin, etabliert werden könnte.

Nun ja, es spielte sich eine Art Koexistenz ein, eine bloße „Unform" jedoch, kaum definiert, unmenschlich sogar, Chaos pur mit viel Streit und ekelhaften Nachspielen, Intrigen und zornigen Ausbrüchen vonseiten Irinas, die keinen ruhigen Augenblick gewähren wollte, als gälte es, den Kochtopf dauernd unter Feuer zu halten. Die Streitsucht dieser Frau war überdimensional und es schien, als ob sie nur so leben könnte, während sie zeitweilige Kampfpausen kaum zuließ, was eine stete Gereiztheit mit beträchtlicher Unruhe erzeugte. Dabei hätte eine bereinigte Struktur etwas Besänftigendes gehabt, ja sogar einen wohlbestimmten Lebensrhythmus herbeigeführt, doch genau dies wollte sie offensichtlich nicht zulassen. Nur Oleg war zufrieden, denn er hatte nun Frieder bei sich, den er als Schutzschild gegen die Willkür seiner Mutter betrachtete und auch dringend benötigte, denn er war der Prügelknabe schlechthin, der täglich eine gehörige Portion ihrer Verdrossenheit abbekam. Er hatte es gründlich satt und freute sich auf eine Zeit, welche ihm mehr Ruhe einbringen sollte. Dass Frieder nun herhalten musste, war ihm zwar nicht recht, aber die Dinge lagen nun mal so und er zog seinen Nutzen draus, was man ihm nicht verdenken konnte.

Bei all den unsinnigen Auseinandersetzungen ging es nicht etwa darum, Verständnis, Vertrauen und liebevolle Gefühle abzubauen, wie es andernorts getan wird, nein, es ging vielmehr darum, Zwist und Hader aufrechtzuerhalten, um jederzeit damit aufzuwarten, sei es angemessen oder nicht. Das war insofern erstaunlich, als Frieder dafür kaum Anlass bot, war er doch, seinem strikten Vorsatz zufolge, stets friedlich, kompromissbereit und gutmütig und bezog seine Schelte jeweils aus heiterem Himmel. Immer wieder erhob sich die Frage, ob es reine Streitsucht sei, aber nein, es war längst schon die Rede von Stellvertreter-Kriegen, deren wahrer Hintergrund zahllose unausgesprochene Probleme waren. Doch eine Methode, sich diesem fatalen Fehlmechanismus zu entziehen, schien es nicht zu geben, und wenn doch, wurde sie nicht zur Anwendung gebracht. Ob es gelingen würde, die Ursache dieses destruktiven Verhaltens jemals zu ergründen? Kurz streifte der Verdacht die Sinne, dass es sich dabei um ein Ablenkungsmanöver zur Tarnung ihrer wahren Absichten handeln könnte, doch die Idee wurde sofort wieder fallen gelassen; zu Unrecht? Schade doch, dass er diesen Pfad nicht weiterverfolgte, nicht ausgeschlossen nämlich, dass die Geschichte dadurch eine Wende erfahren hätte, doch gehört diese Erwägung ins Reich der Spekulationen.

„Ich weiß mir nicht mehr zu helfen, ich kann tun und lassen, was ich will, es gibt stets etwas auszusetzen, richtigen Zoff ... was soll ich tun, was lassen? Ich bin es leid!"
„Wenn du tatsächlich so lammfromm bist, wie du behauptest ..."
„Zweifelst du daran, du Schafskopf? ... verfluchte Menagerie!"
„Na, na ... Ach weißt du, Frieder, Lämmer blöken nur und Unschuld ist Jungmädchensache ... ob die schönen Metaphern hier nicht versagen? Es liegt doch auf der Hand, dass du allein durch deine Anwesenheit Irinas Aggressivität in Wallung versetzt. Vielleicht ist es der Gesichtsausdruck, die krumme Nase oder dann die unbeholfene Gestik, kurzum dein Gebaren; wir müssten sie vielleicht mal fragen."
„Du glaubst doch nicht im Ernst daran, dass du darauf eine brauchbare Antwort erhalten würdest, das ist unter ihrer Würde."
„Doch, wenn ich sie direkt anspreche, es wäre ja unhöflich, nicht zu reagieren. Ob sie mir dann ebenfalls die Kappe wäscht oder den Stinkefinger zeigt, ist offen, was wir damit anfangen

letztlich belanglos, sofern sie keine Ambitionen hat, ihre wahren Absichten offenzulegen."
„Was meinst du damit?"
„Frag die Sterne."
„Dumme Sprüche, Ausweichmanöver bloß, ich kann sie nicht mehr hören. Sage mir lieber, was ich tun soll."
„Schön! Ich biete dir einen Eimer voller Marmeln an; du entnimmst ihnen deren drei, legst sie auf den Tisch und sagst ihr, welche für sie, welche für Oleg und welche für dich steht. Dann nimmst du einen Hammer und zertrümmerst sie, die Scherben stieben auseinander und übersäen den ganzen Boden. Und du erklärst anschließend, dass dies ihr Tun widerspiegele und die Scherben eben das Resultat seien."
„Und das soll sie beeindrucken, ihren Missmut brechen? Unwahrscheinlich! Du bist ein Fantast."
„Wohlan, es wäre ein Versuch wert! Anschauungsunterricht halt. Doch als ewig Schuldiger solltest du deinen Mann stellen, egal wie, und die unaufhörliche Nörgelei mit einem Machtwort beenden, den Geldhahn zudrehen, ja, endlich den Versuch wagen, einen gebräuchlichen Lebensstil zu pflegen. Nur bezahlen und zu allem ja und amen sagen, ist unter deiner Würde, sag' es ihr doch! Ja natürlich, du hast Pflichten, aber auch Rechte, mach sie geltend. Das könnte allenfalls die Spannung lösen, Einvernehmen statt Widersinn erzeugen, die Situation beruhigen … weshalb sträubt ihr euch dagegen? Schau, wir sprechen von Stellvertreter … aber was kann damit gemeint sein? An wessen Stelle wird er denn eingesetzt? Anstelle von Sex-Problemen freilich; fehlender Sex, verhinderter Sex, verfemter Sex, was denn sonst? Eine altbekannte Leier, nichts Neues unter der Sonne, doch ihr spielt sie, als ob ihr sie erfunden hättet. Das ist blanker Unfug."
„Du machst es dir leicht, mit Sex allein, egal, ob es klappt oder nicht, kann eine so sehr verfahrene Situation kaum behoben werden. Vielleicht ist sie ja frigide, wer weiß schon."
„Bist du sicher … und deine Mitschuld klammerst du aus … mmh, wie steht's denn damit, wenn der Stier zur Kuh kommt?

„Lass das, das hatten wir schon; eine Lieblingsvorstellung von dir wohl."

„Stell dich nicht so an, du weißt genau, was ich meine. Lass die Unschuldsnummer beiseite!"

„Na ja, da gab's vielleicht die eine oder andere Szene, welche in eine Art Schäferstündchen hätte ausmünden können, aber der Teufel hat's gesehen, es wollte nicht klappen ... du weißt ja, die Mode mit dem Waschprogramm, ich kann es einfach nicht ab und frage mich auch, ob es bereits zur Gewohnheit geworden ist. Ich habe oft den Eindruck, dass sie meine Avancen vorzeitig abblockt und wenn ihr dies nicht gelingt, eben zum Waschlappen greift, womit sie mich regelmäßig abtörnt. Ihre Verweigerung wird jedenfalls zum Standardprogramm und führt bei mir zu Impotenz, das steht fest."

„Möglich, nicht von der Hand zu weisen, vertrackt ... hm, vielleicht eine Paartherapie gefällig? Es geht ja letztlich darum, herauszufinden, wo denn der Hund begraben ist. Situative Impotenz hat einen Grund, den es zu eruieren gilt, das ist womöglich Sache eines Profis und ich bin sowieso befangen. Aber schau einmal genau hin, deine Verneblungstaktik kann hier nicht weiterhelfen."

„Wie kommst du auf diese absurde Idee ... na ja, schon möglich, dass du den eigentlichen Knackpunkt gefunden hast, aber das heißt noch lange nicht ... ach ja, Freud lässt grüßen ... ich kann es nicht mehr hören, immer dasselbe Lied, es kotzt mich an. Und das allein hat zur Folge, dass ich nur recht funktionieren kann, wenn ich bei meiner Prostituierten bin, die mir eben wohlgesinnt ist. Bei Irina aber verspüre ich schon deshalb keine Lust, weil sie immer missgelaunt ist, mich verhöhnt oder eben abkanzelt, niemals zärtlich umarmt, baucht oder halst, wie Fried in einem seiner Gedichte sagte, und stattdessen stets eine essigsaure Haltung einnimmt. Wie soll ich da ... und glaube mir, eine Paartherapie ist undenkbar, sie müsste ja dabei ihre eigenen Unzulänglichkeiten eingestehen, das kannst du vergessen; das ist nichts für eine Frau dieses Kalibers."

„Ein Versuch könnte es wert sein ... hm, du gehst also noch immer zu deiner Prostituierten ... weiß Irina davon? Und wüsste sie etwas, wäre es möglich, dass sie sich deswegen zur Wehr setzt und kratzbürstig ist, weil sie es vielleicht nicht wagt, dich direkt darauf anzusprechen? Verstehe, es ist nicht leicht, mit einem Mann zusammenzuleben, der sich die Liebesdienste anderswo einkauft. Und schließlich hat sie auch durchaus berechtigte hygienische Bedenken, verstehst du."

„Wie niedlich deine Vorstellungen! Sie interessiert sich überhaupt nicht für mich als Mann, das ist längst klar. Sie will sich selbstständig machen, die häuslichen Verhältnisse so gestalten, dass sie stets die Oberhand behält und vorläufig zumindest nicht riskiert, dass ihr die Mittel ausgehen, welche sie benötigt, um ihre Ziele zu erreichen, das allein zählt. Alles andere ist Eheschrott!"

„Und du bist der naiven Meinung, dass sie niemals Lust verspürt, mit einem Mann zu schlafen, keine Lust auf Sex hat, gerade diese recht junge, gut aussehende Frau. Das ist abwegig, kaum glaubhaft. Freilich weiß auch ich, dass das Aussehen an sich selten mit der Libido korreliert, das ist eine Binsenwahrheit. Aber versuche gleichwohl herauszufinden, ob du diese Frau richtig einschätzt. Sie ist nicht dumm und deshalb vermutlich intrigant."

„Möglich, in der Tat nicht abwegig ... aber ich bitte dich, lass dieses Thema, es ist unergiebig, mühsam, in unserem Fall kaum mehr von Belang, abgedroschen und obsolet ... ja, ich bin wütend! Jedes Mal, wenn ich mit diesem Programm aufwarte, verpasst sie sich Scheuklappen und Ohrpfropfen ... nein, sie ist nicht bereit, diesen eher peinlichen Stoff immer wieder aufs Neue zu erörtern."

„Peinlich, weshalb wohl? Peinlich ist, was die Scham betrifft, doch die Scham ist der Feind der Biologie, worauf wartest du noch?"

„Meine Sache!"

„Sagst du ... und was sagt die Natur, wie steht's mit deren Imperativ? Hast du einmal darüber nachgedacht?"

„Wenig wahrscheinlich, dass diese Gesetze greifen; stell dir mal vor, du wärst im Dauerstreit mit deiner Partnerin, hättest du dann noch Lust, Zärtlichkeiten auszutauschen, möchtest du ihr nicht eher eine Ohrfeige verpassen und den Rest des Abends allein in der Kneipe sitzen? Cognac … das ist der letzte verbleibende Trost."

„Gewalt und Alkohol lass mal besser außen vor, beides sind sie schlechte Ratgeber und insbesondere keine tragfähigen Lösungsansätze. Schau besser hin: Siehst du denn nicht, in welchen Teufelskreis ihr euch begebt? Wenn ihr diesem schändlichen Treiben, einem Dauergroll gewissermaßen, freien Lauf lasst, dann erreicht ihr nur das Gegenteil dessen, was wünschenswert ist, und macht euch beide kaputt, das hatten wir doch schon. Du selber weißt am besten, wie es sich auf dein Wohlbefinden auswirken kann und ich habe dir schon oft von einer wissenschaftlichen Arbeit erzählt, welche die günstige Wirkung von befriedigendem Sex beschreibt. Störungen der inneren Ruhe, wie es dessen Fehlen hinterlässt, sind zwar nicht tödlich, aber unangenehm, sie machen dir seit Langem das Leben schwer, machen dich krank … das Vegetativum eben, du weißt, wovon ich spreche. Soll ich dir etwa ein Bilderbuch malen, damit du begreifst, was Sache ist."

„Ach, lass doch gut sein, du abgewrackter Tierpsychologe!"

„Mit oder ohne Doktortitel?"

„Du eingebildeter Depp! Schnuppe doch … mag ja sein, dass du ein bisschen recht hast, aber ich sehe keinen Ausweg, außer … aber auch das hatten wir schon oft und haben es regelmäßig verworfen, denn diesen Weg kann und will ich nicht einschlagen. Die Häme seitens einiger Freunde, die mir entgegenschlüge, will ich mir gar nicht erst ausmalen. Und was der Stier mit der Kuh treibt, schert mich einen feuchten Kehricht, merke dir das."

„Lebst du für dich oder für die Freunde, abgehalfterter Stier, der du bist; für die wohlgesinnten Mitstreiter, die dann plötzlich nicht mehr da sind, wenn du sie brauchst; hat einer von ihnen denn je den Kopf hingehalten, wenn zu Hause ein Hagelwetter niedergeht? Suche dir doch dein eigenes Heil, ‚blicke zurück im Zorn' und handle nach eigenem Ermessen. Apropos Freunde: Trefft ihr euch manchmal mit ihnen, unternehmt ihr etwas, um sie zu sehen? Du kennst doch viele Leute und auch sie hat einen Bekanntenkreis aufgebaut. Im Freundeskreis kann sie sich doch nicht so aufführen wie zu Hause."

„Ja schon, wir versuchten es ab und an, doch die meisten wollen mit Irina nichts zu tun haben. Eigene Freunde hat sie schon, doch sie unterhalten sich in ihrer Muttersprache und ich verstehe rein gar nichts. Meine Freunde aber haben sie durchschaut, verachten sie und nennen sie ihrer langen blonden Haare wegen nur noch Barbie."

„Wohl eher wegen ihrer blonden Gesinnung … es liegt ja auf der Hand, was hier gespielt wird. Übrigens Barbies, zieh mal eines aus, dann wirst du erkennen, dass sie asexuell sind, reiner Kinderkram nur."

„Was meinst du damit?"

„Hand aufs Herz, lieber Freund, hast du sie jemals geliebt und gehst du davon aus, dass sie für dich je irgendwelche Liebesgefühle hegte?"

„Während des Probegalopps, wie du es nanntest, dachte ich, ich hätte mich verliebt, doch als dann alles getan war und sie erneut anreiste, um hierzubleiben, waren die Gefühle weg und ich bekam Angst vor einem Zusammengehen mit ihr und ihrem Sohn, denn sie machte keine Anstalten, ein liebevolles Verhältnis aufbauen zu wollen. Sie gab sich hart und unnahbar, weshalb auch immer."

„Deine Einlassung suggeriert, dass Verliebtheit unabdingbare Voraussetzung für echte Liebe sei, das ist zumindest diskutabel."

„Es reicht, wenn es bei mir so ist, ich weiß, wie ich funktioniere, und wie sie ihrerseits tickt, ist mir bis heute ein Rätsel, aber auch zusehends egal."

„Genügsamkeit schützt nicht vor Fehleinschätzung! Du bist ein Mensch aus Fleisch und Blut und das Fleisch ist tonangebend, verstehst du. Doch sage mir, was hat denn zur Gesinnungsänderung geführt, was ist vorgefallen, dass du von deiner ursprünglichen Idee, die ja damals in greifbare Nähe rückte, zurückschrecktest? Womit hat sie dich verängstigt oder gar abgeschreckt?"

„Ich weiß es nicht genau, aber ich habe eine Vermutung, denn irgendetwas irritierte mich, damals nach der Hochzeit, als wir auf der Heimfahrt versuchten, in radegebrochenem Englisch eine Art Konversation zu betreiben. Du hast offenbar gerade nicht hingehört oder vielleicht geschlafen, als sie darauf hinwies, dass sie nicht freiwillig hier sei, sofern ich „voluntary" richtig übersetzt habe. Es könnte natürlich auch „gerne" geheißen haben und das wäre noch schlimmer, aber dann verstünde ich die Welt nicht mehr. Ich behielt allerdings die Zweifel für mich, denn ich wollte nicht im Auto eine solch heikle Debatte vom Zaun brechen, geschweige denn sie in Verlegenheit bringen, den Mut brachte ich jedenfalls nicht auf. Doch damit war mein Glaube ans gute Ende und vor allem mein Vertrauen, das aufzubauen ja noch anstand, bereits dahin, auf Nimmerwiedersehen, wie es scheint."

„Du bist ein Trottel! Die Beantwortung einer so wichtigen Frage legst du auf Eis und lebst in Ungewissheit? Kaum zu glauben! Warum hast du sie denn nicht später einmal gefragt, das wäre doch naheliegend gewesen. Missverständnisse auszuräumen, das ist Alltagsfutter, einfachste Propädeutik der Lebenskunde. Verschleierungstaktik ist allemal fehl am Platz."

„Ja, recht so, aber ich habe es wohl verdrängt, nicht wahrhaben wollen."

„Ein Musterbeispiel der Verdrängung, verstehst du, kein Weg zur Norm."

„Du mit deiner Norm, ich pfeif drauf, es gibt sie nicht bei uns! Warum, warum? Weil es schlicht und einfach nie eine Gelegenheit gab, in Ruhe etwas zu besprechen, das ist doch mehr als bekannt."

„Ich sage dir mal was ... selbst, wenn ich diesen eigenartigen Satz nicht hörte und mir auch nicht bekannt ist, wie gut sie damals, als sie zum Bleiben anreiste, die englische Sprache beherrschte, so habe ich meine Zweifel, ob du richtig verstanden hast und ob du die Formulierung richtig wiedergibst. Wenn ja, so wäre tatsächlich die einfachste Übersetzung ‚gerne', was ja zuzeiten, als sie sich noch bemühte, höflich zu sein, durchaus denkbar wäre. Sollte dem nicht so sein, und hätte sie in einer Anwandlung von Ehrlichkeit das Bedürfnis gehabt, dir einen Hinweis auf ihre tatsächlichen Beweggründe für ihre Flucht zu geben, dann müsste ich diesen geheimnisvollen Ausspruch wie folgt interpretieren: ‚Ich habe mein Bild in den Katalog gesetzt, weil ich möglichst rasch von zu Hause wegwollte, und dafür hatte ich gute Gründe, die ich vorerst noch nicht bekannt machen möchte. Aber ich bin froh, wenn ich nun hier leben darf'. Der Erstbeste, der anbeißen würde, sofern einigermaßen liquid – sich darüber zu informieren, war wohl nicht allzu schwierig – sollte ihr Opfer werden. Alles ist haarklein kalkuliert, Gefühle sind Luxusartikel, die sie sich in ihrer Situation, deren vollumfängliche Beschreibung noch aussteht, ganz einfach nicht leisten kann. Du bist bloß Garant ihrer Übergangsrente, mehr nicht, und sobald sie selbstständig ist, wird sie sich absetzen und ihre eigenen Wege gehen, womit dein persönliches Programm hinfällig wird."

„Harte Worte, aber ich denke, du hast wohl recht, ja, ich sehe ein, dass ich einer üblen Täuschung aufgesessen bin, und dies in der Hoffnung, eine beängstigende Zukunft abgewendet zu haben. Nun sitze ich in der Falle und es ist recht unangenehm, sich in einer Falle wiederzufinden."

„Deshalb verstehe ich nicht, weshalb du dich dagegen sträubst, sie abzustreifen, solange du kannst. Ob der materielle Verlust, den du dabei erleiden wirst, schlimmer ist als der Wohlfühl-Verlust beim Ausharren, sei dahingestellt."

„Spekulation! Doch eine mutwillige Trennung, die ich in Gang setze, dürfte Irina nur in die Hand spielen, aber es ist davon auszugehen, dass auch sie langfristig wird Abstand nehmen wollen, weshalb sollte ich denn vorpreschen. Ich habe Zeit und kann warten, bis sie den ersten Schritt tut, denn davon verspreche ich mir einen taktischen Vorteil."

„Wenn du dich da mal nicht täuschst, ihr Anwalt wird sie beraten und dann wird sie dich in die Pfanne hauen, bis du gar bist. Doch bis es so weit ist, lässt du dich schröpfen, das kann und soll nicht wahr sein, und aufrechnen kannst du es auch nicht. Es mag ja sein, dass sie dich loswerden will, aber nicht jetzt, denn sie ist noch nicht am Ziel. Bist du denn die Wohlfahrt?"

„Ja freilich ... aber du hast schon recht, auch ich bin noch nicht dort, wo ich hingehen will ..."

„... und das wäre? Etwa ins Bordell? Da gehst du ja sowieso zuweilen hin."

„Nein, das ist nur Surrogat, allerdings weiß ich nicht so recht, wofür, aber bestimmt nicht für Sex mit Irina, davon habe ich längst Abstand genommen; es wäre wohl einem Versuch, den Everest zu besteigen, gleichzusetzen … ja, ja, ja, ich weiß, aber bitte lass deine superklugen Begriffe beiseite, ich kann sie nicht mehr hören!"

„Kopf in den Sand und los, nicht wahr? Schau, du bist ein kluger Mann, sonst hättest du's nicht so weit gebracht, wie es der Fall ist. Idioten auf deinem Sessel, das wäre keine Option, oder? Aber nun bist du gefordert, privatim einen klugen Entschluss zu fassen, und dazu bist du schlichtweg nicht in der Lage, das passt nicht zusammen. Denke endlich ernsthaft über deine Situation nach und entscheide nach vernünftigen Maßstäben, das ist doch nicht zu viel verlangt."

„Ich werde darüber nachdenken und habe auch schon eine Idee, ich werde dich bei Gelegenheit informieren."

Aus Irinas Tagebuch
Er ist unordentlich, stinkt oft und rührt keinen Finger, ich bin lediglich seine Magd, und mit der zu schäkern, ist doch standesunwürdig, oder? Aber das wollte ich nicht, auch nicht vorübergehend, nein, das war nicht mein Ziel. Ich habe auch meine Qualitäten und vor allem meine Bedürfnisse, wie kann ich ihm dies verklickern? Er wird mir kaum Freiraum gewähren, denn er funktioniert nach einem atavistischen Muster: ‚Frau am Herd, Mann auf der Jagd'. Es wird zweifellos Streit geben, wenn ich meine Forderungen geltend machen werde, doch egal, ich will mein Licht nicht unter den Scheffel stellen und mein Leben nach eigenen Vorstellungen leben. Gott ist mein Zeuge, dass ich getreu nach meinen Vorsätzen handle.
Die Streitigkeiten sind schon übel, nervig auch, aber ich kann nicht anders, denn eine körperliche Annäherung seinerseits wäre

unerträglich. Die Methode der regelmäßigen Erzeugung von Verstimmung passt gut zu mir, wenigstens insofern, als er mich als streitsüchtige Pute kennengelernt hat. Ich nehme es gerne auf mich. Wir brauchen unbedingt eine größere Wohnung, die Enge hier ist unerträglich. Ob er bereit ist, eine solche zu kaufen? Er wird wohl erneut die Armutsnummer spielen – ich kann sie nicht mehr hören – auch darauf hinweisen, dass er sich noch in Trauer befindet, und sonstige Ausreden anwenden, um mir dieses Ansinnen auszureden. Ich werde nicht nachgeben. Wir benötigen Raum, um aneinander vorbeileben zu können, um etwas mehr Ruhe ins System zu bringen – ja, das ist es, was wir haben. Abgesehen davon leben wir nicht standesgemäß, das soll sich ändern.

14

Oleg

Olegs Rolle im Familienleben sollte nicht unterschätzt werden. Er hatte sich eine Position geschaffen, welche ziemlich genau in der Mitte zwischen der oft zornigen Mutter und dem milden Ziehvater anzusiedeln ist. Er hegte aber mehrheitlich Sympathien für Letzteren und dies aus gutem Grund, setzten ihm doch die teils heftigen Auseinandersetzungen mit seiner Mutter mehr und mehr zu. Er war mittlerweile zwölf Jahre alt geworden, ein kräftiger, temperamentvoller Bursche, krause Haare, die niemals einen Kamm sehen, und nahezu unbezähmbar, aber nicht bösartig, eher leichtsinnig. Auf dem Schulhof tobten zuweilen heftige Kämpfe zwischen verschiedenen Banden, er hatte sich gezwungenermaßen eine eigene gegründet, da er bei den Banden der „Indigenen" nicht landen konnte – er war eben ein Migrant, das Wort, das zum Schimpfwort, sogar Unwort mutierte. Er kam wiederholt mit Schrammen oder blauen Flecken nach Hause, brummelte irgendeine müde Erklärung und verschwand im Zimmer, wo er sich hinlegte und die Decke anstarrte. Manchmal verbreitete er einen eigenartigen Geruch, wenn er die Wohnung betrat, bald einmal kam raus, dass er „Gras" rauchte ... es gehöre zum starken Mann, dass er es ertrage, wollte er weismachen. Er liebte aber die euphorisierende Wirkung, die seine Wahrnehmung veränderte und die täglichen Betrübnisse abmilderte. Ob er bereits süchtig war? Dass sich Irina Sorgen machte, war derweil verständlich, wiewohl ihre sonstige Haltung Oleg gegenüber eher vermuten ließ, dass ihr sein Fortkommen nicht sonderlich am Herzen lag, es zeigten sich gerade hier deutlich ihre zwei Gesichter, welche ihrem Charakter eigen waren. Aber sie nahm einmal mehr diesen Verdacht zum Anlass, ihn heftig auszuschelten und mit allerhand Drohungen einzudecken, im Grunde zu Recht, doch sie war mit Sicherheit nicht die richtige Person und fand auch den Tonfall nicht, um ihm das Laster abzugewöhnen, nein, er lachte sie aus und kassierte einmal mehr eine Ohrfeige. Aber er stritt sowieso alles ab, schubste sie grob aus dem Zimmer und sperrte sie aus ... sie tobte, selbst am Abend noch, als Frieder nach Hause kam, sodass er, uneingeweiht, wie er war, den Rest ihres Unmuts abbekam. Kaum verwunderlich, dass er nicht wusste, wie ihm ward.

Die schulischen Leistungen des Jungen blieben hinter der physischen Erscheinung erheblich zurück. Die Mutter wurde wiederholt zitiert, bekanntlich auch schon kurz nach der Einschulung, musste schlechte Zensuren und Klagen über seine Schläger-Karriere entgegennehmen, ging jeweils wütend nach Hause und hielt ihm eine lautstarke Standpauke, die er mit Gelassenheit entgegennahm, und er machte immer wieder deutlich, dass sie ihm nichts zu sagen habe, denn Frieder sei sein Berater, nicht sie! Das provozierte sie, sodass sie ihn wiederholt ohrfeigte, was er stets ohne zu weinen hinnahm, als wäre er ein Hund, vorläufig seine stereotype Entgegnung auf Gewaltanwendung seitens der Mutter. Nicht abzusehen indes, wenn er einmal zurückschlagen würde, ja, er war oft nahe dabei, konnte sich aber bislang beherrschen. Eine abträgliche Entwicklung nahm derweil ihren Anfang, der Endpunkt dürfte sich wohl schrecklich ausnehmen, doch die siebenmal-kluge Mutter, wiewohl oft gewarnt, wollte dies nicht einsehen.

Zudem wurde mit der Zeit ruchbar, dass er jede Gardinenpredigt der Mutter mit einer Strafaktion nach seiner Strickart beantwortete. Er ging klauen, erst Kleinigkeiten, etwa Süßigkeiten oder Kaugummi und Schund- oder Sexheftchen, später immer größere Beutestücke, bis er schließlich bei der Elektronik – Handys, Fotoapparate, ja, sogar Tablets und Notebooks – also beim teuren Segment der Konsumgesellschaft landete und erwartungsgemäß dabei erwischt wurde. Die Strafe war massiv, doch selbst diesen vorläufig letzten Akt seiner kriminellen Laufbahn nahm er gelassen hin, denn das sei letztlich der Zweck der Übung. Nur so, seine Rechtfertigung, sei die Mutter zur Räson – seine

Version freilich – zu bringen, die Furie soll endlich sehen, was sie davon hat, wenn sie mich dauernd quält. Es war eine unreife Logik, aber aus der Sicht eines zu Unrecht gescholtenen Jungen immerhin nachvollziehbar. Es war aber gleichwohl ein teuflischer Plan, den er nur umsetzen konnte, weil er wusste, dass er noch nicht strafmündig war, doch er rechnete nicht mit Mutters Rachsucht, die ihn in seinem Zimmer wochenlang einsperrte. So saß er einmal einen zweiwöchigen Zimmerarrest ab, zu drakonisch aus Frieders Sicht, der jedoch nichts dagegen unternahm, denn auch er befürchtete eine üble Entwicklung, möglichenfalls hin zur Drogenabhängigkeit und Kriminalität. Er bat sie aber aus Mitgefühl, die provokativen Erziehungsmethoden abzumildern, da sie sichtlich kontraproduktiv seien und schlichtweg das Gegenteil dessen erreichen, was erstrebenswert wäre. Sie gab nur murrend und, wie sich zeigen sollte, zum Schein nach, obwohl sie keine besseren Lösungsvorschläge für die verkorkste Situation zu bieten hatte. Sein Vorschlag zur Güte, insbesondere aber zur Befriedung der häuslichen Atmosphäre, schlug einmal mehr fehl.

Es soll an dieser Stelle festgehalten werden: Frieder, der meistens erst abends über die neusten Geschehnisse in Kenntnis gesetzt wurde, erkannte die Gefahren einer üblen Evolution, die sich anzubahnen schien und höchstwahrscheinlich in einen Teufelskreis ausmünden dürfte, aus dem später wieder auszubrechen, schwierig sein könnte. Er erkannte namentlich, dass Oleg sich immer wieder zu neuen Untaten veranlasst sah, wenn man ihn bestrafte. Er sah aber auch die überforderte oder eben unfähige Mutter, die eher unbeholfen agierte und so ihrem Sohn, dessen mafiösen Methoden sie nicht gewachsen war – und hier ist der Teufelskreis deutlich erkennbar – Anlass bot, erneut zuzuschlagen. Gemäß eigenen Vorgaben wollte er gelegentlich eingreifen, rechnete aber nicht mit dem Widerstand der Mutter, die den gutmeinenden Friedenstifter, also nicht leiblichen Vater, vom Erziehungsprozess vor allem dann ausschließen wollte, wenn er ihr widersprach. Er verstand somit, welche Rolle sie ihm zuordnete. Sie hätte zwar erkennen müssen, dass er den besseren Weg einzuschlagen vorhatte, doch wollte es ihr Kopf nicht zulassen, dass auch er einmal recht bekam. So kämpfte sie gewissermaßen zwischen zwei Fronten, denen sie so gut wie nichts entgegenzustellen hatte. Als schwache Figur reagierte sie mit Geschrei und Rechthaberei, welche den bereits abgebrühten Sohn jedoch kühl ließen und Frieder eine schlaflose Nacht einbrachten. Die Auseinandersetzung endete mit einem Patt und Oleg war der lachende Dritte.

Frieder war in Erziehungsfragen völlig unerfahren, aber er verfügte über eine gute Beobachtungsgabe und zog mit gesundem Menschenverstand richtige Schlüsse, deren Nachvollziehbarkeit evident war. Doch dieser „Ausbildungsgang" fand bei Irina keine Gnade und wurde daher ganz und gar verteufelt. Eine Intervention zugunsten plausibler Maßnahmen, egal welcher Herkunft, blieb daher erfolglos.

Da die Schule in unmittelbarer Nähe war, ging sie oft während der Pausen vorbei, versteckte sich hinter einem Busch und spionierte Oleg aus ... unschön, aber kostenlos und informativ. Sie erfuhr so mehr als jeweils im Lehrerzimmer, wo sie eine frisierte Version dessen serviert bekam, was sich tatsächlich abspielte. Was sie eines Tages sah, entsetzte sie: Mädchen, die quatschten, grobe Prügelszenen einiger Knaben, aber das war bis zu einem gewissen Grad normal, denn junge Männchen mussten ja ihre Kräfte vor allem in Anwesenheit der Weibchen demonstrieren, übliches Balzverhalten eben. Doch in Olegs Umfeld sprang das auserwählte Mädchen an – war es dasselbe wie damals? – und tröstete den schweißnassen Streithahn, küsste ihn innig und gab ihm womöglich als Siegespalme einen Joint, den er mit ihr zusammen genüsslich rauchte, obwohl Rauchen auf dem Schulhof verboten war. Und das nach all den Standpauken, nein, das schlug dem Fass den Boden aus. Sie wollte eingreifen, bekam aber die Übermacht einer menschlichen Horde zu spüren, welche sie unaufgeregt in ihre Mitte nahm und langsam zum Ausgang drängte, wo sie kommentarlos abgestellt wurde; ja, die Horde ist eben Garant für die Sicherheit des Primaten, das musste sie definitiv zur Kenntnis nehmen, auch wenn es beschämend war.

Es war dann diese dreiste Kränkung, die ihm erneut Hausarrest einbrachte, den er jedoch dieses Mal nicht einhielt, nein, nicht schon wieder! Das Fenster seines Zimmers ging auf den Hof, war im ersten Stock und der Abgang über das Vordach des Hauseingangs war für ihn ein Kinderspiel, sie resignierte, nicht definitiv, wie in der Folge zu sehen war, doch sie gab die Zügel endgültig an Frieder ab, widerwillig zwar, aber aus zwingender Not, da sie erkannte, dass ihre Methoden nicht mehr griffen.

Er, der zuvor als unfähig bezeichnet wurde, einen Jungen zu erziehen, wurde nun unvermutet zum eigentlichen Lehrmeister und gutmütig, wie er war, übernahm er die Rolle, studierte seriös einschlägige Literatur und machte sich an die Arbeit, die keine leichte sein würde. Doch er scheute keine Mühe, den unbändigen Ziehsohn, der ihm mittlerweile ans Herz gewachsen war, auf den Weg der Tugend zurückzuführen, ein dornenvoller Weg indes, den er mit etlichen Zückerchen garnierte, um ihn schmackhaft zu machen. Er verfolgte dann auch eine völlig andere Linie als Irina, denn er erkannte, dass Gewalt keine Option sein durfte, sie provozierte zu sehr und gerade Oleg reagierte heftig und rächte sich unbeholfen zwar, aber stetig, weil er genau wusste, dass er der Mutter an Kraft überlegen war und daher nicht einsah, weshalb er sich schlagen lassen sollte. Frieder aber verabscheute Gewalt, das war Prämisse und Leitlinie zugleich, aber er war beileibe nicht wehrlos. Es galt ja, vorab eine tätliche Auseinandersetzung zwischen Mutter und Sohn zu verhindern, eine ernste Obliegenheit, die ihn viel Energie kostete, war doch Irinas Unbelehrbarkeit ein nahezu unüberwindliches Hindernis, das er nicht zu beseitigen vermochte. Es manifestierte sich später immer wieder, stets zu Ungunsten des Haussegens. Er versuchte dennoch, die Erziehungsarbeit ruhig und mit maßvollem Belohnungssystem anzugehen, aus seiner Sicht vielversprechender als alle anderen Varianten, konnte indes nicht abschätzen, ob ihm Erfolg beschieden sein würde oder nicht.

„Wenn du brav bist, gehen wir schwimmen, wandern, Rad fahren, Eis essen, die üblichen Köder halt."

„Ja gerne!"

„Aber eine Bedingung ist damit verknüpft: Mit Drogen will ich nichts zu tun haben, das kann ich mir nicht leisten und du gehst kaputt, wenn du weiter welche konsumierst. Gras ist verboten, härteres Zeug ohnehin, da gibt's kein Pardon. Hast du mich verstanden?" Und zur Illustration seiner Autorität und Legitimation seiner väterlichen Befugnisse, legte er ihn mit einem gekonnten Karategriff auf den Boden. Ja, diese Sprache verstand Oleg zweifelsfrei, und so konnte Frieder mit Fug und Recht sein dezidiertes Dekret verkünden. Doch Oleg hatte rasch seine Verblüffung überwunden und holte zum Gegenstoß aus: „Ach Frieder, lass uns doch einen Deal machen: Harte Drogen kommen nicht infrage, da bin ich mit dir einig, es wird mir übel, wenn ich aber …"

„Wie bitte, hast du die bereits einmal eingenommen? Sag, dass das nicht wahr ist!"

„Einmal, bestimmt nicht öfter, und ich versichere dir, dass ich problemlos darauf verzichten kann. Gras nahm ich vielleicht zu oft, aber ich feilsche um die Erlaubnis, am Wochenende mit meinen Kumpeln wenigstens einen Joint rauchen zu dürfen. Dafür beginne ich nicht, gewöhnliche Zigaretten zu rauchen, wie du es tust, und mäßige mich mit dem Alkohol. Das ist doch eine klassische Win-Win-Situation."

Lächelnd, bewundernd: „Junge, Junge, Junge, du steckst schon tief drin im Sumpf, aber wir wollen das Kind nicht mit dem Bad ausschütten. Deine Worte klingen besonnen, ich wäre somit einverstanden mit einem Joint pro Woche und einem bis zwei Bier am Wochenende, wenn du mir sagst, wie ich das kontrollieren kann."

„Vertrauen ist das Zauberwort … schon mal gehört?"

„Oh, oh, oh, sieh mal einer an … Schlitzohr, mafiöser Falschspieler, na ja, hat doch gut geklappt, aber wenn ich erfahre, dass du …"

„Lass gut sein, du bist am Wochenende nicht dabei und ich halte im großen Ganzen … „was soll die Einschränkung?" … Spielraum! Aber ich halte mein Wort, dafür hältst du mir die Mutter vom Leib. Das ist mein Angebot, nimmst du es an, bleibe ich zu Hause, lehnst du es ab, werde ich über kurz oder lang verschwinden. Nein, freu dich nicht zu früh, ich werde nicht auf der Straße campieren, ich weiß, wohin ich gehen werde."

„Du verhandelst wie ein hartgesottener Ganove, wo hast du das gelernt? O. k., du wirst es mir nicht verraten, aber sag mal, liebst du denn deine Mutter gar nicht? Ich meine Mutter ist doch Mutter."

„Sie ist keine Mutter, sie ist eine Rachegöttin, auch ist sie eine Schlange, unehrlich, lügt uns beiden die Huke voll und rastet bei jeder noch so geringen Sache aus, das ist unerträglich, und eine solche Person zu lieben, ist zu viel verlangt, verstehst du? Ich versuche stattdessen, meine beiden Väter zu lieben … Sohnesliebe, was immer damit gemeint sein kann."

„Verstehe: Gleich zwei Väter, Aufteilung der Erziehungsgewalt, Entmachtung der Mutter, nicht schlecht. Du hast dir eine schlaue Taktik ausgedacht, Bürschchen! Nun gut, ich werde schauen, inwieweit ich sie dir vom Leib halten kann, die Mutter, dein Hausdrache. Und die Sohnesliebe, was auch immer damit gemeint sein soll, nehme ich gerne entgegen."

„Danke, bin einfach froh, wenn Mutter nicht dreinschlägt, sie ist unberechenbar. Wenn sie friedlich ist, können wir in ein und derselben Wohnung nebeneinander leben; friedliche Koexistenz schlage ich vor."

Sie besprachen sich wie zwei Freunde, waren es auch, aber den Deal, den Frieder einging, musste er gleichwohl hinterfragen, denn ein schlechtes Gewissen plagte ihn: Ob er ihm nicht zu viel Zugeständnisse gemacht hat, ja, und wie konnte er denn überprüfen, ob er sich an die Abmachungen hält. Der Junge könnte doch beliebig über die Stränge schlagen, keiner der Kumpels würde ihn je verraten, und zudem gab's den Grundsatz, keine Verbote auszusprechen, die nicht kontrolliert werden können, das hatte er im Militärdienst gelernt, und er klopfte sich zufrieden auf die Schulter, weil er einen Grundsatz aus der Vergangenheit hervorholen konnte, welchen er endlich zur Anwendung bringen durfte, obwohl er keine Ahnung hatte, wie er es anstellen sollte. Ja, Vertrauen … wenn das nur gut geht.

Nun, die kritische Analyse hat ergeben, dass er ihm wohl allzu viele Zugeständnisse gemacht haben könnte, aber es ist dabei festzuhalten, dass Oleg ihn überrumpelt und ihm weit mehr abgerungen hat, als er zugestehen wollte. Das ist lediglich eine Feststellung, ungeeignet derweil, sich damit zu exkulpieren. Trotzdem hielt er vorläufig am ‚großen Deal' fest, auf Zusehen hin, versteht sich, denn er war der festen Überzeugung, dass er mit Güte und Kompromissbereitschaft weiterkommen werde als mit unverhältnismäßiger Härte. Die unmittelbare Zukunft wird es weisen, ob dem so sei, es war immerhin fünf vor Zwölf, denn bald sollte er ja mit einer Berufsausbildung beginnen.

Einstweilen war noch Schulzeit angesagt, während der Freizeit nahm er ihn oft mit auf Ausflüge, Museumsbesuche, Zoo und Zirkus, und das Beste, er besaß mehrere Oldtimer, mit denen er bei schönem Wetter irgendwo hinfuhr und ihn mitnahm. Das begeisterte ihn sehr, denn Autos, das zeichnete sich schon früh ab, sollten seine Leidenschaft werden, ein Verhängnis allerdings, das ihm noch etliche Schwierigkeiten einbrocken sollte. Natürlich bat er Frieder, ihn ans Steuer zu lassen, was er auf einem abgeschlossenen Parcours auch tat, er fuhr, als ob er längst die Fahrprüfung bestanden hätte, sicher, schnell, riskant, eine gefahrenträchtige Aussicht allerdings, erstaunlich auch, aber eine unverrückbare Tatsache, mit der künftig zu rechnen ist. Er musste auch Irina darüber in Kenntnis setzen, denn auch sie besaß ein Auto, das er keinesfalls benutzen durfte … sie erkannte die Gefahr nicht und ein Anflug von Stolz überzog ihr Gesicht … merkwürdig, unverständlich, arrogant.

Fahren also, und wie sich noch zeigen sollte, sogar gewisse Reparaturen ausführen, das konnte er, ob der jugendliche Übermut ausreicht, um daraus eine Lebensaufgabe zu machen? Bewundernswert jedoch allemal, denn er war noch immer faul, schlief morgens oft lange und Gelegenheit, sich in Automechanik unterweisen zu lassen, hatte er kaum. Natürlich hat er einiges gelernt, als er beim leiblichen Vater – mittlerweile Besitzer einer Auto-Garage – war, brachte wohl eine echte Begabung mit und sah darin eine Art Erfüllung, welche er in Mutters Umfeld nicht fand. Die Zeit beim Vater war jedenfalls ergiebig, auch auf anderen Gebieten, doch darüber sprach keiner, er betrachtete es als Rüstzeug fürs andere Leben, das Leben im Schatten der Gesellschaft. Ein Müsterchen davon hat er aber bereits abgegeben, ein Vorgeschmack des Umgangs mit den Gesetzen, oder eben die Vorwarnung darüber, mit welchen Methoden er sein Leben zu gestalten beabsichtigte. Es stand also zu befürchten, dass er eine Karriere in der juristischen Grauzone anstrebte, ja, das war zweifellos abzusehen.

So weit, so gut, oder auch nicht! Wenigstens schienen die Bedingungen für ein gutes Zusammenspiel von Erzieher und Zögling festgelegt zu sein, wenn denn auch feststand, dass sich beide an die Vereinbarungen hielten. Das musste erst bewiesen werden und die nun folgende Zeit sollte Gelegenheit geben, die Probe aufs Exempel zu statuieren.

Es galt nun, den Jungen auf die Berufslehre vorzubereiten, keine Frage, es würde sich um eine Lehre zum Automechaniker handeln. Frieders Freund, ein Garagist, der sich unter anderem mit Oldtimern befasste, war bereit, ihn aufzunehmen, und er begann mit Verve … kam aber schon in der zweiten Woche fast jeden Morgen zu spät zur Arbeit und war weiterhin faul, befolgte nur Anweisungen, die ihm behagten, und maulte herum, wollte alles besser wissen und gab sich unbelehrbar. Er wurde kurzerhand entlassen, stahl zum Abschied einige Werkzeuge, die er in seinem Zimmer bunkerte, eine erste Akquisition für die eigene Garage eben, die er später eröffnen wollte. Sie wurden natürlich nie gefunden … ja, er war ein ausgekochter Bursche, das war nicht zu übersehen, was zum Teufel sollte denn noch kommen? Es ging ihm offenbar darum, die Eltern in die Pflicht zu nehmen, und zwar nach seiner Vorstellung, was er mithilfe des Vaters, der wohl seinerseits eine offene Rechnung zu begleichen hatte, auch schaffte. Dabei sollte nicht Frieder, der ihm wohlgesinnt war, über die Klinge springen, sondern die Mutter. Er machte sich aus eigener Kraft zum verlängerten Arm des leiblichen Vaters, eine Rolle, die ihm sehr behagte, wiewohl er nicht wissen konnte, was er tat. Aber auch hierzulande musste er zurechtkommen, deshalb konnte er noch nicht aufatmen, er musste irgendeinen Beruf erlernen, das stand fest.

Frieder kannte viele Garagen, ging zu Nummer zwei, dann zu Nummer drei, immer dasselbe Lied, und dann wussten alle, dass sie mit diesem Lehrling nichts zu tun haben wollten ... Jammertal! Wie sollte er diesen Burschen zähmen, was tun, damit er ein anständiger Berufsmann werden konnte. Es musste ein Weg gefunden werden ... und händeringend suchte er die ultimative Lösung, jedoch erfolglos.

Nun, Oleg war ein schlauer Bursche, glaubte wenigstens daran und wollte aller Trägheit zum Trotz nicht untätig seine Zeit verstreichen lassen. Er wusste von vielen Marken, wie sie zu knacken waren, trieb sich oft des Nachts, wenn er – ein Wiederholungstäter – aus seinem Zimmer floh, auf den Occasionsparks herum und stahl schließlich einen sehr schnellen Wagen, einen Porsche natürlich, der Knabentraum schlechthin, der ideale Untersatz eben für den Möchtegernrennfahrer. Auf der Autobahn lieferte er sich dann mit einem Kumpel ein Rennen, fuhr aber den Wagen zu Schrott und floh ... Fahrerflucht, eine zusätzliche Straftat, als ob das Konto nicht bereits überzogen wäre. Er wurde jedoch bald gefasst und erzählte den Polizisten eine furchterregende Räubergeschichte, derart, dass er nicht freiwillig so schnell gefahren sei, nein, ein unbekannter Mann hätte ihn mit der Pistole bedroht und diese rasante Fahrt gefordert, da er auf der Flucht war; er sei an der Stelle, wo sich der Unfall ereignete, flugs über den Zaun geklettert und davongerannt, schließlich im Wald verschwunden, um nicht erschossen zu werden, Selbsthilfe also. Sie sollen ihn doch suchen gehen, dann wüssten sie, dass er die Wahrheit erzähle, und er selber sei freilich nur aus Not geflohen.

'Si non e vero e ben' trovato!' Ja, ja ... eine Prise zu fantasievoll, steht zu befürchten und überdies allzu abenteuerlich, um glaubhaft zu sein. Keiner nahm ihm die Story ab, sie war zu hanebüchen und auch der Richter sagte ihm, er solle doch seinen Kriminalroman anderswo erzählen, bestätigte ihm jedoch eine überbordende Fabulierlust, die sich indes nicht strafmildernd auswirkte. Er wurde natürlich verurteilt, nach Jugendstrafrecht, versteht sich, aber er musste gleichwohl ins Gefängnis ... er nahm's gelassen hin, wie es sich für einen harten Mann gebührt, auch

Vater saß mindestens einmal im Gefängnis; Ehrenschuld. Gleichstand! Für Frieder aber war's eine derbe Niederlage, eine mächtige Enttäuschung gar, ja eine Art Affront, denn es kam raus, dass er auf der illegalen Fahrt betrunken war, der ‚große Deal' war also geplatzt. Nein, die Männerehre hielt nicht, was sie versprach.

Er fand das Urteil zwar gerecht, setzte aber gleichwohl alle Hebel in Bewegung, um dem minderjährigen Burschen eine monatelange Haft zu ersparen, und es gelang ihm mit großem Aufwand und unter erheblichen finanziellen Opfern, dass der Vollzug in äußerlicher Freiheit, mit Fußfesseln nämlich, stattfinden konnte. Eben, Maskerade pur, die Umgebung nahm nicht wahr, dass er bereits eine kriminelle Vergangenheit hatte. Die Bemühungen haben also nicht gefruchtet, doch der Schein wurde gewahrt, eine brüchige Fassade allerdings. Dieser kleine Sieg war Frieders Trost, denn einen Makel, welchen er andernfalls hätte hinnehmen müssen, konnte und wollte er sich schlichtweg nicht leisten.

Die Schule, die er während der Zeit des Vollzugs – mehrere Monate immerhin – besuchte, war ein Flopp. Frieder musste endlich erkennen, dass schulische Weiterbildung nicht fruchtete, also schickte er ihn auf ein Büro, mit der Mahnung, dass dies die letzte Station sei, die er finanziere, andernfalls müsse er zum Vater … gesagt, getan, das musste man ihm nicht zweimal sagen, er schmiss die Schule und zog von dannen. Nun, der leibliche Vater beschäftige ihn in seiner Garage, wo er schließlich beides, nämlich den Büro- und Automechaniker-Beruf erlernen konnte. Wie der Vater vorging, um ihn zu zähmen, war nicht bekannt, aber seine Methode war wirksam und als er zurückkam, war er geheilt, zumindest machte es den Anschein.

Strahlend kam er zurück und präsentierte ein Papier, das einem Diplom ähnlichsah, keiner überprüfte es, und so fand er Eingang ins Erwerbsleben und konnte – das war der springende Punkt – auf eigenen Füßen stehen. Ende gut, alles gut! Ja, er hat die Hörner abgestoßen, sich eingegliedert und den Drogen entsagt, während Alkohol und Zigaretten zu ständigen Begleitern wurden, doch er war etwas reifer und selbstständig, und das zählte letzten Endes. Frieder durfte sich auf die Schulter klopfen, Irina sah sich betrogen, denn sie hatte keinen Anteil am Erfolg des Sohnes, und suchte immer wieder nach dem Haken, fand Kinkerlitzchen und schrie gleich beide an, ihr Lebenselixier, vermutlich.

Irinas Tagebuch:
Wir stritten wegen des Autos. Er will mir sein altes geben, ich möchte aber ein neues, weil das alte immer wieder stehen bleibt; so einen Wagen kann ich nicht gebrauchen. Nein, das geht wirklich nicht, wenn ich zur Arbeit muss, noch kann ich mir gar nichts leisten! Er soll doch endlich aufhören, den armen Mann zu spielen, ich weiß, dass er genug Geld hat und ich mir ohne Weiteres eine Scheibe davon abschneiden kann, ohne ihn in Bedrängnis zu bringen. Die Frau nicht nur verwöhnen wolle er, nein, er wolle auch etwas davon haben. Ja, was denn, seinen Sex besorgt er sich jedenfalls im Bordell, eine Bekannte hat es mir erzählt. Und was bleibt dann noch übrig? Haushalt, Hemden bügeln, kochen! Alles nur Drecksarbeit einer Sklavin, nein, dafür bin ich mir zu gut. Aber seine Verfehlungen wird er büßen: Nun ja, damit kann ich ihn mir auch längerfristig vom Leib halten und wer weiß, vielleicht ist mir dieser Umstand eines Tages gar nützlich.
Ich gehe auf Reisen, eine sichere Methode, um allein zu sein, eine Pause einzulegen auch. Er mag keine Reisen, hat Angst, sein Lieblingsargument. Was mache ich, wenn ich auf den Reisen jemanden kennenlerne. Das wäre zwar schön, könnte aber mein Leben durcheinanderbringen, ich werde davon absehen. Ich gehe doch vor allem weg, weil sich die beiden Männer gegen mich verschworen haben, das ist unerträglich; es gibt ihnen unendlichen Auftrieb ... Oleg verachtet mich, Frieder sucht immer wieder leiblichen Kontakt, ich kann einfach nicht. Soll er doch zu seinen Eichel-Lutscherinnen gehen, sie können es ihm besorgen!

15

Wichtiger Besuch

Es erging erneut eine Einladung zum Abendessen, bei welchem auch Überraschungsgäste anwesend sein würden, er und Irina versprächen sich sehr viel von einem Gespräch in Anwesenheit dieser speziellen Personen, die sie eigens dafür zusammengetrommelt hätten. Zweckdienlich also, mitmachen, nicht meckern! Allerdings hätten sie beide nicht dieselben Erwartungen, was kaum erstaunte, denn die teils heftigen Auseinandersetzungen, Ausdruck von stets gleichbleibenden Meinungsverschiedenheiten, dauerten an, wenngleich Oleg vorläufig bei seinem Vater in Ausbildung war und damit wenigstens einer der Kampfgenossen wegfiel.

Sonst gähnende Flaute, alles wie gehabt, mühsam jedoch. Die alltäglichen Streitigkeiten beinhalteten keinen zusätzlichen Stoff, es drehte sich, wie bisher, jeweils um Kleinigkeiten des Alltags, doch die Lautstärke des Gezänks, das noch immer als Stellvertreter-Krieg zu verstehen war, ist kaum zurückgegangen, im Gegenteil, es machte den Anschein, als ob Irina derzeit dazu mehr Energie aufzuwenden vermochte, denn sie musste nicht gleichzeitig auch Oleg beschimpfen, und es war zu vermuten, dass ihr der Einsatz dieser Reserve richtig Spaß machte. Wuchtig kamen sie daher, ihre Hasstiraden, einem Tsunami gleich überrollten sie einen recht unbedarften Frieder, der jeweils nur versuchte, sein bisschen Selbstbewusstsein unter den Arm zu klemmen und den Frust im Bier zu ertränken, das er freilich in der Kneipe ums Eck zu sich nahm.

Oleg – wohl beide – und die Mutter telefonierten oft, zuweilen sehr lange, ob sie mit Oleg d. Ä. oder Oleg d. J. sprach, war jeweils nicht feststellbar, denn es klang alles genau gleich und Frieder verstand wie immer kein einziges Wort. Doch nach den Telefonaten war sie irgendwie gelöster, lächelte huldvoll in sich hinein, eine Beobachtung, die es nahelegte, den auffallend positiven Effekt dem älteren Oleg zuzuschreiben. Das wiederum ließ die Frage aufwerfen, weshalb dem so sei, war Letzterer doch offiziell verfemt, was möglichenfalls auch eine Finte war. Obwohl ihn dabei ein ungutes Gefühl beschlich, nahm er sich vorläufig keine Zeit, einem vagen Verdacht nachzugehen, betrachtete er doch Irinas Vergangenheit als nebensächlich und für die Aktualität als belanglos, ein Irrtum jedoch, wie sich zeigen sollte. Konspirativ nahm sich das Ganze schon aus, denn Irina setzte sich anschließend an die Telefonate zumeist demonstrativ in ihren Sessel, nahm ein Buch und las und tat, als ob sie kein Wässerchen trüben könnte. Ein Rapport über den Inhalt der Gespräche war nicht zu erwarten, nein, sie spielte mit verdeckten Karten und hütete ihr Geheimnis wie den eigenen Augapfel. Auch das war verdächtig und was diese Show sollte, war unklar, denn es wurde auch sonst kein weiteres Wort gewechselt. Darauf ansprechen wollte er sie auch nicht, wurden doch die wenigen Male, als er es versuchte, mit heftigsten Wutausbrüchen und lautem Geschrei quittiert; es sei Privatsache, seine Einmischung unerwünscht! „Lass mich doch in Ruhe mit deiner Quengelei!" So ließ er sie wohl oder übel im eigenen Saft schmoren, irgendwann würde er wohl erfahren, was wirklich Sache ist ... gewiss, den Letzten beißen die Hunde, doch was soll's.

Es war also angezeigt, der Sache neuen Schub zu verleihen, um nicht Gefahr zu laufen, dass die abträglichen Verhaltensmuster in einer Sackgasse stecken blieben, aus der es keinen Ausweg mehr gab. Vielleicht war es ja schon so weit, denn die Hinweise, dass Irina einen solchen Vorgang keineswegs scheute, oder gar förderte, mehrten sich. Ja, es war nicht mehr von der Hand zu weisen, dass sie damit einer bestimmten Logik folgte, welche wohl einem wohldefinierten Zweck diente, dessen Natur freilich unbekannt war.

Der hochrangige Anlass fand bereits in der neuen Wohnung statt – ja, sie hat gewonnen. Es war eine mondäne Attikawohnung am Stadtrand, sehr groß, sehr hell, sehr teuer, kurzum prachtvoll. Es war eine eher überdimensionierte Luxuswohnung, welche die Anstellung einer Zugehfrau erforderlich machte, denn Irina war meist unpässlich – übliche Migräne der Primadonna wohl – und konnte den Haushalt nicht selber führen. Sie war noch immer dabei, eine Ausbildung zu absolvieren, welche ihr nach deren Abschluss mehr Freiheit, noch unklarer Prägung, verschaffen sollte, denn sie wollte in erster Linie die Abhängigkeit von Frieder loswerden. Die Abhängigkeit, die sie für missbräuchlich hielt und ihn ein Vermögen kostete, wie er wiederholt beklagte, betrachtete sie als eigennützig und war es wohl auch weithin. Im Grunde hätte er aber das ziemlich enge Korsett, das er ihr verpasste, auch künftig bewahren wollen, denn die finanzielle Vormachtstellung gab ihm eine gewisse Macht über eine Frau, die ihm zu Diensten sein sollte. Sie sträubte sich jedoch vehement, seine ursprünglichen Erwartungen zu erfüllen, und strebte stattdessen sichtlich nach Unabhängigkeit, was ihn, sollte sie reüssieren, seines letzten Instruments zum Vollzug seines Begehrs berauben könnte. Es bestanden keine Zweifel, dass sie ihr Vorhaben umsetzen würde, sodass selbst in dieser Angelegenheit sein Widerstand langfristig bröckeln könnte, was er partout nicht wahrhaben wollte. Aber er sah bereits seine Felle davonschwimmen, ein Prozess, den sie natürlich förderte. Hier machten sich also erneut recht unterschiedliche Tendenzen bemerkbar und das war nur die Spitze des Eisbergs, sodass davon auszugehen war, dass weitere Baustellen, die der Erledigung harrten, wohl ähnlich divergenten Vorstellungen über deren Behebung unterliegen könnten.

Die neue Wohnung war wirklich sehr schön, weiß, Blendwerk vielleicht; nun, sie habe mehr Platz gefordert, die alte Wohnung, immerhin eine recht große, aber inmitten des Hauses gelegene Eigentumswohnung, war zu klein, zu wenig repräsentativ, zu schäbig. Frieder sträubte sich zunächst, eine neue zu kaufen, geschweige denn ein Luxusobjekt zu erwerben, denn er war an bescheidene Verhältnisse gewöhnt und wollte nicht so viel Geld ausgeben, waren doch die Aussichten für eine Versöhnung zu jenem Zeitpunkt nicht gerade rosig, sodass eine Trennung eben absehbar war und die Wohnung dann nicht mehr gebraucht würde.

Erstaunlich deshalb, dass sie gleichzeitig eine Neuerwerbung tätigten und über Trennungsgelüste sprachen, das war doch widersinnig, womöglich aber ein taktisches Manöver. Allerdings wurde beschlossen, erst noch therapeutische Ansätze auszuprobieren, da angeblich beide ihrer Verbindung noch eine Chance einzuräumen gewillt waren. Sie quengelte so lange, bis er nachgab und tief in die Tasche griff, um ebendieser letzten Chance, ein Versprechen, das er sich so einhandelte, auch Aussicht auf Erfolg einzuräumen, wie sie ihn glauben machen wollte. Es war allerdings eine Art Nötigung, die er gierig schluckte, während mir der Bissen im Hals stecken blieb, als ich von dieser neuen Finte hörte. Sie spielte mit seiner Gutgläubigkeit, ein Spiel auf Zeit wohl, und dies unter Anwendung recht intriganter Mittel … und sein Ansinnen, mit dieser bisher letzten Nachgiebigkeit ein günstiges Terrain zur Versöhnung zu schaffen, verlief sich im Sand.

Alle Möbel, vor wenigen Jahren zwecks Möblierung der ursprünglichen Wohnung erst angeschafft, mussten ausgewechselt werden, nur das teuerste Geschäft war gut genug, alles sehr hell, elegant, Leder, Edelstahl, Elfenbein – ohne Skrupel –, Luxusküche sowie qualitativ hochstehende und freilich weiße Berberteppiche, passend zu ihrem neuesten, mit feinster Stickerei besetzten Sommerkleid, welches sie an diesem Abend trug, so sehr überkandidelt, als ginge sie zum Traualtar. Auch das alte Auto wollte nicht mehr zum Prestigeobjekt passen und musste durch einen dicken, fetten Jaguar ersetzt werden, um standesgemäß auftrumpfen zu können. Nein, sie war nicht die billige Kurtisane, für die man sie zuweilen hielt, sie war vielmehr ein nicht zu unterschätzender Machtfaktor im neu zu erstellenden Gepräge der Lindenmanns. Einmal mehr gab's Streit und das Friedensangebot, das er machte, schlug sie aus, denn sie wollte ihr ganzes Programm durchziehen bis zum letzten Paragrafen. Er ließ sich erpressen und wunderte sich, dass sie anschließend alles erwirkte, was ihr in schlaflosen Nächten einfiel, und das war freilich abundant.

Ich stand also vor der Wohnungstüre, gekämmt und schön gekleidet, Schlips und Sakko, wie es sich gehört, Uniform des Spießbürgers halt und ganz in Irinas Sinn … es wurde geöffnet und strahlend bat mich die Hausherrin herein: … „bitte schön, ich gehe gerade vor." Ich übergab ihr den obligaten Blumenstrauß und bedankte mich ordnungsgemäß für die nette Einladung: … „habe mich mächtig gefreut", heuchelte ich. Was man so alles gelernt hat! Den Blumenstrauß, im Jargon eben die Heuchlerstaude genannt, nahm sie mit routiniertem Handgriff entgegen, bedankte sich kurz und hieß Frieder umgehend, ihn in eine Blumenvase zu stellen. Das Ritual war somit absolviert, man konnte zum Protokoll übergehen … ach nein, erst musste die neue Wohnung besichtigt werden, sozusagen um das Revier abzustecken, welches von nun an die geteilten Bereiche der Eheleute umfasste. Ja, die elende Zeit des Raummangels sei vorbei, jeder verfügte nämlich über eigene Räume, viel Platz namentlich, um die teils konfliktträchtigen Abendstunden getrennt zu verbringen, wodurch die lautstarken Streitereien erst gar nicht in Gang kämen, eine Illusion, wie sich bald einmal zeigen sollte. Eine teure, aber kluge Einrichtung also, wäre dadurch nicht die übliche Kommunikation innerhalb des Paares unterbrochen worden, was sich zweifellos rächen dürfte und bereits erste, unübersehbare Spuren hinterließ.

Adrian, der befreundete Psychologe, sei noch nicht eingetroffen, er habe soeben angerufen und sich für eine kleine Verspätung entschuldigt, wir sollen uns dennoch im Salon hinsetzen, bald würden auch er und seine Frau eintreffen. Ja, und der alte Freund sei ein erfahrener Psychologe, welcher mit viel Geduld versuche, den in Schieflage geratenen Haussegen wieder geradezurücken … „vermutlich eine Sisyphusarbeit, denn er war stets schief", warf Frieder dazwischen und wurde mit neckischem Augenwinkern als Schwarzmaler tituliert … ja freilich, es gehe auch um grundlegende Probleme ihrer Ehe, die man beheben sollte, gestand sie gütig zu und machte gute Miene zum bösen Spiel. Die Gäste seien so ausgesucht worden, dass eine ersprießliche Debatte zu erwarten wäre. Das also war der Plan: eine erste Sitzung in Paartherapie, so arrangiert, das keiner fliehen konnte, na dann los! Ich meinerseits hätte gerne einen freien Abend gehabt, freute mich auch auf ein gemütliches Tagesende, aber es war offensichtlich anders angedacht und als braver Bürger und wohlerzogener Gast fügte man sich tunlichst und mir waren ohnehin die Hände gebunden.

„Ein Glas Sekt, seit Mittag kühl gestellt? Vom besseren, natürlich."

„Ja gerne und ein Toast auf eure neue Wohnung, habt gut gewählt; bisschen groß, findet ihr nicht? Aber eben, viel Raum, um einander aus dem Weg zu gehen, das braucht ihr freilich." Böse Blicke, schon wieder, aber sie trug es mit Fassung, denn ich war bekannt dafür, dass ich immer mal wieder ins Fettnäpfchen trat.

„Danke für die Blumen … Ach so … nein, im Gegenteil, sie ist gerade richtig für unsere Bedürfnisse und wir fühlen uns wohl, denn jeder kann hier so leben, wie es ihm behagt, das war immerhin das Hauptmotiv, das uns zum Wechsel veranlasste" … wenn es denn nicht erzwungene Kerkerhaft im goldenen Käfig bedeute, monierte Frieder, der offensichtlich Irinas Meinung nicht vollumfänglich teilte; wie sollte er auch?

„Aber es ist doch gut für euch, wenn etwas Ruhe einkehrt. Ich meine, ihr habt immer getrennte Lebensräume bewohnt, da ist doch gegen diese Einrichtung beileibe nichts einzuwenden", fügte ich schlichtend an, denn ich befürchtete den Ausbruch eines Orkans, als Replik auf Frieders Bemerkung, aber er legte noch nach:

„Selbstverständlich, selbst wenn man dabei das Sprechen verlernt", meinte er mit sarkastischem Unterton.

Vorsicht, neues Fettnäpfchen, Hände hoch und keine Bewegung! Er warf mit bissigen Einlassungen um sich, dass es eine Freude war, reine Abwehrtaktik, bestens bekannt. Es gab wohl einen latenten Streit, der noch nicht beigelegt war, sodass es ratsam war, hier nicht weiter zu insistieren. Es blieb ruhig, ein erster Zwischenfall konnte noch einmal verhindert werden …

„Wenn das nur gut geht", dachte ich, aber lange konnte ich den Gedanken nicht weiterspinnen, denn Adrian und Frau läuteten und warteten vor der Türe.

Begrüßung … „wollen wir nicht gleich zum ‚Du' übergehen, das vereinfacht die Unterhaltung" … „ja, freut mich, bin Simon" … „freut mich, bin Adrian, bin Silvia … hm, wir kennen uns doch bereits" … „ach ja, lange ist's her, damals auf der Polyklink, harte Zeiten" … „armer Kerl, du musstest gleich zwei Reviere betreuen, erinnerst du dich?" … „natürlich, aber dass du dich noch daran erinnerst, ich war doch nur ein kleiner Praktikant" … „freilich, wir hatten viel zu tun, das verbindet" … „ja, ich erinnere mich an die alte Zigeunerin im Wohnwagen, den sie von einem bankrotten Zirkus kaufte; stand in nahezu verblichenen Lettern noch drauf" … „ja, ja, es war eine eindrückliche Persönlichkeit" … „mit reichlich Haaren auf den Zähnen und einem Schnurrbart" … „aber sie hatte das Zepter inne und regierte mit harter Hand" … „und die Kinder fürchteten sie, ach ja, welche Details man so in Erinnerung hat" … „schön, schön", warf Irina ungeduldig dazwischen, „lasst uns hinübergehen in den Salon, ich serviere Speis und Trank. Frieder wird euch bedienen, ich muss in die Küche, sonst gibt's nichts zu essen." Nun ja, sie wollte Regie führen, das war bereits klar, was sie genau im Schilde führte, war noch rätselhaft, doch eine unerklärliche Spannung lag in der Luft.

Vielversprechende Begrüßungsworte allemal, weiter also mit dem Begrüßungstrunk, was wird uns blühen? Es machte den Anschein, als ob sie sich einiges vorgenommen hätte, doch wohin die Reise gehen sollte, war noch offen, wenngleich meine Vermutung, dass sie einen Coup landen möchte, berechtigt war.

Allerdings Smalltalk zunächst, lauter belangloses Zeug. Frieder war es nicht gewohnt, als Chairman zu fungieren, er war unbeholfen. Doch dann brüllte Irina, in gehässigem Tonfall aus der Küche heraus, sie benötige dringend Hilfe … nun ja, es begann nach Verbranntem zu riechen, ein Schandfleck für eine Frau, die ihre häusliche Tauglichkeit unter Beweis stellen wollte. Im „Notfall frisst der Teufel Fliegen", murmelte er und folgte ihrem Hilferuf, kam zurück und bemerkte: „Kleinigkeit, lasst euch nicht beirren, es war wohl eher eine kleine Machtdemonstration!" – Gut, dass sie diese Bemerkung nicht mitbekam!

Adrian, bereits etwas genervt, übernahm das Wort: Woher wir uns denn kennen … es sei reiner Zufall gewesen, die Nornen hätte es besorgt … „ach so." Ja, und ich wüsste auch, dass er seit Langem schon Frieder berate, auch, dass er das fragwürdige Unternehmen, das es offensichtlich zu besprechen galt, letztlich zu verantworten habe … „ach so, schon wieder! Die alte Leier also." Die Frage, wie diese Bemerkung zu verstehen sei, führte zu einer umständlichen Erklärung, die im Grunde wenig glaubhaft war, eine Apologie indes, die seinen Standpunkt deutlich veranschaulichte. Aber es sollte sich herausstellen, dass zuzeiten eine längere und recht mühsame Auseinandersetzung dazu geführt hätte, zu raten, dass es ratsam wäre, eine dauerhafte Beziehung anzustreben, um Einsamkeit und Isolation nach dem Ableben der Mutter zu vermeiden (soweit bekannt!). Dass die Umsetzung dieser Vorstellung Schwierigkeiten bereiten könnte, war nicht absehbar, was derweil zu tun wäre, um den erhofften Effekt endlich zu erzielen, sei momentan die große Frage, die es zu beantworten gälte. Ja, er höre schon den reichlich skeptischen Unterton … „doch welche andere Lösung wäre denn opportun gewesen, wenn nicht diese. Nicht ausgeschlossen allerdings, dass es noch persönliche Probleme zu lösen gäbe."

Es ging also plötzlich zur Sache, erstaunlich, aber vielleicht nicht abwegig, könnte doch eine breite Debatte zu diesem Thema anstehen und je eher man damit begann, umso eher dürfte sie einen sinnvollen Abschluss finden. Vielleicht war er entsprechend eingefuchst, wohlweislich aber auch auf der Hut, dass ihm nicht die ganze Verantwortung überbunden würde, das hat sich bereits abgezeichnet. Er hat sich daher mit dem Hinweis auf jenen mühsamen Diskurs von damals etwas Spielraum verschafft, der es ihm erlauben sollte, sich elegant aus der Affäre zu ziehen, denn er spürte, dass ich womöglich angetreten bin, ihn zur Verantwortung zu ziehen, ja ihm aufzuzeigen, welches Desaster er angerichtet hat. Mit dieser Vorahnung lag er richtig, denn seit Langem schon hätte ich Lust gehabt, mich mit dem eigentlichen Urheber von Frieders Malheur in Verbindung zu setzen, um die schwierigen Umstände zu erörtern, nicht zuletzt, weil ich der Auffassung war, dass zwar Abhilfe nottat, doch kaum Hoffnung bestand, jemals zu reüssieren. Aber nach diesem taktischen Prolog waren die Karten verteilt und das Spiel konnte beginnen.

Vorerst blieb die Stellungnahme Adrians unkommentiert, denn die Gastgeber kamen aus der Küche und gesellten sich zu uns, den Gästen. Es war derweil noch nicht opportun, in deren Gegenwart das brisante Thema zu vertiefen, man wechselte wieder zum Smalltalk: Wohnung, Autos, Oleg und dessen Zukunft und anderes mehr wurden der Kernproblematik noch vorgezogen und, ach ja, Letzterer sei beim Vater in Obhut und lerne seinen Traumberuf: Autos, Autos, Autos und nur schnelle Wagen, versteht sich. Er sei indes sehr motiviert, arbeite viel – erstaunlich, unglaubwürdig auch – und habe sich bereits ein eigenes Gärtchen angelegt, indem er sich mit Occasionshandel beschäftige, eine Tätigkeit, die ihm etwas Taschengeld einbringe, denn noch arbeite er für Gottes Lohn; die ganze Lebensbeschreibung in einem Satz, Stoff für neue Straftaten, versteht sich, denn die Katze lässt das Mausen nicht. Gut, dachte ich: „wenn's denn nur das ist." Andere dachten vielleicht dasselbe oder Ähnliches. Egal, um Oleg ging's an diesem Abend keinesfalls, nicht in erster Linie zumindest, doch war der Widerstand Irinas spürbar, es schien, als ob sie sich einer eingehenden Debatte über ihre Ehe nicht ohne Weiteres stellen wollte, wiewohl dies der gemeinsamen Ansage entsprach. Nicht ganz unverständlich, ihre Haltung, befand sie sich doch in dieser Runde in völlig anderer Position als Frieder, der sozusagen als Kläger fungierte, sie aber als Angeklagte, die Braut aus dem Katalog mithin, die sich weigerte, die damit verbundene Aufgabe wahrzunehmen. Verständlich also, dass sie sich nicht wohlfühlte in ihrer Haut und gegen eine unbotmäßige Verhandlung sträubte, umso mehr, als sie sich einer Übermacht von Fachleuten gegenübersah, die ihr kaum wohlgesinnt waren. Eine Pattsituation begann sich abzuzeichnen, doch auch diesen Fall hat Adrian vorbedacht, elegant zog er aller Hemmnisse zum Trotz die Aufmerksamkeit auf sein Objekt, die zerfallende Ehe seines Freundes nämlich, die ihm Sorgen bereite. Er bekundete durchaus Interesse, zu retten, was noch zu retten war, für ihn wohl reine Prestigesache. Andernfalls die Rettung einer Schnapsidee, sozusagen in letzter Minute anzuleiern, die einstmals wohl aus Verlegenheit ins Leben gerufen, nunmehr bitterer Ernst und nahezu existenzbedrohend wurde. Die Vorstellung von damals schien sich nicht nur nicht zu bewahrheiten, sie führte geradewegs in den Abgrund, und so stellte sich im Endeffekt die Frage, wer denn den Erfolg verhinderte und weshalb ... ob das Rätsel je gelüftet werden kann?

Doch gerade in diesem Moment – eine gut getaktete Inszenierung, die wohl vorwiegend dazu angetan war, die Spannung zu erhöhen – in diesem Augenblick also klingelte der Backofen und Irina eilte in die Küche, um ein wohlschmeckendes Gericht zu holen und die Gäste zu Tisch zu bitten. Alle erhoben sich folgsam und jeder, mit einem Glas bewehrt, ging hinüber zur festlich geschmückten Tafel, wo ein herrlich duftendes Gericht irgendeine Pawlowsche Phase des menschlichen Fressverhaltens anregte; ach ja, herrlich, und gehorsamst lief uns das Wasser im Mund zusammen, doch keiner begann zu geifern, das war dann doch dem Hund überlassen. Das Gespräch war einstweilen unterbrochen, zu einem neuen Anlauf konnte wohl erst angesetzt werden, nachdem die Portionen auf den Tellern verteilt waren ... und dann begann man zu essen. Es wurde still, nur einige Komplimente zum gelungenen Gericht wurden ab und an in die Runde geworfen ... Prosit auch ... „Ein herrlicher Wein, Frieder, du übertriffst dich selbst." Es war bekannt, sein Weinkeller barg etwelche Schätze, lagerten doch dort zahlreiche Flaschen aus dem Bordeaux, auch berühmte und davon beste Jahrgänge natürlich ... epikureisch verhielt sich die Gesellschaft und eine Debatte, worüber auch immer, war einstweilen gestoppt, denn es war abzusehen, dass Adrian nicht Ruhe geben würde, ehe er seine Weisheit losgeworden ist, er benahm sich, als wäre er Frieders Anwalt.

Da platzte Irina, die bislang eher zurückhaltend oder sogar widersetzlich war, mit einer Bemerkung in die Stille, die eher ungewöhnlich, um nicht zu sagen recht anzüglich, ja sogar impertinent war: „Nicht wahr, Frieder", sagte sie mit zuckersüßem Stimmchen und trotzdem recht pointiert, „du gehst doch noch immer ins Bordell zu den Prostituierten, weißt du, ich bin gut informiert. Ich finde, alle sollten es wissen, denn mir geht es gegen den Strich, dass er dies tut, aber vor allem kann und will ich anschließend nichts mehr mit ihm zu tun haben, denn es ist ja hygienisch bedenklich, oder widerspricht mir da jemand?" ... Pum! eine kräftige Ohrfeige aus heiterem Himmel, oder etwa nicht? Verdient wohl, hat er sich doch nicht belehren lassen, ja, machte weiterhin sein Recht auf Sex geltend, den sie ihm anscheinend noch immer verweigerte ... aber sie hatte nicht unrecht mit ihren Bedenken, die natürlich aus Sicht einer Frau zu erwarten waren. Rache oder Taktik? Dicke Post jedenfalls, Fortsetzung folgt:

Männiglich war perplex, Frieder kriegte den Mund nicht mehr zu, Adrian hat sich verschluckt und kriegte einen Hustenanfall und ich selber, längst auf dem Laufenden, kicherte etwas schadenfroh in mich hinein, fragte mich aber trotzdem, was sie mit dieser frechen Ansage denn erreichen wollte. Doch ehe ich mich's versah, gab sie gleich noch einen obendrauf und verkündete, als wäre es das Selbstverständlichste der Welt: „Ich selber aber, noch jung und keineswegs frei von sexuellen Bedürfnissen, habe mich daher entschlossen, mir einen passenden Geliebten anzulachen, um die Rechnung auszugleichen. Ich denke, dass mir dies zusteht, andernfalls bin ich gerne bereit, mich zurechtweisen zu lassen. So viel also, um die Debatte gleich von vorneweg in die richtigen Bahnen zu lenken und keine unnötige Zeit mit irgendwelchen weltfremden Hypothesen und absurden Theorien zu verlieren."

Bedeppert alle! Grabesstille, Fragezeichen in der Luft ... Frieder hatte sich als Erster erholt und konterte: „Du glaubst doch etwa nicht, dass wir dies nicht längst schon wissen, sogar Oleg hatte während der letzten Ferienreise mitgekriegt, dass du nach dem Abendritual aus dem Zimmer geschlichen bist und bei meinem Freund angeklopft und alsdann einen Großteil der Nacht bei ihm verbracht hast. Es war vermutlich mehr als nur Händchenhalten, nicht wahr." Und verharmlosend: „Eine Schreckensnachricht ist es also beileibe nicht, was du uns soeben verkündet hast. Ferner wurde ruchbar, dass du am Arbeitsplatz eine recht begehrte Braut bist. Ob dies bis dato Konsequenzen hatte, ist mir jedoch unbekannt. Weißt du, ich weiß mehr über deinen Umgang, als du denkst." Es war eine recht unbeholfene Retourkutsche, seine Entgegnung, doch immerhin eine Offenlegung aller Karten.

„Das habe ich doch gerade eingestanden ... keine Neuigkeit also, deine billige Widerklage", meinte Irina pikiert und betrachtete aus Verlegenheit ihre Fingernägel, die perfekt maniküort waren.

„Egal doch, es geht nicht um Details, es geht bloß um harte Fakten, meine Lieben, und diese sprechen eine deutliche Sprache", meinte Adrian in dozierendem Tonfall. „Mehr braucht's zur Anregung der ohnehin geplanten Aussprache nicht, ich gehe davon aus, dass nun eine neue Ausgangslage besteht, da die Prämissen verändert wurden, was der Diskussion eine ganz bestimmte Wendung verpassen dürfte. Daraus resultiert, wie angekündigt, eine beträchtliche Zeitersparnis und zahlreiche Zwecklügen dürften auch wegfallen. Ich danke dir für deine Ehrlichkeit, Irina." ... Oh lala!

„Und du, Irina, denkst wohl, dass du mit deiner angriffigen Taktik alle Trümpfe in der Hand hältst. Aber täusche dich nicht, wir sind alle auf der Hut und werden uns nicht für dumm verkaufen lassen" ... „Pluralis majestaticus? ... nein, ein weiterer Gegenangriff der eher plumpen Art; eher unwirksam", dachte ich mir, ohne einzugreifen. Aber Irina setzte in Fortsetzung ihres Feuersturms hinzu:

„Lass gut sein, Frieder, darum geht's nicht, es geht vielmehr darum, endlich klare Verhältnisse zu schaffen, damit die endlosen Reibereien aufhören, denn sie sind widerlich und zermürbend. Ich meinerseits habe hier in weiser Voraussicht ... ja sicher, gaff nicht so dumm, du Hornochse ... bereits neue Bedingungen geschaffen, welche die Dimensionen der Problematik deutlich aufzeigen. Entschuldigt, liebe Gäste, dass ich dies so freimütig kommuniziere und so die Gelegenheit ergreife, unter ausgewogenen Voraussetzungen eine Debatte zum Thema Paarbeziehung loszutreten. Wir zwei Partizipanten allein sind außerstande, je über unsere Ungereimtheiten vernünftig zu diskutieren, es wird immer gleich emotional und das ist bekanntlich unergiebig. Wir überhäufen uns jeweils mit Vorwürfen und finden keinen konstruktiven Konsens, wie denn? Aber heute Abend soll ja alles anders werden, ich bin gespannt!" Eine beinahe feierliche Ansprache, die im Bewusstsein der Überlegenheit gehalten wurde, um den

„Terraingewinn" auch zu nutzen; nicht ungeschickt, staunenswert und taktisch klug: Hut ab! Adrian griff ein und warf zunächst Frieder vor, ihn nicht vollständig informiert zu haben, es wäre schwierig, unter diesen Umständen eine erfolgversprechende Diskussion zu führen, vielmehr sei das Pulver bereits verschossen und es wäre nur mehr ein Scherbenhaufen zu entsorgen, eine Art Drecksarbeit, die er ihn nun verrichten lasse, ohne ihn gewarnt zu haben; ja er war sauer und schalt seinen Zögling heftiger als erwartet. Aber, er gab sich einen Ruck: er sei gleichwohl bereit, die schwierige Arbeit in Angriff zu nehmen, seinen Beitrag zur längst fälligen Reparatur zu leisten … das Rückzugsgefecht im Namen des Begünstigten und zwecks Wahrung des Gesichts.

„Ich habe es erst vor Kurzem erfahren und habe keine Zeit mehr gehabt, es dir mitzuteilen, es tut mir leid, aber deine Anwesenheit ist mehr gefragt denn je, ich brauche deine Hilfe" … eine klägliche Verteidigungsaktion, kaum vertrauenserweckend und sogar provozierend … „Teufelspakt", murmelte Irina nämlich, ließ es aber dabei bewenden, denn sie wollte ihren Triumph nicht durch billige Abwehrgefechte mindern.

„Gut, habe verstanden. Die Dominosteine sind also anders aufgestellt, als ich dachte, Fakten sind geschaffen worden, welche eure Problematik in ganz anderem Licht erscheinen lässt, denn es gibt somit nur mehr zwei Möglichkeiten, euer Leben sinnvoll zu gestalten. Entweder ihr beschließt, eine offene Beziehung zu führen, oder ihr trennt euch, ist doch eine Versöhnung unter den gegebenen Umständen kaum mehr herbeizuführen. Und alles andere ist reiner Mumpitz, denn eine Neuauflage all dessen vorzunehmen, was ihr bis zum heutigen Tag arrangiert habt, wäre unsinnig, bist doch gerade du, Frieder, zu einem psychovegetativen Beschwerdekomplex verkommen, den zu verstehen, kaum mehr möglich ist. Aber wenn ihr nicht Nägel mit Köpfen macht, seid ihr beide verloren, davon bin ich überzeugt. Und wisse, lieber Freund, du hast dir offensichtlich diese Bredouille selber eingebrockt, das ist nämlich die Folge aller Winkelzüge und anstößigen Freizeitbeschäftigungen, die du dir bisher herausgenommen hast."

„Weshalb denn ich? Winkelzüge? Anstößig? Ein Sammelsurium anklagender Vorhalte, geht es dabei etwa um den abgeschiedenen Winkel, in dem ich mich seit Langem schon befinde? Geht es um das Feierabendbier, das ich mir zuweilen genehmige? Habe ich denn nicht ernsthaft versucht, den liebevollen Gatten zu spielen und Irinas extravagante Sonderwünsche zu erfüllen, fast immer wenigstens. Also, pack aus!"

„Lass ab, Frieder, es geht nicht um käufliche Zuneigung, es geht um wahre Bedingungen, auch nicht um materielle Zuwendungen, die in opportunistischer Weise einst gewährt wurden, nein, es geht schlichtweg um den aktuellen Stand der Dinge, wie sie soeben deutlich gemacht wurden. Nimm den Stier bei den Hörnern und schaue der Wahrheit ins Gesicht. Nur damit haben wir uns zu beschäftigen, wenn wir zu einem brauchbaren Endergebnis kommen wollen, alles andere ist wertloses Zugemüse." …

„Ach so, verschluck dich mal nicht an deinen Schlauheiten!" …

„Spotte nur, ich ereifere mich nicht umsonst, denn ich finde den Zeitpunkt für gekommen, endlich Klartext zu sprechen, haben wir doch jahrelang ausreichend leeres Korn gedroschen, bis zum Abwinken sogar, und dabei so gut wie nichts erreicht … und anerkenne doch deine Position, sie ist desolat und nur ein offenes Eingeständnis kann dich noch vor einem ehrlosen Gesichtsverlust retten." Ja auch ich hatte die Schnauze voll vom Herumdrucksen.

„Auf verlorenem Posten kämpfe ich schon lange, es ist mir mittlerweile egal, aber ich möchte an der ursprünglichen Idee, die übrigens von dir stammt, Adrian, einstweilen festhalten, denn sie passt in mein Weltbild, und ich bin außerstande, davon abzulassen. Deine neuen Vorschläge mögen ja folgerichtig sein, passen mir aber beileibe nicht ins Konzept." Demonstrativ wendete er sich von mir ab, denn meine Rede behagte ihm nicht, doch egal, es musste gesagt sein. Der Schwenker wurde derweil nicht goutiert:

„Und ich? Was ich will, interessiert keinen? Ich habe die längste Zeit als Schaufensterpuppe fungiert, aber ich sage euch jetzt und heute: diese Phase ist endgültig vorbei, Schluss mit dem bunten Varieté. Ich bin Berufsfrau, weitgehend selbstständig und nicht mehr bereit, deine heißen Kastanien aus dem Feuer zu holen, lieber Gemahl, deine Schonzeit ist nun vorbei. Ich bin leider kein Betthäschen und habe eigene Vorstellungen von einem befriedigenden Sexleben, wie auch von Ehe und Beziehung. Und genau dies will ich nunmehr ausleben, ich habe lange genug gute Miene zum bösen Spiel gemacht, ich bin frei, zu tun und zu lassen, was ich will, und solltest du kopfstehen. Im Übrigen könnt ihr eure Rückzugsgefechte ohne mich ausfechten, ich werde mich zurückziehen. Aber noch eines will ich euch verklickern: Eigennutz verpasst den Männern Scheuklappen, während die Frauen umsichtig werden. Das soll bei allem, was ihr tut und sagt, berücksichtigt werden." … Abgang mit triumphierender Miene!

Das war mal eine Ansage, mit der niemand gerechnet hat. Irina legte also ihre Karten freimütig auf den Tisch, und das war insofern außergewöhnlich, als sie bisher eher im Verborgenen agierte und ihre Befindlichkeiten kaum kundtat. Dass ihr Oleg in den Rücken fallen könnte, hätte sie allerdings nicht gedacht, aber nachdem sie sich entschlossen hatte, in die Offensive zu gehen, war dieses Detail nicht mehr von Belang, obwohl Frieders Freund … ach nee, lassen wir das, ist längst gegenstandslos. Aber ihre Offensivhaltung hatte ihr allemal Vorteile verschafft, während Frieder seine Wunden leckte. Die Scharmützel von einst wurden zum offenen Krieg und die Front deutlich markiert.

Er stand auf, sichtlich verletzt, und ging auf die Terrasse, um eine Zigarette zu rauchen, das übliche Suchtverhalten. Es war eine Flucht vor der Realität, schädlicher Qualm mithin, dem er seine Gedanken anvertraute, die im All verpufften. Seine Antwort fiel zudem erwartungsgemäß aus, nichts Neues! Die Abendgesellschaft verstummte und Irina räumte das Geschirr ab. Adrian wagte, eine Bemerkung anzubringen, als die beiden Protagonisten abwesend waren, monierte nämlich, dass die Situation verfahren sei. Ich stimmte ihm zu und ergänzte, dass dieses Szenario überfällig gewesen sei, längst schon müsste doch eine definitive Lösung auf den Tisch, denn so, wie sich der Gang der Dinge momentan präsentiere, bestünde eine ernsthafte Gefahr für die Gesundheit der Beteiligten, eine schädigende Wirkung mithin, welche gerade bei Frieder bereits eingesetzt habe und zu teils massiven Störungen führte. Doch wie sich Frieders ursprüngliches Programm noch retten lasse, sei ihm schleierhaft, seine Sturheit unwirklich, sein Gebaren widersetzlich; erstaunlich deshalb, dass er schon wieder dazu übergehe, seine ehemals entscheidende Vorstellung zu bekräftigen. Es machte abermals den Anschein, als ob er sich durch diesen Hinweis seiner Verantwortung entziehen möchte. Weshalb wohl? Ohnmacht oder Sturheit? Egal, diese Beobachtung fiel nicht mehr ins Gewicht, denn letztendlich war Frieder allein in die Pflicht zu nehmen, das war uns allen bewusst.

Als er sich wieder zurückmeldete, hatte er rote Augen, hatte wohl geweint, was mochten seine Beweggründe sein? Ja, die Erinnerung an die Zeiten, die er mit seiner Mutter verbrachte, war noch immer stark, die Rückbesinnung jeweils schmerzlich. Er dachte sich wohl, dass er diese erbarmungslose Strafe, ein Vergeltungsakt womöglich, nicht verdient habe, und fragte sich, womit der sich denn diese erbitterte Fehde eingehandelt haben könnte. Die paar Spaßrunden im Freudenhaus, dachte er, können kaum Grund genug sein, so viel Hass aufzubauen, andere Faktoren müssten doch mit von der Partie sein.

Irrtum oder Wahrheit? Er hat vermutlich die Zusammenhänge noch nicht verstanden; Irina war nun mal nicht die geeignete Person, das Gefühlsdefizit, das er mittlerweile aufgebaut hatte, zu egalisieren. Sie war eine fremde Person, die er selber in sein Leben eingefügt hat, um ihr eine gewisse Rolle zuzuordnen, ohne sich zuvor zu vergewissern, ob sie überhaupt geeignet und in der Lage ist, sie zu übernehmen. Und nun, da er feststellen musste, dass sie den Anforderungen nicht gewachsen war, fand er keinen Ausweg aus seiner selbstgeschaffenen Zwangslage. Sie stellte ihm fortgesetzt schwierigere Hürden in den Weg, als er zu gewärtigen gehabt hätte, wenn er die ganze Übung gar nicht erst veranstaltet oder zumindest mit der gebotenen Umsicht in Angriff genommen hätte. Und Adrians Rolle war nicht weniger bedenklich, denn gerade er hätte doch erkennen müssen, dass ein erfolgreicher Mann von der Machart eines Frieders mit Sicherheit eine passende Frau gefunden hätte, wenn nicht gewichtige

Hinderungsgründe vorgelegen hätten. So wäre der Handstreich nach eingehendem Studium des Katalogs gar nicht erst durchgeführt worden. Und überdies kannte Adrian die Hintergründe bestens, welche sich immer wieder hemmend auf Frieders Brautschau auswirkten. Doch auch das Geplärre über verschüttete Milch half nicht weiter.

Ja, wäre, hätte, müsste, alles leidige Konjunktive, die die Trostlosigkeit seiner Situation nicht zu beschönigen, geschweige denn zu konterkarieren vermochten. Ja, er vergaß damals, als er sich das eigenartige Konstrukt schaffte, zu eruieren, welche Person geeignet sein könnte, die Voraussetzungen für die Erfüllung seiner Vorstellungen mitzubringen. Er tappte ja im Dunkeln, spielte mit hohem Risiko und verlor, doch dies einzugestehen, weigerte er sich, denn dies hätte seine Einsamkeit im Alter zementiert, die zu vermeiden, er sich ja anschickte, ein Prozess nebenbei bemerkt, der noch immer nicht abgeschlossen war.

Irina, längst enteilt, klapperte in der Küche mit dem Geschirr, war wohl dabei, aufzuräumen und sauber zu machen, nicht sehr anständig, wenn man Gäste hat, aus ihrer Sicht aber verständlich, denn so konnte sie ihren Unmut über das ‚Femegericht' demonstrieren, das ohnehin auf ihren Beifall verzichten musste ... zudem hatte sie ihren Beitrag geleistet, um die Debatte nicht unnötig lang werden zu lassen, und hat ihren Sieg bereits ins Trockene gebracht. Aus ihrer Sicht war jedes weitere Wort überflüssig ... und das Getue um Frieders Gesundheit, das nun anstand, kotzte sie an: Hypochonder, ihre Diagnose sodann.

Aber noch gab's Gesprächsbedarf: „Frieder, du musst handeln, es müsste nicht nur in deinem Interesse liegen, etwas zu tun, es geht auch um Irina, die immerhin seit Jahren an deiner Seite ausharrt. Ja, sie hatte natürlich eigennützige, ja sogar existenzielle Gründe, die sie festhielten, aber sie darf trotzdem nicht zur Manipuliermasse degradiert werden, das wäre unfair ... sei doch human!"

„Wie kannst du hier noch von Fairness sprechen? Dieser Begriff ist reichlich fehl am Platz. Hier wird doch mit harten Bandagen gekämpft. Wenn ich nicht mit gleichen Mitteln zurückschlage, bin ich verloren. Das gebietet doch die schiere Vernunft!"

„Gleiches mit Gleichem vergelten ... Auge um Auge, Zahn um Zahn, biblische Maßstäbe also ... ist das dein Motiv? Ich erkenne dich, alter Pazifist, nicht wieder. Du magst ihr ja Skrupellosigkeit vorwerfen, doch das berechtigt dich noch lange nicht, sie hinzuhalten und ihr eine unzumutbare Aufgabe zuzuweisen. Und siehst du dich selber in Fesseln unhaltbarer Lebensbedingungen gefangen, so befreie dich aus eigener Kraft, denn die Einbindung anderer Personen in einen Prozess, welcher gegen die Autoaggression seelischer Ausnahmezustände gerichtet ist und der möglicherweise Jahre dauert, ist inopportun und könnte sich sogar bis zur seelischen Grausamkeit emporschaukeln, das wäre ungebührlich ... und Hand aufs Herz: Seid ihr nicht schon so weit? Das ist doch mehr als beschämend." Ende! ... und eine förderliche Wirkung der Standpauke lässt einmal mehr auf sich warten! Denn unbeirrt fährt Frieder fort:

„Sie soll ihr Versprechen halten, mehr verlange ich nicht."

„Von welchem Versprechen, bitte schön, sprichst du?"

Sie hatte freilich mitgehört, kam nun mit puterrotem Gesicht angerannt und warf ziemlich wütend diese wohl unumgängliche Frage in die Runde.

„Noch bin ich da, gehöre dazu, bitte besprecht die Sache zusammen mit mir." Silvia stand ihr bei, fand es abwegig, dass sie solange wie ein Kind außen vor bleiben musste, bis die erlauchte Versammlung ihren Schiedsspruch auszuspucken bereit war:

„Ja, sie hat recht, nehmt sie ernst!" Knapp und präzise, die trockene Anweisung einer gestandenen Frau, die während zahlreicher Jahre widerspenstige Studenten erfolgreich unterrichtete.

Ich meinerseits hätte gerne irgendeine Kompromisslösung angeboten, hatte ich doch das Wohl beider Kontrahenten im Visier, denen ich wiederholt auf den Zahn fühlte und daher recht gut wusste, wo hüben wie drüben der Schuh drückte. Nein, kein weltfremdes Gesäusel, dazu bot keiner Hand, es musste vielmehr etwas Handfestes sein, etwa die Auffindung eines gangbaren Weges, der beiden zupasskommen sollte. Dass eine offene

Beziehung, immerhin ein folgerichtiger Vorschlag, zumindest aus Adrians Sicht hier völlig unrealistisch sein würde, war mir klar, desgleichen auch, dass eine Neuschaffung annähernd ehelicher Verhältnisse nicht infrage kam, denn Irina hat sich innerlich bereits verabschiedet und Frieder war definitiv aus dem Rennen. Da war guter Rat teuer und es sah danach aus, als ob keine brauchbare Lösung gefunden werden könnte. Dennoch wagte ich einen – womöglich letzten – Versuch, die Gemüter zu besänftigen: „Frieder, jede Widersprüchlichkeit, die behoben werden will, verlangt Kompromisse auf beiden Seiten, es steht dir nicht zu, deine Forderungen vollumfänglich aufrechtzuerhalten, ohne irgendein Entgegenkommen zu signalisieren und gleichzeitig Irinas Forderungen in Bausch und Bogen zu verurteilen."
„Eine Friedenspfeife?"
„… mit auserwähltem Tabak, standesgemäß allemal."
„Schon gut, aber noch einmal, lieber Simon, und dieses Mal zum Mitschreiben: Sie soll ihr Versprechen einhalten, das ist nicht zu viel verlangt … ich wiederhole mich ungern!"
„Wovon sprichst du, was hat sie dir versprochen?"
„Ihr tut so, als ob ihr niemals unserer Hochzeitszeremonie beigewohnt hättet … Treue und Ergebenheit, bis dass … bekannt bis zum Abwinken."
„Ach so; stimmt: Treue! Wie steht's denn bei dir?"
„Lasst das alberne Getue, es bringt uns nicht voran", warf Adrian ein, der seinen verlorenen Vorsitz zurückgewinnen wollte. „Vorwürfe, das hatten wir schon, sind stets kontraproduktiv und alte Kamellen auszugraben, ist lediglich Ausdruck von Unsicherheit: Vergangenheit ist Widerpart der Fortentwicklung und bedeutet Stillstand, nicht wahr. Ich will natürlich die zeremoniellen Vorgaben von damals nicht hinterfragen, das steht mir nicht zu, aber gemäß aktuellem Stand der Dinge befinden wir uns bereits weit weg von jenem situativ evozierten Gelöbnis, das so mancher hinhaucht, ohne sich zu vergegenwärtigen, was er damit anstellt. Wir sind im Bereich einer gealterten Beziehung, die nie problemlos war und nun in einer echten und wohl letzten Krise steckt. Frieder möchte sie aussitzen, Irina bietet dazu keine

Hand. Damit zurechtzukommen, wäre unsere Aufgabe, doch ich befürchte, dass wir uns anschicken, die Quadratur des Kreises vorzunehmen, was allemal mit einer Niederlage endet. Frieder, ich beschwöre dich, gib nach, es wird zu deinem Besten sein. Rette den kleinen Rest deines Selbstbewusstseins, sonst wirst du zur hohlen Litfaßsäule."
„Schöne Freunde seid ihr!" ... „es zählt die Gesinnung, die dahintersteckt", möchte ich beliebt machen, doch komme ich nicht an, die Fronten sind verhärtet. Das Debakel war angerichtet, eine einvernehmliche Lösung in weite Ferne gerückt.

„Auch die Nachhut kannst du zurückziehen, sie wird nichts mehr auszurichten vermögen", ... wollte ich ebenfalls beliebt machen, wurde aber nicht mehr beachtet.

Die Nachspeise, aller Zerwürfnisse zum Trotz serviert, schmeckte herrlich, der üppige Schlagrahm wurde einmal mehr in den Blutgefäßen der Gäste endgelagert: Ausnahmsweise, versteht sich, man gönnt sich ja sonst nichts ... Es schmeckte vorzüglich, die Stimmen verstummten gänzlich; ein Trostpflaster für alle, welche wohl den Eindruck haben mussten, eine unsinnige Schlacht geschlagen zu haben, ja, einen Krieg mitgemacht zu haben, der, außer einer Verstimmung allerseits, keine fassbaren Resultate erbrachte ... wie denn?

Der Abend lag in seinen letzten Zügen, das Gespräch verebbte zusehends, letzte Voten versiegten ungehört. Alle waren satt, haben gut getrunken und Intensität wie Lautstärke der Gesprächsfetzen unterlagen einem rigorosen Decrescendo. Nur tröpfelnd gab's noch einige Nachbemerkungen allgemeiner Natur, etwa, ob die lästigen Schlafstörungen behoben seien oder das Zipperlein am Auge nun mehr ausbleibe, beides unwahrscheinlich und konsequenterweise verneint. Die Streitlust war verebbt. Sichtlich war also die Luft raus, keiner machte mehr Anstalten, sich um die Hauptthematik des Abends zu kümmern. Ja, es war genug Porzellan zerbrochen.

Irina war ohnehin nicht mehr dabei, denn sie hatte sich nach Erledigung der Küchenarbeiten in ihr Zimmer zurückgezogen, was alle ein wenig befremdete, sie brauchte ja nicht zu schmollen, denn sie hatte haushoch gewonnen. Aber sie sah es offensichtlich anders.

Ich versuchte noch ein letztes Mal, an Frieders Kompromissbereitschaft zu appellieren, doch vergeblich, und der Abend versiegte mitsamt meinen wohlgemeinten Eizes und alle zogen sich nahezu wortlos zurück.

Aus Irinas Tagebuch:
Ich nähere mich meinem vorgefassten Ziel mit Riesenschritten. Triumph, Triumph! Die Schlacht ist geschlagen und mein taktisch gewählter Angriff hat vorzüglich funktioniert, dabei hatte ich zuvor Angst, mich zu outen. Doch die drei Herren waren über meine Kühnheit bass erstaunt, aber es kostete mich letztendlich keine Mühe, die fatalen Geständnisse über die Lippe zu bringen, es war eine Art Befreiungsschlag, den ich mir sorgfältig zurechtgelegt habe. Irgendwann, mitten im Schlacht-Getümmel, wird's ganz leicht, die vorgefasste Taktik anzuwenden, und die scharfen Worte kriegen Flügel. Wenn sie wüssten, wer der sogenannte Geliebte ist ... noch ist Zeit zuzuwarten mit letzten Enthüllungen, das eilt nicht.
Ich hatte natürlich eine vorteilhafte Position inne, denn ich wusste seit Langem schon, welchen Weg ich am Ende einschlagen würde, und ausgerechnet dies wussten meine Kontrahenten nicht. Es mag unfair sein, unter solchen Voraussetzungen einen Schlagabtausch zu inszenieren, aber es ging dabei um sehr viel, nicht zuletzt um meine eigene Lebensgestaltung, und dies nimmt man nicht jeden Tag in Angriff. Ob nun etwas Ruhe einkehrt?
Frieder ist abgeschlagen auf seiner erbärmlichen Theorie sitzen geblieben, er könnte einem fast leidtun, aber er ist doch selber schuld.

16

Alles wie gehabt

Rauchende Ruinen, Schutt und Asche! Die wohl letzte Hoffnung ist gestorben, denn der Abend hinterließ namhafte Spuren; zum Teufel doch, weder Waffenstillstand noch Friede kehrte ein, der Trümmerhaufen wurde zur Basis künftiger Verhältnisse … aussichtslos die Bemühungen, eine tragbare Lösung herbeizuführen. Frieder machte keinerlei Anstalten, an seiner vorgefassten Meinung auch nur einen kleinen Abstrich vorzunehmen, er ritt also weiterhin sein altes Pferd. Irina aber ging, sichtlich triumphierend und zu Frieders Verdruss, gestärkt aus dem Gefecht hervor, und das hatte verschiedene Gründe. Nun, sie hat, das ist neidlos einzugestehen, taktisches Geschick bewiesen und ging in die Offensive, indem sie einen Bruchteil ihrer bisherigen Geheimniskrämerei opferte, um ihre Kontrahenten vor vollendete Tatsachen zu stellen, was ihr einen beträchtlichen Vorsprung auf die drei verschworenen Männer verschaffte und ihr gestattete, mühelos die scheinbare Übermacht zu brechen, und siehe da, die Trutzburg brach entzwei, als wäre sie ein Kartenhaus. Angriff statt Verteidigung, war offenbar ihre Devise und es hat vorzüglich geklappt. Sie ahnte wohl, dass ihr sonst eine Lektion erteilt werden könnte, was einen empfindlichen Gesichtsverlust zur Folge gehabt hätte, ja es vielleicht so weit gekommen wäre, dass sie ein vernichtendes Urteil hätte entgegennehmen müssen. Dies zu vermeiden, ist ihr gelungen und gleichzeitig hat sie sozusagen eine Führungsposition übernommen sowie auch die Debatte nach ihrem Gutdünken gesteuert, ohne dabei noch größere Gegenwehr leisten zu müssen … ein Husarenstück also! Und Frieder, vielleicht auch Adrian, leckten die Wunden, während Simon lediglich in seiner ursprünglichen Annahme bestärkt wurde und sich heimlich ins Fäustchen lachte.

Die Kontrahenten, welche angetreten sind, sie in Verlegenheit, ja in Verteidigungsnöte zu versetzen, hatten plötzlich keinen Wind mehr in den Segeln und kapitulierten gezwungenermaßen, wenigstens Frieder, der letztendlich die Schlappe kassierte. Mit unverhohlenem Triumph quittierte sie alsdann ihren raschen Sieg, während sie die kleine strategische Einbuße, zufolge ihres Geständnisses, ohne Schwierigkeiten weggesteckte, denn die Offenlegung ihrer „Sünde" konnte ihr kaum etwas anhaben, war es doch lediglich eine Art Kavaliersdelikt, das sie eingestehen musste. So musste sie auch keinen namhaften Prestigeverlust hinnehmen, denn sie hat schlichtweg einen Gleichstand im Sündenregister hergestellt und so eine Art Gleichgewicht des Schreckens ins Leben gerufen. Ja, die gängige Leier spielte zu aller Verdruss die altbekannte Melodie. Eifersüchteleien waren somit obsolet und vermochten kaum mehr, irgendein Schreckgespenst heraufzubeschwören, vielmehr würden künftig Drohungen der trivialen Art deren Platz einnehmen, das war wohl abzusehen. Zweifellos eine ausgeklügelte Vorgehensweise, welche ihr nur wenig Selbstüberwindung abforderte, bravo!

Es gab somit keinen Grund, an der bisherigen Lebensweise namhafte Abstriche vorzunehmen, war doch ab sofort eine Pattsituation vorhanden, die nach Wunsch ausgeschlachtet werden konnte, etwa in Form widersinniger Anschuldigungen hüben wie drüben. Es bot sich daher an, entweder unverändert fortzufahren, etwa durch Treten am Ort, oder dann mittels Tabula rasa, den kleinen Rest der Beziehung zu zerstören. Es ginge dabei um die klassische Schlussfolgerung aus einem Gleichstand, indem jeder seine Freiheiten rücksichtslos auskostet, oder dann die rüde Trennung vollzieht, wogegen Frieder sich hartnäckig sträubt, Irina aber noch zuwartet, um einen günstigeren Augenblick für den Schlussstrich zu wählen ... na ja, wann ist er schon günstig? Natürlich gab's schließlich keine echte Aussprache mehr zwischen den Eheleuten und damit konnte keiner sagen, es wäre beschlossen worden, dass ... nein, es gab keine Beschlüsse, keine Abmachungen, nichts, es wurde alles in althergebrachter Manier totgeschwiegen. Es war womöglich zuvor schon beschlossene

Sache, dass einstweilen alles beim Alten bleiben soll, eine bequeme Lösung immerhin, denn sie benötigte keine besonderen Anstrengungen zu deren Umsetzung. Und so waren dann auch die folgenden Zeiten zu beschreiben: Stillstand an allen Fronten, Scharmützel noch und noch, Streit, Geschrei, Türen zuknallen, Stummfilm ... besonders lästig! Jeder noch so geringe Anlass war Auslöser hanebüchener Kontroversen, welche zum Teil sehr laut und heftig ausgetragen wurden, Drohungen wurden ausgestoßen, Störaktionen angekündigt, ja auch Schimpfwörter gebraucht, Beleidigungen halt, welche in solchen Situationen unvermeidlich sind, aber gleichwohl schmerzen ...

Die Kaffeehaussitzungen fanden weiterhin statt, es folgten einige davon in gedrückter Stimmung; Frieder war am Boden zerstört, verständlich zwar, aber gleichwohl weitgehend selbstverschuldet, eine Bewertung, die er nur ungerne hörte, denn bisher spielte er immer das Unschuldslamm. Nein, so sein Klagelied, das hätte er doch nicht verdient, es sei der Gipfel der Frechheit, ihn so anzugehen, was er ihr denn zuleide getan habe, nur das Beste hätte er ihr zukommen lassen, auf Händen getragen habe er sie, die Prinzessin auf der Erbse, die den Hals nie vollkriegte. Er war auch weiterhin außerstande, irgendeine Eigenverschuldung anzuerkennen, geschweige denn zu billigen. Und weiter: Er ginge buchstäblich den Weg in die Hölle und zwar aus reinem Fremdverschulden, eine eigentümliche Einschätzung, die wesentliche Entwicklungsschritte außen vor ließ. Selbsttäuschung freilich, kein Lerneffekt bislang. Und ferner das alte Lied: Wie es denn um die zahlreichen finanziellen Zuwendungen stehe, welche er ihr und ihrem Sohn über all die Zeiten hinweg habe zukommen lassen. Alles selbstverständlich, keine Dankbarkeit, nur Hader und Groll ... sie kotzt mich an!

„Ach, Frieder, du müsstest langsam einsehen, dass man gewisse Dinge nicht kaufen kann, dass sich neben den Alltagsgeschäften gewisse Entwicklungen abspielen, die womöglich gar psychologisch verständlich sind, sich aber letztlich schädlich ausnehmen, indem sie den längst in Schieflage geratenen Haussegen zusätzlich stören. Zu dumm, um es auf sich zu nehmen, nicht wahr! Und dazu gehören auch die Aberkennung der eigenen Schuld sowie die Selbstbeweihräucherung aufgrund gewährter Gunst, deren Anerkennung verweigert wird, weil sie aufgedrängt, oder aber erst verweigert und dann gewährt wurde. Materielle Zuwendungen sind lediglich Bodensatz einer Beziehung, sie mit wesentlichen Inhalten zu versehen oder sie gar zu festigen, vermögen sie kaum. Du versuchst, sie zu kaufen, und schiltst sie dann Nutte, wo, bitte schön, ist da die Logik, wieso siehst du hier nicht dein eigenes Verschulden?"

„Teufel noch mal, ich verwöhne sie eben, sieht das denn keiner? Ich bezahle ja nicht für Liebesdienste, ich bezahle liebe Dienste. Ein Unterschied, wie mir scheint."

„Haarspalterei, mein Lieber, nein, Menschen soll man nicht kaufen, Menschen soll man gewinnen, das ist der feine Unterschied, den du nicht kapiert hast."

„Danke für deine aufmunternden Erläuterungen, sie sind kaum zur Hebung der Stimmung geeignet. Aber ich sage dir, selbst, wenn du recht haben solltest und deine Einschätzung zutreffend sein sollte, so habe ich trotzdem den Schaden zu tragen und dabei keinerlei Hilfe zu gewärtigen. Meine Gesundheit, ohnehin nicht die beste, leidet erheblich, die altbekannten Symptome melden sich im Stundentakt zurück und eine lähmende Angst bemächtigt sich meiner. Zuweilen gibt's sogar einige vernichtende Panikattacken, die mich buchstäblich für Stunden außer Gefecht setzen; Angst vor unbekannten Einflüssen halt, Angst wohl vor dem Nichts letztendlich. Das ist nicht nur störend und bedrückend, das ist eine Last, welche meine Lebensqualität massiv beeinträchtigt. Vor allem aber ist die Angst vor der Attacke belastend, denn sie behindert mich auch während der symptomfreien Intervalle. Simon, du musst mir helfen, bitte, bitte, ich halte es nicht mehr aus!"

„Gerne, wenn du dir helfen lässt, was bislang nicht der Fall war. Glaube mir, es ist fünf vor Zwölf ... du dachtest, du seiest der Jäger, nun bist du der Gejagte. Gehe doch in die Offensive und lass dich nicht erneut einschüchtern, es würde dir schlecht bekommen. Nutze das Patt, verschiebe das labile Gleichgewicht wieder zu deinen Gunsten und setze den Akzent an geplanter Stelle, dort, wo deine Zukunft wieder Sinn macht. Nun, du kennst meine Ansicht, weißt auch, welchen Weg ich dir einzuschlagen rate, doch schmeckt dir ja diese Empfehlung nicht, denn die Krise auszusitzen, ist noch immer deine Devise. Auch Aussitzen ist Stillstand, bringt dich nicht voran, nein, du versinkst im Sumpf und erstickst. Vermutlich möchtest du aber irgendein Pflästerchen, das die bösen Schwären zudeckt, doch wäre diese kurzsichtige Politik nicht anhaltend, auch kaum erfolgversprechend, kurzum untauglich, dein ursprüngliches Lebensgefühl wiederherzustellen, das aller Zukunftsängste zum Trotz weit besser war, als was du heute hast. Aber ich weiß aus eigener Erfahrung, dass mein Vorschlag langfristig bessere Ergebnisse erzielen würde, als deine eigene Vorstellung verspricht. Du wirst um dramatische Veränderungen nicht herumkommen, und wenn du sie nicht selber inszenierst, dann wird sie es tun, dann nämlich, wenn sie definitiv auf die eigenen Füße zu stehen kommt, und dieser Zeitpunkt ist ziemlich nahe. Sie hat es angekündigt, wir alle haben es gehört und auch du hättest es mitbekommen sollen. Solang du ihr die Initiative überlässt, wird sie dich immer wieder aufs Neue kränken und schließlich vernichten."

„Verstehe, du siehst keine andere Lösung, als mit der Axt mein sorgsam aufgebautes Lebensgebäude zu zerstören. Das ist destruktiv und brutal, lieber aber möchte ich eine konstruktive Methode zur Anwendung bringen, das entspricht mir eher. Es müsste doch möglich sein ..."

„Halt! Dein Leisetreten ist ab sofort fehl am Platz, es verfehlt seine Wirkung, glaube mir. Es ist vorbei, diese Masche funktioniert nicht mehr. Nein, die Nachgiebigkeit wurde und wird kaum je belohnt."

„Woran machst du das fest?"

„An Irina, sie ist nicht mehr daran interessiert, mit dir ein Friedensabkommen zu treffen, auch das hat sie anlässlich des ‚Gastmahls' in aller Deutlichkeit verkündet. Jede Beschwichtigung oder Süßholzrasplerei ist verlorene Liebesmüh, glaube mir; sie will ihren eigenen Lebensstil pflegen, ihre eigenen Vorstellungen, die sie längst im Hinterkopf bereithält, endlich realisieren, ohne offenzulegen, was sie sich vornimmt. Sie hat ihre langjährige Quarantäne ausgestanden, nun ist Freiheit und Selbstverwirklichung angesagt. Und dir verbleibt nur noch die Aufgabe, vor ihrem Zugriff zu retten, was noch nicht verscherbelt ist. Glaube mir, die letzte Phase des Kampfes hat begonnen, der Krieg ist bald zu Ende und die Leichen, welche eure Feindseligkeiten hinterließen, werden euren weiteren Lebensweg säumen."

„Eine Schreckensvision, welche deine Bilder wiedergeben, eine Monstrosität sondergleichen, die du mir vorhältst, furchterregend und angsteinflößend! Dennoch werde ich darüber nachdenken, wenngleich mit Abscheu … inzwischen, ja es könnte dauern, bis ich mich deiner Ansicht anschließen kann, bitte ich dich um Pillen, die das Gröbste einzudämmen vermögen; diese ständige Angst bringt mich um und die andauernde Schlaflosigkeit ist zermürbend!"

„Vielleicht ist das eine brauchbare Zwischenlösung, vielleicht auch nicht, dann nämlich, wenn sie zum ‚Providurium' wird, wovon ich dir dringend abrate. Aber ich muss mir erst eine umfassende Meinung bilden, ehe ich zusage. Lass uns doch mal deine aktuelle Situation durchleuchten: Du lebst seit Langem schon in einer Ausnahmesituation, vermutlich seit deiner Heirat, spätestens aber seit dem Tod deiner Mutter, da du zwar gespürt, aber leider nicht eingesehen hast, dass das fragwürdige Konstrukt, das dir Adrian aufs Auge drückte, wertlos ist und die erwartete Funktion nicht zu erfüllen vermag. Nein, es steht vielmehr fest, dass dein kopfloses Unternehmen ein Schuss in den Ofen war. Diese Erkenntnis ist zwar bedauerlich, müsste aber Anlass geben, den eingeschlagenen Kurs zu korrigieren; das hatten wir doch schon, ist aber leider auf Eis gelegt. Selbst Adrian hat eingesehen, dass sich diese Lösung aufdrängt, ohne allerdings einzusehen, dass er irrte. Aber, und das sagte auch er, ist davon auszugehen, dass dich die Folgen des fehlerhaften Weges aus der sogenannten Komfortzone ausgespuckt haben, sodass du nun in einer Angst- oder gar Panikzone dich aufzuhalten gezwungen bist, eine Verbannung mithin in reichlich ungastliche Gefilde, die dir gewiss nicht zupasskommt. Das ist dann auch nicht leicht zu ertragen und die Störungen, welche sich einstellen, sind alles andere als zuträglich. So meldet sich unter anderem das Vegetativum zu Wort, welches freilich alle Register zieht, um dich mit Fehlleistungen einzudecken, welche selbst auf somatischem Niveau bemerkbar sind und zusätzliche Angst verursachen. Das kennen wir schon, haben es längst kapiert und bisher nichts unternommen, um es zu bekämpfen. Wenn wir nun diese abgedroschene Litanei gleichwohl für stichhaltig erklären wollen, dann wäre es konsequent, Maßnahmen anzudenken, welche geeignet sein könnten, die Rückführung in die Komfortzone zu vollbringen. Das ist nebst Pillen, die bestenfalls in der Lage sind, gewisse schwierige Phasen zu überbrücken, die einzig nachhaltige Methode und da sind wir wieder am Ausgangspunkt unserer Diskussion. Das macht uns auch deutlich, dass das Ansinnen, von dem wiederholt die Rede war, nicht nur konsequent, sondern gar dringend umzusetzen ist, sind wir doch aufgrund unterschiedlicher Argumentationen stets zu ein- und derselben Schlussfolgerung gelangt. Mach Nägel mit Köpfen, Frieder, es ist spät!"

„Diese Predigt! Da soll einer noch gesund werden! Ich sollte mich wohl wie ein sanftmütiger Schüler benehmen, der bereits so viele Schläge abbekommen hat, dass er nicht mehr aufzumucken wagt. Schlag dir mal den Kahlschlag aus dem Kopf! Nein, ich will nicht, wann geht das endlich in deinen harten Schädel! Es muss doch noch andere Maßnahmen geben, welche trotz ungünstiger Lebensbedingungen Abhilfe zu schaffen vermögen" … „schon wieder!" … „lass mich ausreden! Du willst seit Langem schon mit Kanonen auf Spatzen schießen, etwas anderes fällt dir erst gar nicht ein. Dabei denke ich daran, erneut das Gespräch zu suchen, noch einmal zu verhandeln und eindringlich an die Vernunft zu appellieren" … „Naivität statt Realismus!" … „Bitte! Aber nein, du schwingst schon den Vorschlaghammer, ehe du über sanftere Methoden nachdenkst, weißt du, dein zerstörerischer Vorschlag kotzt mich an."

„Ob dich dein Leben oder mein Vorschlag ankotzt, wäre noch zu überprüfen, aber ich habe keine Lust mehr, mich nächtelang wie ein Hamster im Rad zu drehen. Doch noch einmal dies: An die Vernunft – wessen denn? – appellieren, reine Utopie und das weiß keiner besser als du selber. Aber wie du meinst, es geht um deinen Kopf! Komm dann aber nicht her, um weiteres Unheil zu beklagen, welches dir ohne Zweifel ins Haus stehen wird. Ich versichere dir, dass das Verharren in der klebrigen Masse eingesessener Gewohnheiten genau jener Krankheitserreger ist, den wir suchen, und ohne ihn zu entfernen, haben wir keine Chance auf Heilung. Ihn zu finden, soll unser wichtigstes Anliegen sein und damit prioritär angegangen werden. Deine absurden Vorstellungen eines glücklichen Lebens, müssen – ich wiederhole mich ungern – als aussichtslos betrachtet und restlos entsorgt werden. Nur so, glaube mir, gelingt es, den Lindwurm zu töten, Lindenmann!"

„Poetisch vorgetragen, deine trüben Perspektiven, wenig erbaulich indes, einmal mehr lässt du keinen Stein auf dem anderen. Aber lass uns trotzdem nach Alternativen suchen, ich will mir schlechterdings nicht vorstellen, dass es sie nicht gibt, das wäre ja gelacht …

„Lache, Bajazzo, lache!"

„Du kannst's nicht lassen, Zyniker! Egal, bin's gewohnt, hab's allemal überlebt … Doch sieh, ich habe soeben einige Vorschläge gemacht, die ich allen Ernstes für sinnvoll halte, aber du hast nichts Besseres zu tun, als dich über mich und meine sanfte Tour lustig zu machen, das verletzt. Ich will Besitzstandwahrung, verstehst du. Nimm mich wenigstens ernst, wenn du schon hartnäckig auf deiner Meinung beharren willst."

„Ich nehme dich immer ernst, auch wenn du Frieder heißt, aber das bedeutet noch lange nicht, dass ich jeden Quatsch akzeptiere. Besitzstandwahrung, bitte schön, aber nicht ohne Einbuße der Lebensqualität und in deinem Fall nicht ohne fortdauernde Symptome jener Art, die du bestens kennst und stets mit Angst quittierst. Ist das noch ein Leben? Wie stellst du dir's vor? Und soll's noch ein bisschen mehr sein, noch so gerne, aber nur mit Sahnehäubchen, oder sonst noch was?"

„Ja, eine gute Fee an meiner Seite. Glaube mir endlich, ich habe Angst, allein zu sein, ja, freilich, das alte Lied. Und noch etwas: besser zu zweit in Schrecken als allein in Panik."

„Tödliches Gleichgewicht der Zukunftsvisionen, abträglicher Ausblick! Ein Schrecken ohne Ende … eine Horrorvision, du bist der Letzte, der so was erträgt."

„Ja, ein teuflischer Ausblick! Ein ruheloses Leben wird es bedeuten. Aber ich will es so haben, denn die gute Fee wird nicht kommen, niemals, das Glück ist mir nicht hold."

„Es geht nicht um Glück, du erfolgloser Glücksritter, es geht darum, endlich die Dämonen auszutreiben und dem längst erkannten Gilb den Garaus zu machen, denn Angst, allein zu sein, oder Angst aus psychosomatischen Gründen zu haben, ist dasselbe und damit musst du dich endlich einmal auseinandersetzen, sonst platzt dir der Kragen."

„Nicht Gilb, Einsamkeit ist das Zauberwort, lieber Simon, das weißt du doch. Nun ja, es gibt schon Ansätze zu gezielter Korrektur nach deiner Vorstellung, aber leider blieb es beim Ansatz."

„Klartext, Frieder, bitte Klartext!"

„Ach ja, Ursula, du kennst die Geschichte, sie hat sich wieder gemeldet, nachdem sie erneut Schiffbruch erlitten hat. Sie hat mich zur Klagemauer gemacht und ist wie immer von meinen Belehrungen begeistert. Sie hat natürlich bemerkt, dass ich unglücklich bin, ihre alten Gefühle ausgegraben und angeboten, in die Lücke zu springen. Das war verlockend, zumal auch ich mich verliebte, aber eine Affäre mit ihr ins Leben zu rufen, wagte ich nicht. Es war ja nicht das deklarierte Ziel dieser Frau, auf einem Nebengeleise zu fahren, ist sie doch eine angesehene Frau, die sich Trivialitäten nicht leisten kann. Keine Versteckspiele mehr, keine Verschleierungstaktik, all dies hat sie längst über. Stell dir vor, ich überlegte sogar, Nägel mit Köpfen zu machen und mich mit ihr zusammenzutun, schaffte aber die Wende nicht, zu sehr fürchtete ich mich vor einem neuen Flopp …"

„Und vor Irinas Zornesausbruch, der ja irgendwann abflaut, und da dachstest du wohl, dass der alte Flopp besser sei als ein neuer! Welch ein Wirrkopf!"

„In alten Bahnen fährt sich's eben besser, verstehst du. Doch egal, die Angelegenheit hat sich insofern erledigt, als sie, etwas enttäuscht wohl, wiederum jemanden gefunden hat, mit dem sie zusammenleben wollte, und da ist mir natürlich die Vorzugsrolle abhandengekommen. Sie hat mich anschließend weiterhin konsultiert, aber die Themen waren dann mehr allgemeiner Natur. Es war wohl doch nicht so doll mit der Liebe, und diese Erkenntnis schmerzt, geht ans Mark!"

„Verpasste Chance! Dödel, der du bist, Mondkalb ohne Nasobem, unbeweibt und kinderlos, es steht noch nicht im Brehm!"

„Kein Sarkasmus bitte, ich ertrage es nicht, meine Seele blutet ..."

„Dann verbinde sie, wenn du sie findest ... aber ganz wie du willst, und verlange bitte kein Lob von mir."

„Keine Bange, ich kenne dich, du alter Schwarzmaler, Spielverderber vom Dienst!"

„Gut so! Doch was nun? Trübsal blasen etwa oder das Lied des armen Mannes spielen, Mitleid erregen uns so fort, was fällt dir bloß ein?"

„Gib mir Pillen, ich werde die Krise aussitzen."

„Wenn es denn nur ums Aussitzen geht ... aber bitte schön, immer den Weg des geringsten Widerstands, oder gibt's noch einige Dinge, die ich erfahren sollte ...?!

„Guten Tag, die Herren, na, hat die Verschwörung schon stattgefunden?" Irina stand händereibend am Tisch und wollte sich zu uns setzen ...

„Ääh, woher kommst denn du?"

„Frisch aus dem Mutterleib, fühle mich jedenfalls wie neugeboren; was habt ihr denn heute ausgeheckt. Neue Intrigen zulasten der bösen Frau oder so ähnlich? Ja, ich weiß, ihr unterstellt mir Arglist und Boshaftigkeit, ich hab's gelesen, aber liebe Freunde, habt ihr mal daran gedacht, dass letztlich jede Hexe so tickt, wie ihr mir unterstellt? Habt ihr nicht verstanden, dass ich nur gekommen bin, um euch zu schaden, euch ins Verderben zu reiten, ja nachts auf dem Besen reitend ins Schlafzimmer zu schweben und Gift und Galle zu speien? Ihr seid naiv! Jeder kennt doch die bösen Verführerinnen aus dem Osten, jeder kennt ihre Gesinnung, ja gewiss, sie wollen euch verhexen, dazu bringen, dass ihr euer Hab und Gut veräußert und alsdann darbt ... ich bin auf gutem Weg, das Ziel zu erreichen, es ist schon in Sicht, versteht ihr! Und eure Seelen verkauf ich dem Teufel, er giert danach."

„Sei nicht albern, Irina, deine Häme ist umsonst. Ja, wir haben die aktuelle Situation besprochen und uns überlegt, wie Frieder damit umgehen soll. Und natürlich haben wir auch verschiedene Szenarien besprochen, die anstehen könnten, sofern ... na ja!"

„Sofern was, bitte schön?"

„Sofern nicht mehr daran zu denken ist, die verdorbene Milch noch zu pasteurisieren, verstehst du? Irgendwann ist genug Heu im Speicher und die Kühe streiken trotzdem."

„Und ich bin ein Kalb, was? Und nun wollt ihr mich zur Schlachtbank führen oder wie soll ich diese niedlichen Metaphern verstehen? Bitte sprich Klartext, wir sind doch nicht auf der Landwirtschaftsschule!"

„Es gibt noch keinen Klartext, weil die Kontrahenten ein Versteckspiel spielen. Es wäre angebracht, einmal von dieser Unsitte Abstand zu nehmen. Klartext kannst du haben, wenn auch du bereit bist, alle Karten auf den Tisch zu legen."

„Und wer spielt dann mit? ... eben, dacht ich's mir, ihr seid zu feige, die Partie mit mir aufzunehmen. Außerdem habe ich meine Karten freizügig auf den Tisch gelegt und euch alle in arge Verlegenheit gebracht. Doch Frieder spielt falsch und du hilfst ihm dabei, glaube mir, ich durchschaue die üblen Machenschaften schon lange."

„Halt, halt", griff Frieder ein, „es geht nicht um Machenschaften, Simon sorgt sich um meine Gesundheit und gibt mir Ratschläge, das ist alles."

„Wer's glaubt. Rebellen seid ihr, mir macht ihr nichts vor."

„Das ist wohl das eine, aber du bist auf dem richtigen Weg, wenn du bezweifelst, dass mit deinem Coup die Schlacht geschlagen ist. Wir suchen nach ursächlicher Abhilfe und da kommst du ins Spiel. Du hast zwar einige Karten offengelegt, aber es sind beileibe nicht alle, davon bin ich überzeugt, und genau das nenne ich Versteckspiel. Frieder spielt nicht falsch, er hat gesagt, was er will, doch du behältst deinen letzten Trumpf im Ärmel, und das wissen wir seit Langem."

„Pah! Dann wisst ihr mehr als ich! Ich habe alles gesagt, was relevant ist, und damit basta!"

„Also, Irina, was willst du? Wir sitzen hier beim Kaffee und diskutieren, du kommst rein, servierst uns altbekannte Lügen und machst uns haltlose Vorwürfe, was, bitte schön, soll das?"

„Nichts, ich wollte bloß die Szene einmal ein wenig aufmischen, ist mir doch gelungen, nicht wahr? Doch eines sei euch noch versichert: Nichts, was ich tue, ist spielerisch oder zufällig, alles hat einen Sinn und verfolgt einen bestimmten Zweck. Auf Wiedersehen!" Stand auf und verschwand wie ein Gestank.

„Und das soll keine Hexe sein?"

„Erbarmungsloses Urteil, Simon!"

Der Auftritt war sehr theatralisch, gut einstudiert auch, musste sie doch erst herausfinden, wo wir uns jeweils treffen, doch sie hat es mit Bravour geschafft und wohl ihr Ziel erreicht. Frieder war jedenfalls sehr verunsichert und kriegte sich lange nicht wieder ein. Ich wies ihn darauf hin, dass mir das Ganze wie eine Vorbereitung auf den letzten Akt vorkäme und die Annahme berechtigt sei, dass demnächst die finale Aktion, welcher Art auch immer, losgetreten werden könnte, doch davon wollte er nichts wissen, einmal mehr! Er steckte den Kopf in den Sand und den Arsch in die Luft, und zwar nicht zum ersten Mal.

Resigniert gab ich ihm die Pillen, die er gierig verschluckte, aber glücklicherweise nicht gut ertrug, sodass eine Überdosierung unwahrscheinlich war, ein beruhigender Umstand, denn mehrmals hat er finstere Gedanken geäußert, Selbstmordgedanken eben, allein er hatte wohl – tröstlich dies – kaum den Mut, zur Tat zu schreiten. Ich meinerseits machte mir Gedanken über seine Zukunft: Was soll aus ihm werden, wie wird er künftig mit dieser gescheiterten Ehe, die niemals eine war, umgehen und wie wird er sich mit seinen zahlreichen Symptomen und Beschwerden zurechtfinden. Die Sturheit, am Konstrukt Adrians, dessen Wirksamkeit längst widerlegt war, strikte festzuhalten, war mir ein Dorn im Auge und all meine Argumente, die den seinen bei Weitem überlegen waren, wie er selber eingestand, waren offenbar nur Luft, Gerede nur eines notorischen Besserwissers. Diese absurde Haltung eines zumindest durchschnittlichen Normalneurotikers und insgesamt auch klugen Mannes war nicht mehr nachvollziehbar und der Ursprung dieses Gebarens war eben sein Mutterkomplex, der nach wie vor zu Buche schlug, auch wenn er nicht zur Homosexualität führte. Es waren ohnehin nur böse Zungen, die so was behaupteten, wiederholte er immer wieder, ordinäre Leute, die nichts Besseres zu tun hätten, als ihn und seine Mutter zu diffamieren. Eine differenzierte Betrachtung der Dinge wäre weit angemessener, denn es sei naheliegend, dass dabei eine unerotische Liebe im Spiel gewesen sei, mithin ein abstrakter Begriff, den die wenigsten kennen. Und diese Bemerkung sollte ihn auszeichnen.

Ich wusste ja, worauf er hinauswollte, aber ich fragte mich immer wieder, warum er diesen Sachverhalt so oft wiederholen musste, ich hatte ihn nämlich nie danach gefragt, weil ich es für unschicklich hielt. Und ob so oder anders, egal, letztlich musste er mit seiner Bürde alleine zurande kommen.

Dass Frieder sich nicht vom bisherigen Lebensstil verabschieden wollte, hatte einige Gründe. Zunächst war es nicht ausgeschlossen, dass er sich so sehr ans tägliche Hickhack gewöhnte und sich kaum vorstellen konnte, ohne dieses zu leben. Man muss davon ausgehen, dass es ihm nach einer Trennung wirklich fehlen könnte, ein Phänomen, das in solchen Fällen oft beobachtet wird. Einsicht in diesen Sachverhalt war jedoch kaum zu erwirken.

Ferner war es evident, dass er in einer grauen Schleimmasse gefangen war, die sich im Rahmen einer schweren Depression um ihn herum gebildet hat. So war er anscheinend zur Immobilität verurteilt, und es machte den Anschein, dass er sich auch gar nicht bewegen wollte. Es kam offenbar seinem Vorhaben entgegen, dass jede Abweichung vom Protokoll, die er auch nie akzeptiert hätte, unmöglich war, ja buchstäblich schmerzte, und diesen Umstand machte er sich zunutze. Irina ihrerseits, nutzte seine offene Flanke, um den Plan zur Verselbstständigung zu schmieden, womöglich gar so weit auszufeilen, dass es nur ein Fingerschnipsen brauchte, um ihn zu realisieren, denn einige Bemerkungen wiesen darauf hin, dass er schon weit gediehen war. Frieders Unpässlichkeit war augenfällig, ihr Vorhaben, ihn in seiner vulnerablen Phase zu überraschen und wohl mit einem Handstreich ihren letzten Coup zu landen, um die Weichen zu ihrer nächsten Lebensphase zu stellen, war zwar reichlich verwegen, doch war es nicht erstaunlich, dass sie so vorzugehen beabsichtigte, denn auch sie hatte nach so vielen Jahren der Scheinehe, die er wohl oder übel tapfer durchstand und auch finanzierte, vielleicht einige letzte Skrupel. Dass sie Zeichen der Dankbarkeit äußern könnte, war jedoch nicht anzunehmen.

Aus Irinas Tagebuch:
Endlich nach langer Zeit ... eine beschwerliche Durststrecke habe ich hinter mir, aber nun bin ich so weit: Ich habe die neue Staatszugehörigkeit, bin berufstätig und verdiene mein Geld, verfüge sogar, Väterchen sei Dank, über ein finanzielles Polster und habe eine eigene Wohnung. Ja, ich bin endlich frei! Ich werde mich wohl über kurz oder lang von meinem alten Leben verabschieden und mein eigenes Süppchen kochen. Ich habe mich wieder meinem ersten Mann angenähert, zu keinem Zeitpunkt habe ich aufgehört, ihn zu lieben. Ja, ich glaube, ich habe noch recht viele Gefühle für ihn und er für mich, wie er sagte. Er kommt hin und wieder her. Seit einiger Zeit haben wir ohnehin regelmäßigen Kontakt und es fühlte sich recht gut an. Ob wir wieder zusammenkommen werden? Vielleicht würde das mein Verhältnis zu meinem Sohn klären, es wäre an der Zeit!
Man kann mir vorwerfen, ein abscheuliches Spiel gespielt zu haben, das könnte ich sogar verstehen. Doch abscheuliche Begebnisse erfordern eine adäquate Antwort und die ist oft unbekömmlich. Sei's

drum. Ob ich mir das falsche Opfer ausgesucht habe, stehe dahin, es ist gekommen, wie es kommen musste, und ist die Partie zu Ende, dann fragt keiner mehr, ob die Regeln eingehalten wurden. Ich fühle mich frei und bin ganz leicht. Den letzten Sieg errang ich durch eine List, die mich zwar in ein schiefes Licht verbrachte, aber dies ist nicht schwer zu ertragen, denn es kommt in diesem Fall darauf an, wer der Geliebte ist, und gerade dies habe ich nicht verraten ... wohl erraten: das Versteckspiel eben! Das stößt ihnen sauer auf, ja auch Simon soll sein Fett wegkriegen, er intrigiert gegen mich ... hat er etwa Lunte gerochen?

17

Die Trennung

Lange, zu lange, dümpelte der leidige Ehe-Trott vor sich hin, nichts wurde verändert, weder in der Wohnung, noch sonst wo oder wie. Die alten Streitigkeiten blieben selbstverständlich nicht aus, im Gegenteil, die Atmosphäre war und blieb vergiftet und eine Beruhigung ist in weite Ferne gerückt. Keinerlei Anstalten wurden getroffen, um wenigstens eine einigermaßen tragbare Atmosphäre zu schaffen, etwa durch die Sanierung der wichtigsten Baustellen. Diese Minimalforderung, die zu stellen ich Frieder nahelegte, konnte aus unerfindlichen Gründen nicht erfüllt werden, sodass der tägliche Raubbau der ohnehin unglücklichen Beziehung seine ungehinderte Fortsetzung fand und Frieders Nervenkostüm aufs Heftigste strapazierte.

Oleg seinerseits hat die Segel längst gestrichen und sich abgesetzt, zunächst erneut zum Vater, der noch immer eine undurchsichtige Rolle spielte, dann in eine Wohnung in der Stadt, die er mit einem Kumpel teilte. Er stand auf eigenen Füßen, und das war nun mal entscheidend, denn die Kosten seiner Ausbildung und seines Unterhalts wie auch seines juristischen Intermezzos, wie man verharmlosend sagen könnte, haben Frieder ein Vermögen gekostet, was er immer wieder beklagte. Er war eben sehr darauf erpicht, dem Jungen eine aussichtsreiche Perspektive zu verschaffen, was er aus eigener Erfahrung für unabdingbar hielt. Außerdem bot er ihm eine Art Exerzierfeld, auf dem er seine ansonsten ungenutzten Kapazitäten als Vater – Ziehvater in diesem Fall – einsetzen konnte, weshalb es verständlich ist, dass er unbedingt reüssieren wollte … und er reüssierte wider Erwarten, und zwar auf der ganzen Linie.

Er selber war in Warteposition, auf Zusehen hin, begnügte sich mit der Rolle eines Ehemanns ohne Portefeuille, eine Art

Bancomat nur, der bald leer sein könnte, wie er versicherte. Die trüben Aussichten waren zermürbend, seine Gesundheit streikte zusehends und die Symptome wurden immer skurriler. Wiederholte Mahnungen schlug er in den Wind und die Frage, wie er sich denn seine eigene Zukunft vorstelle, blieb stets unbeantwortet; wie gehabt also; es schien, als ob er außerstande wäre, seine unheilvolle Position wahrzunehmen, und es war davon auszugehen, dass er resignierte und die zunehmende Schieflage des Hausfriedens achselzuckend in Kauf nahm. Kurzum, es war etwas faul in Lindenmanns Königreich und er versäumte es einmal mehr, rechtzeitig einzugreifen.

Es war unterdessen auch an der Zeit, in den Ruhestand zu treten, nachdem er das Rentenalter erreicht hatte, zu seinem Leidwesen, wie er sagte, denn er verlor mit dem Arbeitsplatz auch eine Zufluchtsstätte, wo er ungestört war, zumindest Spiritus Rector seines Tuns. Leidwesen ist korrekt, wusste er doch kaum, was er mit der vielen Zeit anfangen sollte. Er hatte ja kaum Hobbies und die vollamtliche Beschäftigung mit seinem Unglück war gewiss kein brauchbarer Ersatz. Zudem zwangen ihn die finanziellen Einbußen, neue Haushaltspläne zu erstellen, und er kam nicht umhin, da und dort den Rotstift anzusetzen, obwohl er sich einen kleinen Nebenerwerb sicherte. Doch Madame wollte dies nicht akzeptieren und keinesfalls auf ihr Luxusleben verzichten, das sie bis dahin führte. Sie hatte zwar inzwischen eine Stelle im Pflegebereich angetreten und verdiente ihr eigenes Geld, doch steuerte sie kaum etwas zum Haushalt bei, denn noch immer war sie der Meinung, ihr Geld gehöre ihr allein. Das war ärgerlich, auch dreist und warf ein weiteres schiefes Licht auf ihren Charakter, doch das schien sie nicht zu stören. Als er dann endlich ein Einsehen hatte und drohte, den Geldhahn zuzudrehen, war freilich die Hölle los und der Grabenkrieg ging in eine nächste Phase. Sie beschimpfte ihn aufs Übelste, drohte ihrerseits mit einigen zahnlosen Retorsionsmaßnahmen und wollte ihn verlassen – das Tauglichste mithin –, wenn er nicht nachgebe. Es war ein erstes Mal, dass sie gerade diese fatale Drohung ausstieß, genau das, was er strikte vermeiden wollte, doch damit erzielte sie zumindest einen gewissen Achtungserfolg und das entging ihr selbstverständlich nicht. Sie hatte eine neue Waffe gefunden, deren Gebrauch sie nun testete, und so bediente sie sich einer Form der Nötigung, um ihren taktischen Manövern mehr Wirkung zu verschaffen, und dies natürlich sehr zum Missvergnügen Frieders, der diesem Vorgehen kaum etwas entgegenzusetzen hatte. Spielend fand sie also seine Achillesferse.

„Ich kann nicht mehr, ich weiß nicht, was ich mit dieser Frau noch soll, sie ist ungenießbar, ein Teufel nur, anders kann ich es nicht formulieren ... sie quält mich buchstäblich zu Tode."

„Liebst du sie noch, oder anders gefragt, hast du sie denn je geliebt und denkst du, dass sie dich jemals liebte? ... Ja, ich weiß, hab dich wiederholt schon gefragt, aber du musst gar nicht erst antworten, es ist eine rein rhetorische Frage, denn die Antwort liegt so nah!"

„Und ich bin die olle Sphinx, nicht wahr? Nein, verdammt noch mal, diese doofe Frage will ich nicht mehr hören, du aufsässiger Gesell und Sachwalter meines Desasters. Egal doch, noch einmal will ich dich bedienen ... hm, ich könnte ja versuchen, etwas Transparenz zu schaffen, vielleicht gibst du dich damit zufrieden: Als ich sie zum ersten Mal sah, dachte ich, dass ich mich in sie verlieben könnte, denn sie gab sich sanft und hatte eine sehr weibliche Ausstrahlung, die recht verführerisch wirkte. Das war dann auch das Motiv, sie endgültig bei mir aufzunehmen und zu heiraten, in der Hoffnung, versteht sich, dass sich alsdann eine Liebesbeziehung heranbilden könnte. Doch zum Erstaunen wollten sich die Schmetterlinge nicht einstellen oder flogen aus, ehe ich sie wahrnehmen konnte. Dabei will ich ihr zugutehalten, dass es ihr allenfalls ähnlich ergangen sein könnte, aber wir sprachen nie darüber, ein Manko freilich, das nun nicht mehr wettzumachen ist. Ich setzte mir damals insgeheim eine Frist von einem halben Jahr, die jedoch ergebnislos verstrich, sodass ich mich mit einem Rest von Sympathie begnügen musste. Dass er bei Weitem nicht ausreichte, um damit ein ganzes Leben zu gestalten, ist nun mehr als evident."

„Na ja, sagt' ich's doch! Nichts Neues unter der Sonne also. Und du hast damals nicht reagiert und bist auch heute keinen

Schritt weiter, was das Elend etabliert, das seither deinen Alltag begleitet, ja mehr und mehr belastet. Was also hast du unter diesen Voraussetzungen noch bei ihr verloren? Ich meine, wie lange willst du dich noch der Willkür dieser Liliputausgabe eines Drachens aussetzten? Ein Drache, egal wie winzig, ist kein Streicheltier, verstehst du? Sein Blut ist vergiftet und er speit Feuer, beides recht unangenehm."

„Ja, heiß und ungemütlich und allzu oft sind danach meine Haare versengt! Aber du weißt ja, ich mag nicht darüber nachdenken … ach wie oft muss ich dieselbe Litanei wiederholen, sie ist mir längst über, aber sie ist immer noch aktuell und ich kann nicht anders, ich muss die Krise aussitzen, die Liebe zur Mutter gebietet mir … ja, ich weiß, du magst es nicht mehr hören, aber ich …"

„Wenn es nur eine Krise wäre, dann könnte ich sagen: Schön und gut, dann sitz' sie eben aus und melde dich, wenn es vorbei ist. Aber es ist keine Krise, es ist die Hölle schlechthin, welche du zu Hause hast, und sie ist der Teufel, der dir einheizt, wie du richtig bemerktest, der Teufel, dem wohl Hörner wachsen und der auch ein Pferdehuf ansetzt, um das Bild abzurunden. Und sollte sie all diese Attribute nicht aufweisen, dann ist sie eben Lilith, der gefallene Engel … hüte dich vor ihr, sie ist brandgefährlich. Aus den Tiefen des Roten Meeres steigt sie empor, sucht dich heim und hat nichts anderes im Sinn, als dich zu betören, um nach erfolgreicher Umgarnung dein ganzes Blut auszusaugen, bis hin zu deinem letzten Atemzug … erkennst du sie wieder? Doch lassen wir all diesen Aberglauben beiseite, er ist zwar deskriptiv, aber sonst kaum glaubhaft. Ich wollte nur anschaulich machen, was du im übertragenen Sinn zu gewärtigen hast, oder bereits dabei bist, zu erleben. Lass sie doch endlich gehen, schicke sie ins Pfefferland, es wird dich befreien und dir kaum zum Nachteil gereichen."

„Drachen, Teufel, Lilith, entscheide dich … aber woher plötzlich dieser Hass, diese Abgunst auch, sie hat sich doch dir gegenüber immer anständig verhalten."

„Du verteidigst sie noch … ist dir ernst dabei? Wie auch immer, nun ja, sie war meistens höflich zu mir, bekundete einen gewissen Respekt, den sie meinem Doktortitel zu schulden glaubte, aber sie hat eben zwei Gesichter, ein liebliches und sanftes für die Öffentlichkeit und eine hässliche Fratze für dich und Oleg; was mag diese Frau bloß umtreiben? Und je mehr du ihr gibst, desto mehr behandelt sie dich wie Dreck; das, mein Lieber, lass dir bitte nicht mehr bieten!"

„Magst ja recht haben und dennoch …"

„Was denn? Woher die Milde? Ja, ich weiß, du provozierst sie, du hast sie mit deinen Besuchen bei deiner Hofprostituierten gekränkt, oder zumindest macht sie ihr Verhalten an diesem Fehltritt fest, aber wenn dies ihr abschließendes Urteil über deine Person sein sollte, dann ist wohl nichts mehr daran zu ändern und deine Zeit ist endgültig abgelaufen. Es reicht, dass ihr jahrelang auf verlorenem Posten ausgeharrt habt, es braucht keine weitere Bestätigung dafür, dass der Flopp teuer, mühselig und sinnlos war."

„Ich kann nur wiederholen, dass ich deine Bewertung teile, aber die Schlussfolgerung behagt mir nicht, ich fürchte mich vor einem Alleingang, das sollte doch längst bekannt sein" … „ja, auch ihr!" … „wahrscheinlich! Aber zwinge mich trotzdem nicht, etwas zu tun, das ich später bereuen könnte."

„Sturkopf, zum Zweiten … ‚il veaux mieux être seul, que mal accompagné' … merk dir das! "

„Sei's drum, es überzeugt mich auch nicht in französischer Sprache, ich will einfach nicht, verstehst du! Es mag eine fixe Idee sein, aber sie ist mir lieb geworden."

„Dann lass dich eben abschlachten wie Vieh, du Esel!"

„Ha, ein liebes Tier und äußerst geduldig!"

„Ja freilich, aber kennst du das einschlägige Gedicht von Christian Morgenstern[3]? Ich habe es mir gemerkt und sage es dir auf: ‚Ein finsterer Esel sprach einmal/zu seinem ehelichen Gemahl: »Ich bin so dumm, du bist so dumm/wir wollen sterben gehen, kumm.«

---

3 Chr. Morgenstern: Galgenlieder

Doch wie es kommt so öfter eben; die beiden blieben fröhlich leben.'
... Wohl bekomm's!"

Ich hatte weiterhin erhebliche Mühe, Frieder zu verstehen, er war irgendwie fremdgesteuert, nicht tapfer wie sonst, nicht der Kerl, der er sonst war. Was mochte ihn antreiben, dass er der besseren Einsicht, die er im Grunde ja teilte, nicht stattgeben konnte. Er verstand meine Bedenken sehr wohl, etwa wenn ich ihm sagte, dass er sich umbringe, sofern er nicht endlich einen beherzten Entschluss fasse. Er ahnte mittlerweile auch – wir haben es oft besprochen –, was Irina im Schilde führte, und war sich der Tatsache bewusst, dass er nie als Gatte, hingegen stets als Selbstbedienungsladen fungieren musste, mehr wollte sie nicht von ihm. Dass dahinter vielleicht ein schlechtes Gewissen stecken könnte, weil er sie gewissermaßen von zu Hause weggelockt hatte und nun für ihr Wohlergehen die Verantwortung trug, könnte durchaus zutreffen, doch mitfühlende Empfindsamkeit zu fordern, wäre dennoch unrealistisch. Nein, sie floh bekanntlich aus eigenem Antrieb und aus nicht restlos geklärten Gründen. Frieder war dabei bloß ursprünglicher Anlass, dann Mentor und Garant eines zuträglichen Lebensstils und ging schließlich als Zufallsopfer aus ihrer rätselhaften Inszenierung hervor. Ein solchermaßen abgefeimtes Tun ist jedoch mit Gewissensbissen nicht vereinbar und muss vielmehr in der Kategorie des unerbittlichen Kalküls eingeordnet werden.

Ob seine Indulgenz etwas mit der Mutterliebe zu tun hatte, wie er oftmals geltend machte, blieb weiterhin unklar, umso mehr, als die wahre Beziehung zur Mutter niemals genau umschrieben wurde. Die unerotische Liebe, die er dieser Beziehung zugrunde legte, war nicht überzeugend, eine erotische Komponente zu fordern, lag daher nahe, wiewohl er eine solche stets in Abrede stellte. Selbstredend beließ sie ihn im kindlichen Glauben an das mütterliche Geleit, lebenslang, wohl auch an die unerschütterliche Weiblichkeit schlechthin, die im Leben eines Mannes nicht fehlen durfte und eine Mutter als erste Frau auch gewährte. Wie sie diese Maximen rüberbrachte, wie sie diese Grundsätze in ihm verankerte, wusste nur er selber und niemals wollte er darüber sprechen, nein, er hielt es für Verrat, wenn er irgendetwas über sein wahres Verhältnis zur Mutter ausplaudern würde. Auch dass er ihr irgendetwas schulde, war immer mal wieder Thema, um was es sich dabei handeln könnte, wurde nicht klar kommuniziert. Ja, auch Jahre nach ihrem Tod hatte sie ihn fest im Griff, das war nicht zu übersehen. Dass die eigentümliche Beziehung zur Mutter immer wieder zum Thema wurde, war ziemlich auffällig, was der Grund dafür war, nicht erkennbar, denn sie entwickelte sich mehr und mehr zum Arkanum, das seinem Leben ein besonderes Gepräge verlieh.

Weinend erzählte er mir nur wenige Wochen später, dass er ausgesperrt wurde:

„Gestern Abend, als ich von meinem Spaziergang zurückkam, konnte ich nicht in die Wohnung, mein Schlüssel passte nicht mehr. Klingeln, an die Türe poltern, telefonieren … alles zwecklos, sie hat wohl heimlich die Schlösser auswechseln lassen, gemein, ja sogar strafbar. Ich musste im Hotel übernachten, da auch Oleg nicht zu Hause war. Heute früh stellte ich meinen Wagen vor die Garage, damit sie nicht rausfahren konnte, hätte ich sie doch gerne zur Rede gestellt. Aber sie wählte wohl einen anderen Ausgang und fuhr mit dem Bus zur Arbeit. Ich finde, dass sie nun übertrieben hat. Bedauerlich, aber meine vermeintlich wasserdichte List versagte und ich weiß nicht, was sie sich dachte, und was ich tun soll."

„Zu einem Anwalt gehen und Nägel mit Köpfen machen, denn ihr Tun ist nicht rechtens, aber sie gibt dir so Anlass, ohne Gesichtsverlust zu tun, was du schon lange hättest tun sollen; Handeln! Pack die Gelegenheit am Schopf und verschwinde aus ihrem Dunstkreis! Es ist ein Wink mit dem Zaunpfahl, den du ernst nehmen solltest, und ich sage dir, dass du es nicht bereuen wirst, wenn du sie rauswirfst. Hoffnung auf Änderung besteht schon lange nicht mehr."

„Schon wieder!"

„Was mehr als das soll sie denn noch anstellen, ehe du begreifst, was es geschlagen hat? Das Spiel ist aus! Schluss mit lustig. Sie hat entschieden, du spurst. Alles andere ist Mumpitz oder eben Tierquälerei!"

„Weiß nicht, ich könnte sie um Nachsicht bitten, all ihre Forderungen erfüllen, sie gewähren lassen ... sie kennt meine Nachgiebigkeit ..."

„... und rechnet damit, du unheilbarer Philanthrop! Wie oft noch, du ungläubiger Thomas? Wie oft noch die abgedroschene Fuhre! Wie oft noch dieselbe Abfuhr!"

„So oft wie nötig!"

„Und was nötig ist, sagt sie, die dich hasst, die dich als Kassenschrank missbraucht?"

„Freilich! Sie hat mich in der Hand. Egal doch, denn ich kenne den Preis, den ich zur Erfüllung meines innigsten Begehrs zu bezahlen habe."

„Dann gehe hin und tue also! Ich kann dir nicht weiterhelfen, wenn du nicht einsichtig bist, aber wundere dich nicht, wenn du alles verlierst, was dir je im Leben heilig war, und dein Wertesystem vor die Hunde geht. Wenn man sich so erniedrigen lässt und nicht wenigstens ‚Autsch' schreit, dann hat man nichts Besseres verdient."

Er brach zusammen und weinte, doch so gut ihm meine Schelte auch getan haben mochte, sie brachte auch keine Lösung. Er musste endlich aktiv werden, es bestanden keine Zweifel mehr, der Zwist war in die Endphase eingetreten, die Zermürbung deutlich. Aber er verfolgte unbeirrt seinen angestammten Weg und gewann, vorläufig wenigstens, denn sie mimte Einsehen und ließ ihn wieder in die Wohnung, unter der Bedingung, dass er sie nicht mehr küsse, seine Küsse wären widerwärtig, stinkig gar; kindisch, aber wahr. Unverständlich, dass er akzeptierte, aber aus seiner Sicht war es ein Etappensieg, und er versprach, künftig seine Zähne fleißiger zu putzen ... schön und gut, doch, wenn er sich da mal nicht täuscht, dachte ich und schwieg. Der Versuch, Trost zu spenden, scheiterte, auch ich war ratlos ob seiner irrealen Unbeirrbarkeit und hatte keine Idee mehr, was ich sonst noch ins Feld führen sollte.

Der Zar – ein idiotischer Spitzname, aber passend – vielleicht durch neue Nachrichten aufgeschreckt, meldete seinen Besuch an. Er kam in väterlicher Fürsorge und brachte haufenweise Geldscheine, die er auf einem Bankkonto parkieren wolle, ein weiteres Geschenk an seine Tochter, deren Kapitalpolster noch zu gering sei, um die Unbilden des Lebens zu meistern; welch eigenartiger Zeitpunkt, doch Frieder, gewiefter als auch schon, roch den Braten. Der Ursprung des Geldes wurde ja nicht offengelegt, Frieder aber ahnte, dass es Schwarzgeld sein könnte. Er lehnte es daher ab, unter seinem Namen – ein wohl letzter Dienst, um den er gebeten wurde – ein Konto zu eröffnen, um die beträchtliche Summe zu deponieren, denn er hatte nicht die geringste Lust auf Probleme mit dem Finanzamt. Die Tochter, mittlerweile naturalisiert, sprang wohl in die Bresche, aber das half nicht, denn die Beamten rochen Lunte und Frieder war gleichwohl aufgerufen, die Sache ins Lot zu bringen; ein Danaergeschenk also, das wurde teuer und er bezahlte die Zeche, murrend zwar, aber in der Hoffnung, endlich Frieden zu erwirken … Pustekuchen!

„Warum tust du das, du Möchtegernkrösus?"

„Um dumme Fragen zu vermeiden."

„Sie gehen ja an Irina."

„Denkste, die hat keine Courage, sie verstehe auch nichts von Finanzen, wollte sie glauben machen. Aber mir, dem Fachmann, redet sie regelmäßig drein, wenn ich auf diesem Gebiet aktiv werden will. Ja ich weiß, es ist eine üble Masche, aber noch mehr Streit will ich nicht anzetteln."

„Hast du nicht ohnehin dauernd Streitereien, egal was du tust, ist das Maß nicht längst voll?"

„Ja, doch! Aber ich dachte …"

„Papperlapapp, es gibt kein Aber … nein, dir ist wirklich nicht mehr zu helfen, du unheilbarer Wohltäter wider Willen!"

„Es kommt nur noch darauf an, dass mich keiner als Spielverderber betrachtet, darauf zu achten, ist alles, was mir noch verbleibt."

„Dann spiele ein Spiel, das du niemals gewinnen kannst."

Nach des Vaters Abreise kehrte der übliche Alltag wieder ein und was mit dem Geld geschah, war zunächst nicht bekannt. Nun, Vater und Tochter haben einiges zusammen unternommen, Frieder aber wohlweislich zu Hause gelassen, in der Absicht wahrscheinlich, ihre Machenschaften zu verheimlichen. Der Grund dieses Verhaltens kam nach dessen Abreise jedoch ans Licht: Sie kauften eine Wohnung in einem Vorort, dort nämlich, wo die reichen Leute wohnen, wo denn sonst? Düstere Geschäfte also, höchstwahrscheinlich Geldwäsche und Steuerflucht, doch was soll's, es ging ihn nichts mehr an, wenigstens solange er nicht vom Amt belangt würde. Ob allerdings die ganze Angelegenheit für ihn irgendwelche Nachteile haben könnte, war vorläufig nicht abzusehen; es war bestenfalls ein Nebenschauplatz.

Die Wohnung, so die Erklärung, soll ihre Dependance werden, Aufenthaltsort für gewisse Stunden, während welcher sie ungestört sein wolle, und dieses Bedürfnis könnte sich in nächster Zeit mehrfach einstellen. Er hatte natürlich den Verdacht, dass sie sich dort einen Pavillon d'Amour einrichte, denn sie machte damals, als sie eingestand, einen Geliebten zu haben, nicht den Eindruck, dass sie diesen in die Wüste schicken möchte, also war er noch in Amt und Würden. Doch mittlerweile war ihm selbst dies egal, er hatte mit dieser Frau nie wirklich Spaß, kaum je Sex, wenn überhaupt, und wie sie in Zukunft ihr Leben verbringen wollte, müsste ihm gleichgültig sein, dachte ich zumindest. Aber auch das war ein Irrtum.

‚Die Kacke beginnt zu dampfen', würde man vielleicht in der Gossensprache sagen, und hier war diese Leihgabe aus dem Fundus der Koprolalie wohl angebracht. Es ließ sich kaum nachvollziehen, was sich Frieder in Anbetracht dieser Entwicklung gedacht haben mochte. Er hatte sich bis aufs Hemd entblößt, hatte kaum mehr irgendwelche Freuden zu erwarten und bezahlte dennoch jeden Quatsch, den sich frau ausdachte; sein Langmut war grenzenlos.

„So kannst du nicht weiterfahren, lieber Freund, du verlierst jedwede Glaubwürdigkeit. Mach doch endlich die Luken dicht …"

„… oder ich gebe mir gleich die Kugel!"

„Wenn du den Mut dazu hast! Doch gerade dies bezweifle ich; du hast Angst zu sterben, aber auch Angst zu leben. Zudem hast du damit genau das Gegenteil dessen erreicht, was du dir aufs Banner schriebst, du bist allein, oft, häufig, beinahe immer, denn es zeigt sich ja, dass sie nunmehr fast ausschließlich die Zeit in ihrer neuen Wohnung verbringt. Wo, bitte schön, bleibt da der Gewinn, den du dir immer wieder versprachst? Du kommst nicht vom Fleck und verharrst weiterhin im Dunkel einer Utopie, ist das etwa dein Ziel?"

„Weg ist sie, ein Schlag ins Wasser, meine Ehe, das gebe ich zu, aber noch bin ich verheiratet. Ich habe Pflichten, aber auch Rechte! Und die will sie mir nicht zugestehen, das ist infam."

„Wie soll ich denn das verstehen, das ist doch nebensächlich, dieser Zivilstand ist nicht mal mehr das Papier wert, auf dem er beurkundet ist. Irina hat sich bereits provisorisch verabschiedet, bald wird sie es definitiv tun und deine Rechte kannst du dir an den Hut stecken, glaube mir."

Er schluckte einmal leer und stimmte dann meinen Ausführungen kleinlaut zu. Deshalb entschloss er sich, die allzu große Wohnung zu verkaufen, um etwas Kleineres zu suchen, etwas, das auch weniger Kosten verursachen würde, ja, das käme ihm zupass. Aber er rechnete nicht mit Irinas Widerstand, welche ihre Rechte als Mitbesitzerin geltend machte, einfach so, grundlos, eine letzte Schikane wohl. Dass er alle Gelder aus seinem Vermögen beigesteuert hat, interessierte sie dabei nicht, es sei ihr Miteigentum und basta. Wann es veräußert werden dürfe, sage sie allein, und er solle sich darauf einrichten, dass diese Liegenschaft letztendlich zum Zankapfel einer mutmaßlichen Scheidung werden könne, daher müsse sie in ihrem gemeinsamen Besitz bleiben. Man könne nicht einfach Verhandlungsmasse nach Lust und Laune kürzen … oha!

„… und überhaupt, du bist ein Hosenscheißer, ein Feigling, ein Nichtsnutz, ein Schlappschwanz! Mit dir ist nichts anzufangen. Ich gehe jetzt ein für alle Mal weg und betrachte unsere Ehe definitiv als gescheitert. Du kannst mich mal kreuzweise, ich bin nun selbstständig, habe eine eigene Wohnung, eigenes Einkommen

und verfüge auch über die hiesige Staatsbürgerschaft, niemand und nichts kann mir etwas anhaben. Wenn du mein Spiel nicht mitspielst, dann werde ich dich endgültig zerstören, dich häuten und vierteilen und den Hunden zum Fraß vorwerfen, du hast es nicht besser verdient … Stinkkäfer!"
…wertvolle Ergänzung der Menagerie!
Das war die finale Ansage, bombastisch und dreist. Der ganze aufgestaute Hass entlud sich eruptiv auf Frieders Haupt, er wusste nicht, wie ihm wurde, konnte derweil nichts dazu sagen, denn ihr Redeschwall war nicht mehr aufzuhalten, bis sie sich erhob und mit blasierter Miene wegging; krachend fiel die Wohnungstüre ins Schloss und rauschend entschwand sie für immer aus seinem Blickfeld.
Wochenlang sah er sie nicht, auch Oleg, der ihn besuchte und ein wenig tröstete, hatte keinen Kontakt mehr zu ihr, doch ihm war es egal. Erstaunlich, aber er hielt zu Frieder, wohl wissend, was er ihm zu verdanken hatte, doch das war aller Unannehmlichkeiten zum Trotz nur ein kleiner Trost, denn er hat seine Frau – nein nicht Irina, eine hölzerne Gattin bloß, eine wahre Babuschka nämlich, welche die Rolle nicht spielen wollte, die er ihr zugedacht hatte – wohl für immer verloren. Wie es dazu kam, war ihm natürlich bewusst, dass es so weit kam, war verdrießlich und der Zeitpunkt war wie immer unpassend.
„Ich will und kann nicht als geschiedener Mann weiterleben, das ist das Letzte, was ich wollte, ein Hohn!"
„Wie bitte, ich verstehe nicht recht … es ist besser so, glaube mir, ich habe einschlägige Erfahrungen."
„Ich pfeif drauf, sie bringen mir nichts! Außerdem verstehst du mich schon; ich will eben nicht ein geschiedener Mann sein, das habe ich wiederholt gesagt und begründet."
„Ach nee! Einen Pfifferling hast du, wiederholte Ansage ist keine Begründung."
„Mehr, als ich dazu sagte, will ich nicht verraten. Verstehst du, es ist eine schmerzliche Angelegenheit, die ich unter Verschluss halten möchte."
„Lass die Jeremiade, sie interessiert mich nicht; verkochtes Selbstmitleid ist eine fade Pappe! Abgesehen davon wirst du dich

wohl oder übel daran gewöhnen müssen, ein Gehörnter und Geschiedener zu sein, unschön und demütigend freilich … nun, sie hat Fakten geschaffen, und weil du selber nicht rechtzeitig die Notbremse gezogen hast, bist du nun der Verlassene, aber das macht nichts, das kommt aufs Selbe raus. Mach das Beste draus, etwas anderes bleibt nicht zu tun."

„Aber ich will nicht!" Wie ein Kind stampfte er mit einem Fuß auf den Boden, was war denn noch sein Problem?

„Was soll das! Es geht nicht mehr nur darum, was du willst, es geht darum, was Sache ist und sich auch nicht mehr wegdiskutieren lässt. Wenn Irina es vorzieht, in ihrem eigenen Saft zu schmoren, so kannst du sie nicht daran hindern, und den vertrockneten Braten auch noch zu fressen, obliegt dir nicht. Denn eines solltest du dir merken: ‚Nie sollst du so tief sinken, von dem Kakao, durch den du gezogen wirst, auch noch zu trinken'.[4] Und verstehe endlich: Du bist machtlos, denn das Zepter wurde dir endgültig entrissen."

„Hör gut zu, ehe du noch mehr Stuss redest: Ich sagte dir, dass ich kein geschiedener Mann sein will, das ist mein voller Ernst und ich bin auch bereit, meine Bedenken auf die Gefahr hin offenzulegen, dass du mich belächelst. Ich kann es mir nicht leisten … in der Kirche hieß es, was Gott verbunden habe, soll der Mensch nicht lösen, und gerade die Orthodoxen, die Frömmler vom Dienst, legten auf diesen Passus besonders großen Wert. Aber angenommen, dem sei wirklich so, was mache ich denn nach einer Scheidung mit meiner restlichen Existenz, was nach meinem Tod, wenn ich nicht mehr als tugendhaft und moralisch gelte? Welche Ewigkeit wird mir noch beschieden sein?"

„Du bist ein Einfaltspinsel, ein Ewiggestriger! Diesen abgedroschenen Unsinn kannst du doch nicht für bare Münze halten. Das ist lediglich Ritual, feierliche Kacke bloß, und sollte es ein Debakel werden, dann verdampft die Kacke, das hatten wir doch schon. Das kann und wird dir nicht zum Schaden gereichen. Moral,

---

[4] Erich Kästner

Tugendhaftigkeit, teurer Tand, reiner Atavismus, lass doch diese schablonenhaften Vorstellungen beiseite und erwache endlich!"

„Nein, nein, meine Mutter wies wiederholt darauf hin, dass ihr Mann, mein Vater also, an den ich mich kaum mehr erinnere, sie getäuscht habe und ihr die chronische Krankheit, an welcher er zum Zeitpunkt der Hochzeit schon litt, arglistig verschwieg. Damit wäre eigentlich ihre Ehe ungültig gewesen, doch weil ich schon im Mutterleib eingenistet war, wollte sie keine Konsequenzen ziehen und beließ es dabei. Ich war damit eine Art Bindeglied, das sie moralisch mit dem Vater verband, aber nicht rechtlich, zumindest nach strenger Lesart der Gesetze. So fühlte ich mich verantwortlich für Mutters Schicksal, das sie also meiner Existenz zu verdanken hatte und auch tapfer durchstand, obwohl es sich langfristig als wenig erbaulich herausstellte. Wenn ich nun die Flinte ins Korn werfe, so entbinde ich mich einer Bringschuld, die zu begleichen ich nicht mehr fähig bin, sodass Mutters Opfer hinfällig wird.

Irina und ich haben eine normale Eheschließung erlebt, Täuschung war nicht im Spiel und egal, ob es gelungen ist oder nicht, sie hat ihre Gültigkeit, und zwar bis zum letzten Atemzug. Das schlechte Verhältnis zu ihrem Sohn hat aber ähnliche Hintergründe wie meine eiserne Bindung zur Mutter. Oleg war kein Wunschkind, er war der Grund, weshalb sie Oleg. d. Ä. heiratete, denn sie hätte andernfalls dem Vater und Mäzen nicht mehr in die Augen schauen dürfen. Er ist also in letzter Konsequenz schuld an Irinas Vertreibung. Verstehst du mich nun?"

„Und ich bin schuld, dass der Papst keine Ziegenmilch mag. Einen größeren Unsinn habe ich mein Lebtag nicht gehört. Ich verstehe zwar, welche Zusammenhänge du herstellen möchtest, aber ich kann dir beim besten Willen nicht zustimmen, liegt mir doch eine dermaßen absurde Gedankenakrobatik fern. Du ziehst sozusagen den Zipfel durch eine Lasche, die es gar nicht gibt. Nun hör mal gut zu: Zunächst sind deine Überlegungen zum Schicksal deiner Mutter unhaltbar, nur Scheinlogik, mehr nicht. Du warst – wen wundert's – bei deiner Zeugung nicht zugegen und von der Liebesnacht, welche deine Eltern seinerzeit erlebten, hast du naturgemäß nichts mitgekriegt. Du bist also ein Produkt der Lust, was impliziert, eine naheliegende Mutmaßung sodann, dass der Befruchtungsakt, ob als solcher geplant oder nicht, einvernehmlich war, sonst hätte sie von Vergewaltigung gesprochen, was nicht der Fall war. Dass du dennoch in die Pflicht genommen wurdest, ist allein auf die Befindlichkeiten deiner Mutter zurückzuführen, die offensichtlich ihr vermeintliches Fehlverhalten – nach eigener Beurteilung, versteht sich –, nicht allein verantworten wollte. Doch bei nüchterner Betrachtung kann dir in diesem Fall keine Schuld aufgebürdet werden, das ist reichlich absurd und lässt deine Mutter nicht in einem besonders guten Licht erscheinen ... tut mir leid, es so zu sagen. Unter diesem Blickwinkel ist dein aberwitziges Konstrukt nicht nur hinfällig, sondern auch völlig wertlos. Ob dein Vater deine Mutter bewusst täuschte, ist ein völlig anderes Kapitel, doch darüber zu urteilen, steht mir nicht zu.

Ferner finde ich, dass es sehr wohl darauf ankommt, ob eine Ehe gelingt oder nicht. Und wollten wir etwas sophistischer an die Sache herangehen, dann müsste man sich fragen, ob dich Irina nicht doch getäuscht hat, denn sie spielte ein trügerisches Spiel, hat es nicht ernst gemeint und hat ihren tückischen Plan, der möglicherweise seit Anbeginn feststand, hartnäckig durchgezogen, das zumindest müsste sie eingestehen, denn nun hat sie auch ihren letzten Trumpf ausgespielt. Dass sie Oleg für ihr Unglück verantwortlich macht, ist ebenso verquer wie der Gedankenknäuel, den dir deine Mutter in die Schuhe schob, ist doch auch er Produkt einer gewollten Lustpartie ... ja, sie hatte ein schlechtes Gewissen und wagte es nicht, ihrem Vater zu beichten, aber das geht dich nichts an und Oleg erst recht nicht. Und genau dies müsstest du ihr mal beibringen, damit sie einsieht, dass ihre Ansichten nicht über jeden Zweifel erhaben sind."

„Da kannst du lange warten, bis sie irgendetwas einsieht! Weißt du, sie ist allwissend."

„Das interessiert mich nicht, denn ich werde diese Thematik kaum je mit ihr erläutern, das ist mir zu doof. Aber du solltest dir diese Argumentation aufs Banner schreiben, denn du wirst sie vielleicht wiederholt benötigen. Ich bin mir derweil bewusst, dass sie nicht klein beigeben wird, da bin ich mit dir restlos einig."

„Ich werde es versuchen … aber nein, ich werde dir erst darüber berichten, wenn ich Erfolg gehabt haben werde."

„…also am Sankt Nimmerleinstag … ja, ja, ja, ich habe immer das letzte Wort, mehr als bekannt, aber es ist mein Markenzeichen!"

Aus Irinas Tagebuch:
Endlich habe ich den längst fälligen Schritt getan, rechtzeitig, ehe ihn mein Angetrauter und langjähriger Mäzen auch getan hätte. Es fühlt sich recht gut an, besser jedenfalls als die verlogene Ehe, die mir weit mehr Abwehrmechanismen abverlangte, als ich einst dachte. Doch nun ist der Kampf gewonnen und meinen Plänen steht nichts mehr im Weg. Ich werde nun Oleg benachrichtigen und sehen, wie er die Nachricht aufnimmt, ich bin gespannt. Auch das Tagebuch kann ich nun weglegen, ich habe ja keine Geheimnisse mehr.

18

Geschieden, gedemütigt, verlassen

Die Scheidung verlief glimpflich, er kam zu Irinas Leidwesen mit einem blauen Auge davon, weil doch klar wurde, dass er in das sinnlose Unternehmen sehr viel investiert hat. Aber ganz ohne Aderlass ging's natürlich auch nicht ab und das schmerzte ihn zutiefst, umso mehr noch, als er nun allen Widerstrebens zum Trotz gleichwohl ein geschiedener Mann war und höchstwahrscheinlich den Rest seines Lebens allein verbringen musste. Es war wenig wahrscheinlich, dass er, verkümmert und abgehalftert, wie er sich gab, noch eine passende Gefährtin finden könnte, denn er war nicht mehr handelbar, sein Marktwert tendierte gegen Null. Und das ganze Machwerk, sozusagen das Ei des Kolumbus einer düsteren Vorzeit, das er vormals mithilfe von Adrian erfand, minutiös plante und hoffnungsvoll anging, fiel zusammen wie ein Kartenhaus, womit auch seine Zuversicht schwand, dass ihm ein behaglicher Lebensabend beschieden sein werde. Nein, das Gegenteil stand nunmehr zu befürchten, eine schmerzliche Aussicht, ja, ein tiefes, schwarzes Loch, das ihn zu verschlingen drohte. So stand er eben vor den Trümmern eines unerfüllten Wunschtraums und wusste nach geschlagener Schlacht – es war ein lautes Wortgefecht, das die wutschnaubende Gattin mit puterrotem Gesicht vor dem Richter, den sie auch mal Spielverderber nannte, abzog – wusste also nicht, was er mit sich und dem Trümmerhaufen anfangen sollte, und er hatte keinen Impetus, ihn zu entsorgen; wohin denn mit den wertlosen Rückständen einer Utopie? Er war verzweifelt, krank vor Scham und Wut, sperrte sich ein und kappte alle Verbindungsstränge nach außen, als ob er sich vor Angriffen, welcher Natur auch immer, zu schützen hätte. Nein, in diesem Zustand wollte er nicht unter die Leute und das hämische Grinsen einiger Spötter wollte er sich ersparen. Auch ich sah und hörte ihn während geraumer Zeit nicht mehr und ich wusste auch nicht, wie es ihm ging, ahnte jedoch, dass er sich schlecht fühlte, denn ich kannte ihn nunmehr recht gut und wusste um seine Befindlichkeiten. Zu gerne hätte ich mit ihm gesprochen, ihm vielleicht sogar einige Tipps geben können, doch offensichtlich war er selber groß und mutete sich zu, irgendwann mit der schwierigen Situation zurechtzukommen. Vermutlich suhlte er sich im Selbstmitleid, zelebrierte seine altbekannten Symptome und fühlte sich betrogen, was bei genauem Hinsehen nicht ganz falsch war. Dass er eigenes Verschulden, aus seiner Sicht ein Unwort, weitgehend ausklammern würde, war freilich anzunehmen. In dieser schwierigen Situation hätte er vielleicht mitfühlenden Zuspruchs bedurft, doch es war nicht möglich, mit ihm Kontakt aufzunehmen, also ließ ich ihn in seinem eigenen Saft schmoren.

Rund drei Monate später meldete er sich wieder und wollte mich unbedingt sprechen; das Telefonat war wortkarg, er sparte wohl seine als dringlich bezeichneten Anliegen fürs Kaffeetreffen. Ja, es dürfte schwierig werden, ihn zu trösten, war doch bei seiner Sturheit guter Rat teuer. Außerdem war es wohl zu spät – eine wiederholte Beifügung innerhalb seiner Geschichte –, um noch irgendwelche Rettungsaktionen vorzunehmen, denn das üble Spiel, mithin eine langanhaltende Pokerrunde mit fatalem Ausgang, war endgültig vorbei. Und die Dauer der Runde wie auch die Höhe der Einsätze, waren dann auch die wichtigsten Faktoren, welche das Ausmaß der Verstimmung festlegten … und ja, es ist ihr auch gelungen, ihn physisch wie psychisch zu vernichten; ihr Triumphgeheul war vernehmlich.

„Ich fühle mich miserabel, bin zudem, obwohl juristisch nicht gänzlich besiegt, ausgelaugt, gedemütigt und nahezu zerstört … am Boden zerstört, wie man sagt. Ich habe mein Fundament eingebüßt, schwebe zwischen Leben und Tod – ach ja! – und bin außerstande, eine Leitlinie aufzufinden, die zur Gestaltung meiner Zukunft genügend verlässliche Grundlagen anzubieten hätte. Mein ganzes Sinnen und Streben der letzten Jahre, das mir sehr viel Energie abverlangte und erheblichen Verdruss bereitete, stellt sich nun als vergeblich heraus; alles für die Katz, die davon auch nicht leben kann. Das ist mehr als ein friedlicher Mensch erträgt."

„Obwohl ich dich verstehe, möchte ich dich noch einmal ermahnen, nicht im Selbstmitleid zu versinken, auch wenn es natürlich verlockend ist, im Hochgefühl selbstdeklarierter Schuldlosigkeit ein Bad zu nehmen. Aber das bringt dich keinesfalls voran, klammert es doch alle Hintergründe eines Totalverlustes weitgehend aus. Und gerade die sind es, die post festum darüber Aufschluss geben, was schiefging. Zudem ist der Abgrund, der sich vor deinem Auge zu präsentieren scheint, nicht so deletär, wie es den Anschein macht, denn die Erfahrungen, die man während des Verlaufs eines Dramas macht, sind kostbarer, als man denkt, Lehrstücke allemal. Das ist mein wohlbegründeter Ansatz, den ich seit Langem schon verwende, und ich denke, dass du weißt, wovon ich spreche. Jedenfalls gibt's höchstwahrscheinlich zahlreiche Möglichkeiten, das Betreten der Unterwelt noch hinauszuschieben – eine eindringliche Mahnung, Frieder! – und das ist natürlich das Programm, das vordringlich anzugehen ist, geht es doch darum, andersartige Aktionsgebiete aufzufinden, die dich längerfristig von Irina und ihren Machenschaften ablenken. Du hast es deiner Gutmütigkeit zu verdanken, dass du in des Teufels Küche gerietest, du hast gelernt, dass sich diese edle Tugend nicht immer vorteilhaft auswirkt, sodass du nun weißt, wie damit umzugehen ist: Mit Vorbedacht jedenfalls und unter Beachtung menschlicher Arglist, die immer mal wieder zur Anwendung kommt, wie Exemplum zeigt.

„Ja, ja, ja, ich kenne deine Vorhalte, aber wie soll ich denn harte Fakten ignorieren und mich ihrer Wirkung entziehen? Letztere sind real und könnte ich die Augen verschließen, so sind sie deshalb nicht aus der Welt geschafft, sie präsentieren sich als Bilderbuch, dessen Bilder weiterhin blitzen und donnern und mir so den Schlaf rauben."

„Nein, die Katze raubt dir den Schlaf, denn sie fraß den Frust der Bitterkeit."

„Ich verstehe dich nicht wirklich, dein metaphorisches Geschwätz nervt: Was willst du damit sagen?"

„Wenn ich dich nicht nerve, reagierst du nicht, also nerve ich weiterhin: Ja, die Katze fraß, was du ihr überließest, als der Vorhang fiel, ein Mückenfurz bloß. Schau, es gibt im Nachgang einer Scheidung stets Entwicklungen, die zu missachten sträflich ist, denn sie sind dauerhafte Beweise der Naivität oder eher noch der Dummheit, Zeugnis der Arglosigkeit vergangener Tage mithin, die wir – beide, du und ich – sozusagen in Trance durchlebten, und zwar in der vagen Hoffnung, gleichwohl zum ersehnten Ziel zu gelangen. Es war Utopie, die auch mir nicht fremd war, ja auch eine großangelegte Täuschung, der auch ich gänzlich erlag. Und Utopie, die sich demaskiert, ist immerzu Schall und Rauch. Ja, lieber Freund, wir sind Leidensgenossen geworden ... das schreib dir bitte hinter die Ohren!"

„Wie habe ich denn wiederum diese Bemerkung zu verstehen? Soll hier etwa die Hiob-Methode zur Anwendung gebracht werden, der Vergleich nämlich mit dessen Schicksal, das ja noch viel schlimmer gewesen sei, als meines ... Das bringt nichts, denn was um alles in der Welt schert mich Hiob und was dein Unfall?"

„Nicht doch, nicht Hiob, kein Gott, nur deine eigene Fiktion, die einst Chimären schuf. Verstehe, ich weiß natürlich, unter welchen Bedingungen du lebtest, weiß um die Mühsal, welche Irina dir bereitete, aber damit hast du ja wohl oder übel abgeschlossen, und wie sie ihr weiteres Leben verbringt, hat dich nicht mehr zu interessieren, ihr geht jetzt getrennte Wege, das liegt in der Natur jeder Scheidung."

„Und füge doch noch an, dass du mich wiederholt gewarnt hast, ich kaum zuhörte, weil Adrians Floh im Ohr permanent wirkte, ja sein Unwesen trieb und eine Korrektur nach Maßgabe der wahren Begebenheiten ausblieb. Das ist doch dein Sermon, nicht wahr? Doch vielen Dank für die Belehrung, bravourös doch! Schön auch, dass du so denkst, aber bedenke gleichwohl, dass die satanische Exgattin ... „endlich begriffen!" ... es mir eben nicht so leicht macht, wie du denkst. Sie setzt auf eine vernichtende Karte, mit der sie mir wohl den Garaus machen will, denn der abträgliche Kurs, den sie während der Ehejahre einschlug, scheint ihr wohl keine ausreichende Genugtuung zu verschaffen, nein, ein Sahnehäubchen obendrauf müsste es doch noch sein."

„Ach, lass sie endlich außen vor, sie macht dir gar nichts mehr, denn sie ist raus aus dem Rennen, ganz und gar ... und ein Sahnehäubchen gibt's in diesem Fall ohnehin nicht, vergiss es endgültig!"

„Hör zu und red nicht immer drein!"

„Ich muss dich ausbremsen, damit du nicht noch mehr Stuss erzählst. Du sollst den Faden verlieren, denn er führt dich in eine Scheinwelt."

„Schon gut! Ich will ihn nicht verlieren, ich folge ihm: Es sieht nämlich so aus, als ob sie ihren Rachefeldzug noch nicht beendet hätte, wobei nicht verständlich ist, wofür sie sich rächen will, denn ohne mein Zutun, ja, ohne meine Geduld, wäre sie niemals da, wo sie sich momentan befindet. Und ihr Triumphgeheul schallt weiterhin bis zu mir, sodass ich nicht umhinkann, es mir anzuhören. Sie muss in all den Jahren einen ungeheuren Hass entwickelt haben, den sie nun loswerden will, und ich bin das unfreiwillige Ziel ihrer Tiraden. Was sie damit bezwecken will, ist mir freilich rätselhaft. Und sollte ich deine Metapher weiterführen, so müsste ich an dieser Stelle sagen, dass sie ihren Frust mir zu fressen geben will, mir, dem Kontrahenten wider Willen. Was das soll, weiß ich nicht, abgeschobene Verantwortlichkeit oder so ähnlich."

„Ach ja, die Rätsel bleiben womöglich ungelöst, das soll dich einen feuchten Kehricht scheren, du bist sie los, freue dich! Ihren Frust brauchst du nicht zu fressen, denn das Geheimnis ihres Auftritts entschwindet spurlos im Raum, genieße es!"

„Kann ich nicht, die fortgesetzten Sticheleien sind unüberhörbar! Und glaube mir, sie weiß, wie sie sich Gehör verschaffen kann."

„Und das wäre? Ich bin gespannt."

„Nun, sie lebt in ihrer Wohnung, aber nicht allein, nein, sie hat sich mit Oleg d. Ä – da staunst du, was? – ihrem Exmann also zusammengetan, der anscheinend genügend Geld verdiente, dass sie nun zusammen mit dem Gewinn aus der Scheidung und dem

Geschenk des Zaren über ausreichend Mittel verfügen, um ihren Lebensunterhalt zu bestreiten. Dabei geht es mir nicht darum, dass sie nicht mehr zu arbeiten braucht, das ist mir einerlei. Nein es geht vielmehr darum, dass ich mir völlig verschaukelt vorkomme, wenn sie nun ihr altes Leben aus der Trickkiste hervorzaubert und mir so vor Augen führt, dass das ganze Trauerspiel bloß eine niederträchtige und minutiös geplante Inszenierung war, welche offensichtlich zum Ziel hatte, ihren ehemaligen Lebensstil unter gesicherten Umständen fortzuführen. Reiner Bluff, verstehst du? All die vorgetäuschten Konflikte mit diesem Mann waren keinesfalls Nebenschauplatz, sie waren reine Farce, reine Finten mithin, nichts als schnöde Verarsche, um mich in den Glauben zu versetzen, dass sie Grund hatte, ihn zu verlassen und eine neue Heimat zu suchen. Und das, was sie nun demonstriert, zeigt dauerhaft an, wie sehr sie mich hinters Licht führte. Das ist natürlich nicht strafbar, ich weiß, aber ich finde es moralisch bedenklich und die unverhohlene Schadenfreude, die sie nun zum Ausdruck bringt, ist mehr als beschämend, verstehst du. Ich komme mir vor wie ein Idiot."

„Der du auch bist, tut mir leid! ... Aber keine Bange, ich schmiere es dir nicht noch einmal aufs Brot, die Panade der rechten Frist, denn dein Gelaber gibt Anlass zur Hoffnung. Er ist nämlich eine gelungene Zusammenfassung dessen, was ich dir seit Jahren predigte, sinnlos deshalb, noch einmal das Rednerpult zu besteigen und ciceronische Höhenflüge abzuhalten. Kurzum, ich gebe dir völlig recht, du hast des Pudels Kern erkannt und basta ... wurde auch Zeit!

Und die Hoffnung verspricht mir ein Happyend, indem nicht zu befürchten steht, dass du als gebrochener Held dich umbringst oder dann Irina tötest, damit auch Oleg d. Ä. sie nicht kriegt. Das sind ohnehin opernhafte Klischees für pompöse Schlussbouquets, die im wirklichen Leben keinen Platz haben, wenngleich die Fabulierlust eines Autors vielleicht ein solch dramatisches Ende vorgezogen hätte.

Aber noch eines: Du hättest dir auch diese letzte Blamage ersparen können, wenn du seinerzeit reagiert hättest, was eben nicht der Fall war, aber auch das ist Geschichte. Du wolltest damals nicht handeln und legtest die Hände in den Schoß, um wie ein Schaf abzuwarten, bis du zur Schlachtbank abgeführt würdest; und es dauerte nicht allzu lange, bis es der Fall war, oder irre ich? Doch was sollen heute all die Konjunktive, was soll das endlose Geschrei. Ich wünsche uns vielmehr, dass dein Wandel unsere Freundschaft beflügeln möge und künftig wichtige Diskussionen den erwünschten Erfolg haben werden."

„Weshalb so pathetisch?"

„Um dir ein wenig die Fanfaren um die Ohren brausen zu lassen, sie sind unüberhörbar, verstehst du ... du geifernder Gauch."

„Lieb von dir! Aber verstehe, ich hörte dir sehr wohl zu, nahm deine Botschaft jeweils zur Kenntnis, aber ich wollte deine Ratschläge nicht befolgen, und du weißt auch, weshalb. Ich konnte nicht und überließ das Zepter Irina und sie ließ sich nicht zweimal bitten, nahm es liebend gerne entgegen und startete ihre letzte Aktion ..."

„... und stieß dich von einem Thron, den du niemals innehattest! Ach weißt du, Frieder, es tut mir sehr leid, aber du hast verloren, auf der ganzen Linie, du hast ein Recht, zu jammern, weine dich aus, klage, tobe, schreie, doch was hilft's? Und ich komme auch nicht umhin, schließlich einzuräumen, dass selbst dann, wenn ihr Verhalten als verwerflich gelten muss und es auch abzulehnen ist, wie sie sich benahm, es dir nicht erspart bleiben wird, all die Unbilden so hinzunehmen, wie sie sich präsentieren. Auch diese Kröte musst du schlucken, es bleibt dir keine andere Wahl."

„Schöne Aussichten, keine Hilfe, nicht mal von einem guten Freund!"

„Halt ein, Hilfe war angesagt, verschmäht jedoch und nun die Reue, sie nicht angenommen zu haben, das ist doch schofel. Ich kann doch deine Bruchlandung nicht rückgängig machen, das musst du doch verstehen."

„Entschuldige, ich wollte dich nicht kränken, es ist mir so rausgerutscht."

„Es ist meist wahrhaftig, was rausrutscht, aber Schwamm darüber, wir sollten uns nicht auch noch in die Haare kriegen. Und wie weiter, es bringt nichts, wenn wir uns gegenseitig ins Gilet heulen, die fragwürdigen Errungenschaften der Vergangenheit sind unwiederbringlich verloren, diejenigen der Zukunft noch im Ei. Lass es uns ausbrüten, das Küken aufnehmen und großziehen, es wird auf jeden Fall bessere Zeiten verkünden, sofern wir es zum Sprechen bringen können."

„Schon wieder ein eigenartiges Bild, das du verwendest, möge es uns weiterführen!"

„Richtig! Mehr wollen wir nicht. By the way … wie steht's mit Oleg? Siehst du ihn noch?"

„Er kommt mich regelmäßig besuchen. Er ist ein erwachsener Mann geworden, tüchtig und wirklich selbstständig, agiert legal – die Strafe war ihm eine Lehre – und verdient sein Brot. Er wohnt in einer Wohnung, mittlerweile zusammen mit einer Freundin, ein nettes Mädchen, er hat es mir vorgestellt. Ab und an hilft er seinem Vater auf dem Occasionshandel, meint, dass er Hehlerware verkaufe, kann's aber nicht beweisen, sonst hätte er ihn längst in die Pfanne gehauen … ja, die Ressentiments sind virulent, obwohl er ein guter Lehrmeister war."

„Hoffentlich macht er sich nicht noch einmal strafbar, das sähe der Richter nicht gerne und würde ihn einsperren, diesmal ohne Wenn und Aber."

„Er passe auf, sagt er, ich hoffe, dass er sich nicht überschätzt, denn der Vater hat viel mehr Erfahrung mit der Mafia als er, und das ist natürlich die Währung, wenn er fast alle Wagen nach Osteuropa verkauft."

„Ich weiß, und er weiß auch und er weiß ferner, dass auch der Vater weiß und weiß überdies, dass ich weiß, dass er weiß … Kompliziert, aber eben hohe Schule der Diplomatie … ja, es ist brandgefährlich!"

„Nun ja, er soll auch schon Kontakt zu harten Burschen gehabt haben, doch der Name Oleg scheint ein Zauberwort zu sein. Er droht mit dem Gang zur Polizei, das hören diese Kerle ungern, und veranlasst sie, harte Drohungen auszustoßen. Es bleibt aber zu hoffen, dass sie ihn nicht eines Tages kaltmachen, wie es in der Fachsprache heißt. Ich habe ihm gesagt, dass er sich auf dünnem

Eis bewege, er verneint jedoch. Vielleicht ist ein Quäntchen kriminelle Energie in diesem Geschäft von Vorteil ... similia similibus, ein altes Rezept."

„Hat er auch Kontakt zur Mutter?"

„Gelegentlich, etwa wenn er den Vater abholt, sie sei ihm gleichgültig, sagt er, weitere Kontakte wolle er nicht riskieren, denn ihr Geschrei gehe ihm auf die Nerven. Ich kann nicht verstehen, dass ein junger Mann eine solche Beziehung zur Mutter hat."

„Eigenartig diese Verbohrtheit, was ist das bloß für ein Mensch, für eine Mutter? Und du, hast du noch Kontakt?"

„Gelegentlich. Ich wollte das eine oder andere besprechen, namentlich auch über die Möbel verhandeln, die nun nicht mehr gebraucht werden, nachdem ich die große Wohnung verkauft habe. Aber sie reagiert nicht, dann sind eben die Möbel eines Tages weg und da lasse ich mir dann keine Vorwürfe machen. Ich beauftrage Oleg, ihr mitzuteilen, dass ich ihre Ansprüche in Erfahrung bringen möchte, aber auch diese Aufforderung hat sie ignoriert. Sie ist arrogant."

„Pass auf, die nächste Falle, sie will keine Möbel, sie will Geld! Mach deine Geschäfte ohne ihre Zustimmung, die ist nicht mehr erforderlich, und zahle sie nicht aus, verstehst du, darauf hat sie kein Anrecht."

„Habe ich mir auch gedacht ... und sollte sie Geld haben wollen, dann hat sie sich geschnitten. Wenn sie nicht reagiert, dann hat sie sich ihr Glück verbaut. Ich habe die Anrufe alle gespeichert, kann somit beweisen, dass ich sie getätigt habe."

„Sie entblödet sich nicht, ihr wahres Gesicht zu zeigen, egal doch, ihre Pleite ... aber stell doch deine Bemühungen ein, außer Ärger bringen sie nichts!"

„Ich weiß, aber ich hätte eben auch ein Begehren, das ich gerne erfüllt sehen möchte. Sie hat mir die ganze Uhren- und Ikonensammlung gestohlen, diese Dinge hätte ich gerne zurückgehabt. Es sind Dinge, welche unstreitig in meinem Besitz waren. Ich habe Oleg bereits darauf angesetzt, ihn aber ermahnt, nicht seinerseits straffällig zu werden. Er wird es ihr aus den Rippen leiern, vielleicht sogar erpressen, aber das geht mich nichts an."

„Unglaublich, wie sie mit allen Mitteln versucht, dich zu schädigen, nachdem die erhoffte Ausbeute ihrer nahezu zwanzigjährigen Investition in eine Scheinehe geringer ausfiel, als gedacht, sodass sie mit ihrer Schurkerei vor Gericht nicht durchkam … ja auch sie hat kriminelle Energie, die sie freilich vererbte. Aber du hast es ihr auch leicht gemacht, indem du bei ihrem Weggang nicht dabei warst, und sie tun und lassen konnte, was ihr beliebte. So konnte sie sich bedienen wie in einem Selbstbedienungsladen und du hast das Nachsehen; kenne ich bestens."

„Habe ich ohnehin, egal schon, werde mich an einen verminderten Lebensstandard gewöhnen müssen, meine Zeit ist eh vorbei."

„Achtung, Selbstmitleid oder flehentliches Erbeten von Barmherzigkeit … beides unbeliebt!

„Hartherziger Schuft, niederträchtiger Schofel … wahrlich kein echter Tröster in der Not!"

Frieder war nun allein, geschändet und desavouiert, niedergeschlagen und verstoßen von einer Gesellschaft, die ihn als Ehemann von Irina nie ernst nahm. Nein, er galt stets als Lückenbüßer oder eben Übergangsfigur, ein wahrer Steigbügelhalter mithin, der effektiv die hübsche Blondine nur deshalb einkaufte, um ihr den Start ins hiesige Leben zu ermöglichen, eine durchwegs klägliche Rolle also, die er mit großer Geduld während Jahren bedenkenlos spielte.

Er war auf sich selber gestellt, hatte mehr und mehr die Tendenz zu verwahrlosen, kam jeweils ungekämmt zum Kaffee, meist unrasiert, oft auch ungewaschen, mit fleckiger Kleidung angetan, unansehnlich halt, was ihn beileibe nicht salonfähig machte. Es sei ihm egal und ein weiteres Mal auf Brautschau zu gehen, käme ohnehin nicht infrage. Die Freunde, außer mir, hätten sich alle zurückgezogen, er sei dabei, eine einsame und wohl langweilige Zukunft ins Auge zu fassen, und das sei genau das, was er zu vermeiden versucht hätte. Wie so oft führen übers Knie gebrochene Aktivitäten zum Gegenteil dessen, was man hätte erreichen wollen, das sei peinlich, aber wahr, ja geradezu ein historisches Axiom. Adrian sei nicht mehr zuständig für sein Wohlergehen, er habe den Kontakt abgebrochen. Die Gesundheit begänne mehr und mehr zu streiken und die Tage seines irdischen Daseins wären wohl gezählt.

Tabula rasa! Es war bedauernswert, den Niedergang eines einst angesehen Mannes mit zu verfolgen, doch was sich bei Frieder tat, war mehr als das, machte doch der missliche Vorgang den Anschein, als ginge es um die ‚Geburt' eines geknickten Mannes, dem wohl für den Rest des Lebens nie mehr Achtung und Respekt gezollt werden dürfte. Die Niederlage war also komplett, Irinas Triumph grenzenlos … woher aber der abgrundtiefe Hass, woher die Rachsucht? Unerklärlich! Hat er sie vielleicht etwas zu lange hingehalten? Kam sie nicht so voran, wie sie dachte? Gab die allzu geringe Ausbeute, die sie erzielte, den Ausschlag? Hypothesen, deren Bestätigung wohl ausbleiben dürfte.

Irinas Verhalten ist wohl als Racheakt zu verstehen, wiewohl sie gleichzeitig ihr neues Leben in neue Bahnen lenkte und sich dazu eine Extraschleife mit ihrem ersten Mann gönnte. Frieders Rachegefühle aber hielten sich in Grenzen und freilich war er allzu lethargisch, um irgendwelche Aktionen zu planen oder gar auszuführen. Und auch sie ist eine jener Frauen, die ihre Karte statt auf Liebe eher auf Ausbeutung setzte und weniger herausholte, als sie sich erträumte. Erbärmlich doch das Ansinnen, einem wohlsituierten Mann Liebe vorzugaukeln, um in aller Ruhe sein Bankkonto zu plündern … oder hat auch er sie gekränkt? Ja, er hat sie von der ersten Stunde an belogen und hatte auch nie die Absicht, zu seiner Lüge zu stehen, geschweige denn ihr abzuschwören. Nein, dazu war er ganz einfach zu feige, das muss hier in aller Deutlichkeit gesagt werden.

Man muss sich auch fragen, ob es denn wahr ist, dass eine Frau nur böse ist, kühl berechnend und arglistig? Ist Irina, hübsch und zart, wie sie sich präsentiert, eine Räuberbraut? Kann denn ein Püppchen, blond und fein, solch fiese Nummern skrupellos abspielen? Nun ja, das Äußere korreliert ebenso wenig mit dem Charakter wie mit der Lust auf Sex, und die weiblichen Reize sind womöglich gar gefährliche Waffen im Kampf um materielle Güter, die eingesetzt werden, um das anvisierte Opfer willig zu machen, das sei stets bedacht. Und es wird berichtet, dass dies nicht allzu selten sei ... und hier? Der alte Bockmist in neuer Umhüllung etwa oder bloß ein sophistischer Ansatz, dem Schicksal ein Schnippchen zu schlagen? Egal, es ist lediglich eine weitere, nicht besonders rühmliche Variante der ehelichen Abzocke, die kein Deut besser ist als die gewöhnliche Masche, welche gemeinhin zur Anwendung kommt.

19

Auslegeordnung

Parabel? Möglicherweise! Ja gewiss, eine Art Gleichnis wohl, das mit einiger Wahrscheinlichkeit der Abfolge der Ereignisse und Vorgänge dieser unsäglichen Tragödie, zu der sich Frieders Geschichte entwickelt hat, Pate stand. Auch die mitbestimmenden Hintergründe waren, wiewohl unterschiedlich gestaltet, kaum außergewöhnlich. Nein, eine solche Geschichte, die unzählige Varianten kennt, ereignet sich ziemlich oft, öfter, als der Gesellschaft lieb ist, denn sie zeigt allemal deren Schwachstellen auf, die sie sich niemals eingesteht. Auch die Grundthematik, welche solch verhängnisvollen Entwicklungen innewohnt, wiederholt sich häufiger, als man denkt, und wird in einschlägigen Kreisen nicht selten als Geschäftsmodell propagiert. Die Spuren, die das meist gleichförmige Geschehen hinterlässt, sind recht uniform und allemal äußerst bedrückend, die Opfer nach Abschluss des Vorfalls in aller Regel ihrer Ressourcen beraubt, ja, für den Rest des Lebens schwer geschädigt und meist unfähig, sich wieder aufzurichten, um ihr Leben neu zu gestalten, sofern sie denn die Katastrophe überleben. Das ist leider nicht immer der Fall und hier wäre ein solches Ende denkbar, wenn sich Frieder nicht zu sehr fürchten würde, Hand an sich zu legen, oder dann Rache zu üben, wie etwa Othello oder Escamillo.[5]

Und wenn sie in ihrer Trümmerlandschaft zurückbleiben, dann verkümmern sie buchstäblich, isolieren sich und werden zum verachteten, zuweilen gar verspotteten Einzelgänger, oder gar Kauz. Dabei werden immer wieder ähnliche Versatzstücke bemüht, Versatzstücke, welche die Bühne zieren, auf welcher

---

5 Giuseppe Verdi: Othello, Georges Bizet: Carmen

nach gewogener Wartezeit die Dramen inszeniert werden, die dann unweigerlich zum schmachvollen Untergang führen, mithin zum fatalen Ende all dieser Geschichten, von denen ich jede Menge kenne. Es ist ferner geboten, hier auch zu erwähnen, dass sich nicht nur die klassische Ehe für diese Trauerspiele eignet, nein auch Ehen gleichgeschlechtlicher Paare können als Schauplatz ähnlicher Vorgänge missbraucht werden. Doch, ob so oder anders rum, ich sah mich eben verpflichtet, Frieder, zumal in dessen Umfeld engagiert, mit dieser Erfahrung zu konfrontieren, und zwar in der Absicht, ihn, der sich im Spinnennetz der Intrigen total verhedderte, so weit zu bringen, dass er erkenne, welch gefährlicher Gaukelei er aufgesessen ist. Er erwies sich aber als renitent, wollte die Misshelligkeit ausstehen und musste am eigenen Leib erfahren, wozu weibliche Arglist fähig ist, eine Praktik mithin, die er bis dahin nicht kannte, ja kaum daran gedacht hatte, dass sie in diesem Zusammenhang je zur Anwendung gelangen könnte. Dabei ist festzuhalten, dass Arglist auch Männern nicht fremd ist, wenn sie es darauf angelegt haben, etwa wohlsituierte und alleinstehende Damen zu beglücken, sofern diese Bereitschaft zeigen, den Kampf gegen die Einsamkeit zu vergolden. Wie viele Herzen mögen dabei schon zerbrochen sein? Erotik ist nicht nur ein Heiratsmarkt, er ist auch ein Ort, an welchem unglückliche Seelen angeboten werden.

Frieder ist insofern eine Ausnahme, als er Opfer und Täter zugleich ist, selbst wenn er selber es nicht so sehen will, denn er ist, wie zu Beginn der Freundschaft vermutet, ein aparter Gesell, der in einer eigenen, oft irrealen Welt lebt. Sein Denkansatz in dieser Geschichte, bekanntlich keine Eigenerfindung, war verstiegen und absurd, die Ausführung dilettantisch, der Abschluss banal. Das angeblich unfehlbare Rezept, mit dessen Hilfe er ein maßgebliches Grundproblem seiner Lebensgestaltung zu lösen versuchte, war untauglich, die Entscheidungsgrundlagen, die er sich dazu beschaffte, massiv geschönt, teilweise sogar gefälscht, seine Anwartschaft naiv. Lange wollte er dies nicht einsehen, denn er setzte sich in den Kopf, das kühne Unterfangen, zu dessen Gelingen er alle verfügbaren Kräfte einsetzte, erfolgreich zu Ende zu führen, um sich endlich aus der Enge eines Daseins als Junggeselle und Muttersöhnchen zu befreien und den leidigen Ruch der Homosexualität endgültig loszuwerden. Dass er dabei einer vorsätzlichen Täuschung erlag, die er freilich nicht von Anfang an durchschaute, war wohl ein unglücklicher Zufall, dass er aber die Weichen zwecks Korrektur des Kurses nicht rechtzeitig umstellte, war reines Eigenverschulden. Natürlich kam ihm dabei auch sein Langmut in die Quere und übernahm nicht selten sogar die Führung, was sich ungünstig auswirkte und ihn zu unverständlichen Handlungen veranlasste, die selbst aus seiner Sicht reichlich abwegig waren. Er konnte sein ohnehin fragwürdiges Konzept, das er sozusagen als Ultima Ratio und entgegen aller Vernunft ins Auge fasste, zwar scheinbar umsetzen, aber nicht so lange durchziehen, als es aus seiner Sicht erforderlich gewesen wäre, um das ersehnte Ziel zu erreichen. Nein, er scheiterte kläglich und wurde dann auch abgestraft, schuldlos, wie er stets betonte. Das war allerdings nicht die ganze Wahrheit, denn er benahm sich ebenfalls unfein, wie er sich schließlich eingestehen musste, denn er hinterging Irina auch und lieferte ihr einen Steilpass, Gleiches zu tun, ja nicht zuletzt ihre ganze Intrige auszuspielen, um ihren eigenen, reichlich hinterhältigen Interessen, zum Durchbruch zu verhelfen. Ob sie sich wirklich gehörnt fühlte oder nur so tat, stehe dahin, doch zumindest musste er damit rechnen, dass sie daraus Kapital schlagen könnte, und das hat er wohl nicht bedacht. Schließlich blieb ein grundlegendes Problem von Frieders Beziehungsfähigkeit ungelöst, die Frage nämlich, ob Irinas Oberschenkelumfang sein Wohlwollen gefunden und sein peinliches Manko behoben hätte. Es fehlte ganz einfach die Gelegenheit dazu.

Doch wie auch immer, ihre üble Nummer, deren Natur sie lange verheimlichte, ja als Leitlinie ihrer Handlungsweise benutzte, zog sie vollständig durch und brachte sie, nach Ablauf einer gewogenen Karenzfrist, gemäß eigenen Vorstellungen zum Abschluss. Ihren vernichtenden Plan, ein veritabler Popanz, konnte sie gänzlich umsetzen, indem sie zu Beginn sehr zögerlich vorging, was jeden Argwohn erstickte, später dann aber den Druck erhöhte und alsdann eine Art Zermürbungskrieg führte, bis sie schließlich zum finalen Schlag ausholte und den längst festgelegten Schlusspunkt setzte. Lange, zu lange wohl, spielte sie aus opportunistischen Gründen nach außen hin die Rolle einer landläufigen Gattin, sodass jedermann den Eindruck gewann, dass die Familienverhältnisse der Norm entsprächen, doch war dem freilich nicht so, wie aus den Gesprächen mit Frieder hervorging. Nein, ihre teuflische Art machte sich immer wieder aufs Neue bemerkbar, wodurch sie ihm systematisch das Leben vergällte. Erstaunlich, dass sie die Geduld hatte, die Tarnung so lange aufrechtzuerhalten, bis sie den Zeitpunkt für reif hielt, den letzten Streich auszuführen. Ihre Hinhaltetaktik war wohl Mittel zum Zweck, etwa um andersartige Vorhaben zu verschleiern, und es stellt sich nachträglich sogar die Frage, ob sie nicht anfänglich noch eine günstige Entwicklung ins Auge fasste, ein geeignetes Motiv immerhin, ihr langfristiges Ausharren überhaupt erst zu ermöglichen. Doch allzu ernst war ihr nicht dabei. Zudem gelang es ihr vorzüglich, ihre wahren Gefühle gegenüber ihrem Exmann unter Verschluss zu halten, was die Irreführung komplett machte, es sei denn, die Reaktivierung ihrer einstigen Beziehung hätte sich erst während der letzten, äußerst schwierigen Ehejahre ergeben, was, in dubio pro reo, nicht von der Hand zu weisen ist. Und Frieder seinerseits hat mit bewundernswerter, jedoch zersetzender Indulgenz all die belastenden Zeiten ausgesessen und verharrte in Passivität bis zum bitteren Ende, das nur deshalb eintrat, weil er es nicht rechtzeitig zu verhindern vermochte.

Doch all dies ist schließlich obsolet geworden, zählte doch am Ende für Frieder nur, was übrig blieb, und das war nicht nur der Scherbenhaufen einer utopischen Vorstellung, sondern auch ein Leben in Einsamkeit und Isolation, das Gegenteil dessen, was er anstrebte. Er kriegte sich dann auch kaum mehr ein, verkümmerte buchstäblich und wollte sich auch nicht mehr in der Öffentlichkeit zeigen, womit er unter Beweis stellte, dass vollumfänglich zutrifft, was bereits als unumgängliche Folge solcher Tragödien bezeichnet wurde: der Totalschaden schlechthin. Ja natürlich, er hatte sicherlich zu hoch gepokert und blieb nun auf einer erdrückenden Schuld sitzen, einer Schuld jedoch, die er nicht als teilweise hausgemacht anerkennen wollte, was einer sträflichen Vernachlässigung erwiesener Fakten gleichkam. Nun ja, die Hinterlassenschaft dieses sinnlosen Intermezzos wirkte sich ruinös aus und machte aus einem gestandenen Mann einen veritablen Krüppel, wie er selber sagte. Er fühlte sich auch deshalb unschuldig, weil er lediglich einen moralisch untadeligen Plan realisieren wollte, einen Plan mithin, der im Rahmen gesellschaftlicher Regeln durchaus Anerkennung gefunden hätte, sodass etwaige Bedenken entfallen wären. Dass es sich dabei um ein reichlich fragwürdiges Ansinnen handelte, das viel Zündstoff für Fehlschläge barg, stellte er in Abrede, er scheiterte nicht zuletzt dessentwegen kläglich und litt alsdann wie ein geschlagener Hund. Ja, er konnte einem leidtun, aber selbst dies half nicht weiter, er war zerstört und kaum mehr lebensfähig, Opfer eben unersättlicher Geldgier, des Prestiges auch, schließlich Opfer der Mafia und am Ende sogar auswärtiger Oligarchen. Dass er sich in guter Gesellschaft hätte wiederfinden können, interessierte ihn nicht mehr, und dass er in mir einen Leidensgenossen zum Freund hatte, wollte er nicht zur Kenntnis nehmen. Er war es gewohnt, seine Suppen selber auszulöffeln, das hat ihm seine Mutter vorgemacht. Ob die Einsamkeit am Lebensende nach gescheitertem Versuch, Letztere zu umgehen, besser erträglich war als eine gleichsinnige Entwicklung ohne Zwischenspiel, sei dahingestellt, und ob sich die Verlassenheit weniger dramatisch anfühlte, wenn wenigstens der Versuch unternommen wurde, sie zu verhindern, ist ebenfalls fraglich. Die ansonsten medienwirksame Anerkennung, als reicher Mann eine jugendliche Blondine an seiner Seite zu haben, wurde ihm jedenfalls versagt.

Ich traf ihn dann nur mehr selten, wie gesagt unmittelbar nach der Trennung monatelang gar nicht. Die späteren Kontakte waren aber nicht mehr so vertraut wie einst. Aber ich erhielt einen

Brief, in dem er unter anderem wichtige Informationen über seine damaligen Überlegungen preisgab, und ein Abschnitt, den ich für ziemlich aufschlussreich halte, soll hier noch zitiert werden:

Die verschiedenen Gründe, welche grundsätzlich geeignet waren, mich zu einem ebenso zögerlichen wie kraftlosen Verhalten zu verleiten, habe ich dir bereits mitgeteilt. Es waren diverse Bedenken und auch Skrupel, nicht zuletzt auch im Gedenken an meine Mutter, die mich in meinem Tun behinderten. Doch welche Faktoren, die ein zielstrebiges Vorgehen verhindert haben mögen, für die leidige Entwicklung letztlich verantwortlich waren, weiß ich nicht, aber das spielt ja auch keine Rolle mehr, denn der Zug ist längst abgefahren. Indes, und das will ich doch noch loswerden, vielleicht dachte ich – irrigerweise, versteht sich – einen kurzen Moment daran, das schlingernde Schiffchen in letzter Minute vor dem drohenden Untergang bewahren zu können, hatte ich doch eine Menge Versprechen und Zusicherungen in der Hand, dank welcher dies durchaus möglich gewesen wäre, doch auch diese Hoffnung zerschlug sich gnadenlos. Du musst wissen, dass während langer Zeit, in weiter Ferne zwar, die verlockende Aussicht winkte, vielleicht doch noch die langersehnte Normalisierung unserer Beziehung herbeizuführen, was ich natürlich begrüßt hätte. Das wäre schon insofern erstrebenswert gewesen, als es ein Vorteil namentlich für Oleg bedeutet hätte, der dann in wohlbehüteter Obhut aufgewachsen wäre, in einem tauglichen Umfeld mithin, das er wohl vermisste. Der, aus Irinas Sicht, ungeliebte Sohn, dessen Heranwachsen mir eine gewisse Verpflichtung auferlegte, der ich mich bekanntlich nicht entziehen wollte, war aus dem ganzen üblen Gemenge nicht herauszuhalten, was zu Recht als Negativfaktor in der Erziehung unerwünscht ist. Der leidige Unstern, unter welchem sowohl seine wie meine Geburt erfolgte, wirkte sich überdies stark verbindend aus und hat sich letztendlich als segensreich erwiesen ... Ja, leider wusste er, dass er ein ungewolltes Kind war, ein bedaulicher Unfall aus einer leidenschaftlichen Liebesnacht, wie es hieß, und das ist kaum bekömmlich.

Wie schön könnte das Leben doch sein, dachte ich vielleicht damals, wenn eines Tages all die hässlichen Auseinandersetzungen Vergangenheit sein werden. Ich weiß es nicht mehr, aber es wäre nicht ausgeschlossen, dass ich mich, entgegen meiner ansonsten eher nüchternen Einstellung, für kurze Zeit einer derartigen Illusion hingegeben habe. Jedenfalls hinterließ der Zeitraum nahezu endlosen Ringens um klare Positionen die Erinnerung, dass ich unter massivem Druck gestanden habe und nicht vollumfänglich über meine vorbehaltlose Urteilskraft verfügte. Dass ich dir damit nichts Neues erzähle, kann ich mir vorstellen, dass sich aber Irina schamlos dieses Umstands bemächtigte, um ihr beschämendes Ziel zu erreichen, weiß ich erst seit Kurzem mit ausreichender Sicherheit, obwohl du mich eingehend davor gewarnt hast … meine Schuld, ich habe dir einfach nicht geglaubt … und deine Erfahrungen datierten aus längst vergangenen Zeiten, sodass ich mir nicht vorstellen konnte, dass sie auch für mich von Belang sein könnten.

20

Wie bitte?

Es mag befremden, nach einer definitiven Verurteilung erst festzustellen, dass der Bescholtenen kaum das Recht auf Anhörung eingeräumt wurde, ein Recht, das unumstritten ist und hier zu wenig Beachtung fand. Es ist somit an der Zeit, dies tunlichst nachzuholen, denn auch Irina steht dies zu. Nun, sie wurde stets verteufelt, ihre Anliegen wurden als maßlos und ihre Forderungen als unangemessen abgetan und es schien, als ob sie nie einen Teil des Kuchens abbekommen hätte, der ihr nicht a priori hätte verweigert werden dürfen. Ob nämlich alles genau so war, wie dargestellt, ist nicht erwiesen, vieles beruht auf Mutmaßungen oder dann Aussagen, die nicht überprüft worden sind und stets für bare Münze gehalten wurden. Das geht nicht an und alles müsste kritisch hinterfragt werden, um die Stichhaltigkeit der Ausführungen auch zu erhärten.

So stellte sich namentlich die heikle Frage, ob denn ein Mensch so abgefeimt sein kann, wie man der weiblichen Protagonistin in epischer Breite unterstellte? Hat nicht auch sie gute Seiten, die sich, hätte man sie ernst genommen, annehmlich ausgewirkt hätten. Sie war doch recht klug, auch kultiviert und war zudem hübsch anzusehen, eine vorteilhafte Beigabe, die für die Akzeptanz in der menschlichen Gesellschaft keine unwesentliche Rolle spielt, ja in gewissen Fällen sogar ausschlaggebend sein kann. Aber reicht das allein aus, um sie zu exkulpieren und sind all diese Attribute geeignet, die vorgehaltene Infamie, die man ihr zur Last legte, zu widerlegen? Hat sie nicht seinerzeit zu Hause im stillen Kämmerlein darüber nachgedacht, wie sie unter Aufgebot aller erdenklichen Mittel ihre fünf Buchstaben aus selbstverursachter Not retten könnte? Hat sie nicht durch die Anmeldung beim Vermittlungsinstitut, welche den Heirats-Katalog herausgab, den

Versuch gestartet, irgendeinen beliebigen, nach absurden Kriterien ausgewählten Kapitalisten in die Pfanne zu hauen, um zu guter Letzt ihr Leben nach eigenem Ermessen führen zu können, nachdem sie sich gezwungenermaßen von ihrem Mann – zum Schein? – trennte und keine andere Wahl hatte, als zusammen mit ihrem Sohn zu fliehen? Hat sie nicht auch den erstbesten Kandidaten zum Opferlamm gekürt und ihn durch beständiges Kritisieren zur Weißglut gebracht – vermutlich ein taktisches Manöver – und schließlich ihre Aktionen so weit vorangetrieben, dass eine erneute Scheidung unumgänglich wurde. Ja, hat sie nicht auch danach ihre ursprüngliche Lebensform wieder angenommen und so demonstriert, dass ihr die langjährige Scheinehe, ein passageres Übel bloß, nichts anhaben konnte? Doch sie hat! Und nein, das muss nicht bewiesen werden, denn es ist aktenkundig.

Kritische Fragen also, die immer wieder auftauchen, doch eine stichhaltige Antwort zur Beseitigung letzter Bedenken zu geben, dürfte in Anbetracht der kontroversen Aussagen der Eheleute ziemlich schwerfallen. Ich müsste mit ihr sprechen, ihr auch Geständnisse abringen können, aber sie ist für mich nicht mehr erreichbar, denn sie hat wohl mitgekriegt, dass ich ihr nicht wohlgesinnt und damit höchstwahrscheinlich parteiisch war. Das ist zwar richtig, aber vermutlich auch der Grund, dass sie alle Verbindungen gekappt und möglichenfalls auch neue geschaffen hat, die ihrem wiedergefundenen Lebensstil, selbstredend dem ehemaligen nachempfunden, besser entsprechen.

Doch nun ist's still geworden. Oleg, letztlich Schüler seines leiblichen Vaters, hat sich wieder in die Familie eingegliedert, besucht indes auch Frieder, für dessen Unterstützung in schwierigen Zeiten er dankbar ist, jedoch eher selten und hat sich vielleicht sogar mit seiner Mutter wieder versöhnt, nachdem sie den Erzeuger wieder in ihre Arme geschlossen hat. Doch insgesamt sind die Verhältnisse eher bizarr, verräterisch sogar und die Tatsache, dass Vater und Ziehvater in derselben Stadt wohnten, spannungsreich und verwirrlich.

Doch wie auch immer, die zentrale Frage ist doch die, ob es wirklich der Fall war, dass Irina in ihrem ehemaligen Kabäuschen den intrikaten Plan haarklein ausarbeitete und dann kaltblütig nach und nach umsetzte, indem sie in allen Phasen jede erdenkliche Vorsichtsmaßnahme beachtete, die ihr geeignet schien, ihr Vorhaben ungefährdet umzusetzen. Ist es denn möglich, über Jahre hinweg konsequent und fehlerlos zu agieren und das Ziel nie aus den Augen zu verlieren. Genau das wurde ihr nämlich unterstellt und dies mit Eifer und Zorn. Und dann kam sie her, und alles war ganz anders als erwartet, ja als der Norm entsprach: Der Mann wollte nicht mit ihr leben und führte schließlich eine Wochenendehe, war an einem echten Eheleben zunächst gar nicht interessiert, und als er dann gezwungenermaßen in derselben Wohnung leben musste, waren die Verbrauchsspuren der Beziehung bereits so ausgeprägt, dass die so entstandenen Antipathien überwogen und eine eheliche Harmonie nicht mehr denkbar war. Dass sie in Anbetracht dieser Situation daran ging, umzudenken, einen womöglich gar harmloseren Plan umzumodeln und sich alsdann eine Strategie ausdachte, welche ihr und freilich auch Oleg zugutekam, kann man ihr kaum verdenken. Zumindest ist diese Variante beinahe ebenso wahrscheinlich wie diejenige, die beschrieben wurde, wobei darauf hinzuweisen ist, dass es etliche Episoden gab, welche ein arglistiges Vorgehen eben stützten, der Hauptgrund mithin, weshalb sie der Arglist bezichtigt sowie auch beschuldigt wurde, ein schamloses Spiel getrieben zu haben.

Doch ist es wohl nicht mehr nachzuvollziehen, welche Variante die wahrscheinlichere ist und man muss auch zugeben, dass es nicht die Aufgabe eines Chronisten ist, ein Urteil zu fällen. Sie hat entschieden, wir, Frieder und ich, müssen es hinnehmen und ob sie einen Sieg feiert oder eine weitere Niederlage einzustecken hat, soll uns nicht kümmern.

Dennoch darf festgestellt werden, dass sie, die Vielgescholtene, nach Abschluss ihrer Kampagne – als solche möchte ich ihre zweifellos verwerfliche Aktion bezeichnen – ihr Scherflein im Trockenen hatte und sich nicht mehr unangenehm bemerkbar machte. Es sei ihr gegönnt, selbst wenn sie dabei, egal, ob mit Vorbedacht oder durch die tristen Begebenheiten veranlasst, einen Menschen zerstörte, der sich kaum mehr erholen dürfte.

Und die Tagebucheinträge sprechen doch eine deutliche Sprache: Egal wie … es ist geschafft und der Zweck heiligt die Mittel!

21

Zu guter Letzt

Nein, es war kein Gefälligkeitsschreiben, das ich damals verfasste, als ich darum gebeten wurde, zuhanden der Behörden, die eine Scheinehe postulierten, Stellung zu nehmen. Ich hatte damals schlichtweg nicht die erforderlichen Informationen, die ich benötigt hätte, um wahrheitsgemäß zu antworten. Das stellt sich im Nachhinein als bedauerlicher Umstand heraus. Doch hätte ich sie zuzeiten bereits besessen, hätte ich denn wirklich den beiden einen Strich durch die Rechnung machen wollen, nachdem ich wusste, wie sehr Frieder an seinem Projekt hing, ja es als lebenswichtig erachtete und zu keinem Zeitpunkt bereit war, es fallen zu lassen? Auch Irina wäre schlecht weggekommen und das war seinerzeit nicht opportun, ich kannte sie nicht und hatte keinen Grund, ihr übel zu wollen.

Aber eines müsste dennoch bedacht werden: Hätte ich den effektiven Sachverhalt gekannt und ihn auch ungeschminkt wiedergegeben, wie viel Ungemach hätte ich denn damit verhindern können und wie viel besser wäre Frieder über alles gesehen weggekommen? Diese heikle Frage drängt sich auf und lässt mich nicht mehr in Ruhe: Die ganze Geschichte mit einem Federstrich aus der Welt schaffen, wer kann das schon; aber ja, es wäre in diesem Fall vermutlich möglich gewesen. Eine verpasste Chance also, oder eine wahre Gefälligkeit? ... mag entscheiden, wer will, ich meinerseits zweifle daran, dass ich richtig gehandelt habe.

Aber so eigenartig es sich auch anhört, diese Geschichte ist wahr, und fast alles hat sich so zugetragen, wie es beschrieben wurde, ja auch absurde Ereignisse sind nicht frei erfunden. Ob sie so, wie sie hier geschildert wurden, auch im Detail stimmig sind und über die ganze geschilderte Geschichte hinweg ihre Wahrhaftigkeit haben, ist freilich offen, denn alles wurde aus dem Blickwinkel des Ehemannes betrachtet und entsprechend gewertet. Es ist jedoch anzunehmen, dass eine Schilderung aus der Sichtweise der Gattin nicht dieselbe Form angenommen hätte, sodass mit einer anderen Wahrheit, einer weiblich getönten eben, zu rechnen wäre, die wohl Irinas Motive besser beleuchtet hätte. Was sich dabei geändert hätte, ist schwer zu sagen, dass sie sie exkulpiert haben könnte, unwahrscheinlich, wobei nicht feststeht, dass sie dies auch hätte erreichen wollen, hat sie doch in ihrem Tagebuch den hintergründigen Plan nicht verheimlicht und, wie sich zeigte, konsequent gehandelt.

Aber es liegt mir viel daran, noch ein Letztes zu erwähnen, denn es könnte der ganzen Angelegenheit eine besondere Färbung verleihen; die Farbe jener Blume, die sie bei der Ankunft am Flughafen im Haar trug, war entweder rot oder gelb, oder beides, die Erinnerung ergibt recht unterschiedliche Resultate. Aber sicher war sie nicht weiß, und wäre sie weiß gewesen, dann hätte man ihr die Unschuldsnummer vielleicht abgenommen, denn ... nach der ersten Begegnung dachte ich, wie kommt er zu so einer Frau: hübsch, adrett, klug und kulturell interessiert ... doch der Schein trog, aber das war erst mit der Zeit ersichtlich. Demzufolge präsentierte sich die Geschichte für den außenstehenden Beobachter als unseliges Konstrukt beiderseits, wobei sich die verschiedenen Handlungsstränge, die zunächst nicht zusammenfinden wollten, erst mit der Zeit abzeichneten, denn keiner wusste vom anderen, was er wirklich im Schilde führte. Gleichwohl oder gerade deshalb erhob sich immer wieder die Frage, wie es aus Irinas Sicht ausgesehen haben mochte, kam doch ihr eigentliches Dafürhalten kaum zum Ausdruck, denn nur bei der Peripetie ergriff sie das Wort und verpasste der Geschichte eine besondere Wende. Sonst aber war sie kaum mitteilsam und sprach nur, um zu kritisieren. Namentlich zu Beginn ihrer Beziehung fürchtete sie sich davor, ihren tatsächlichen Standpunkt offenzulegen, denn sie musste damit rechnen, dass ihr Geheimnis auffliegt und sie im Fall einer sofortigen Trennung oder gar Annullation der Ehe rausgeschmissen würde, also behielt sie ihre Meinung strikte ein.

Stattdessen hatte sie sich ihr eigenes Gärtchen geschaffen, in welchem sie tun und lassen konnte, was ihr behagte, unter anderem ihr Tagebuch schreiben, dem sie ihre wahren Gedanken und Gefühle anvertraute. Das war schließlich die Replik auf die Vorhalte, die sie selten konterte, weil sie sich wohl ertappt fühlte, was sie freilich nicht kommunizierte. Sie bewahrte die explosive Schrift unter der Matratze auf, damit sie nicht in Frieders Hände gelangte. Auf inständiges Bitten hin gab sie sie heraus und ich durfte einige Abschnitte lesen und im Text unterbringen, aber das war erst, nachdem die Bombe hochgegangen war. Es war immerhin mutig, denn es hätte ihr auch Kopf und Kragen kosten können. Anscheinend hatte sie Vertrauen in meine Verschwiegenheit, an die ich mich nun nicht mehr gebunden fühle. Die Beiträge werfen dann auch ein eindeutiges Licht auf ihre Beweggründe, so zu handeln, wie es beschrieben wurde, und es stellte sich heraus, dass es nicht unberechtigt war, sie als blutsaugende Lilith zu bezeichnen ... und ja, sie war zweifelsfrei ein echtes Monster, eine Montur, die sie sich überstreifte, um für ihre Sache zu kämpfen.

Und zur Erinnerung:

Aber was ist Licht,
    Was Irrlicht, «Verwirrlicht» gar,
    Was ist Schein,
    Was ist Täuschung?
    Was echt, was unecht?
    Und sind nun all diese Fragen beantwortet?! Kaum! Es war auch nicht die Absicht, sie zu beantworten, weil es keiner kann. Aber ein jeder handelte nach eigenem Gutdünken, und das ließ sich nicht unter einen Hut bringen.

Dank

Meine Frau hat als Erste dieses Manuskript gegengelesen, ich bat sie vor allem, die Tipp- und andere Fehler zu korrigieren. Als sie fertig war, fragte ich sie, ob es denn gut sei, sie sagte, es sei ziemlich gewagt. Ich fragte sie, ob sie den Schreibstil oder den Inhalt meine, nein, sagte sie, die vielen Kommas. Ich bedankte mich für den hilfreichen Hinweis und möchte mich noch einmal an dieser Stelle dafür bedanken … und dann habe ich viele Kommas entfernt. Allerdings hat das Manuskript das Lektorat in dieser Form nicht überstanden.

Der Dank gilt auch der Landesregierung, die mich wegen einer Pandemie in Quarantäne versetzte, sie verschaffte mir die notwendige Muße, um das Manuskript zu verfassen. Ich möchte die Literatur bitten, ihr das nachzusehen.

Der Autor

Oskar Szabo, geboren 1942 in Kreuzlingen, Kanton Thurgau/Schweiz, schloss 1968 in Bern sein Studium als Arzt ab. Er arbeitete als Assistenz- und später als Ober- sowie Leitender Arzt. Seine berufliche Tätigkeit führte ihn u. a. nach London. Ausgiebig beschäftigte er sich mit der Altenmedizin. 2008 begab er sich aus der Selbstständigkeit in den Ruhestand.

Szabo ist verheiratet und Vater von vier Kindern. Heute lebt er in seiner Heimat in Safnern/Kreis Biel. Seine Lieblingsaktivitäten sind Lesen, Schreiben und Kochen, außerdem interessiert er sich für Musik. Zu seinen bisherigen Publikationen zählen etliche wissenschaftliche Arbeiten im medizinischen Bereich wie auch Sachbücher. Mit der Pensionierung wechselte Szabo ins belletristische Fach. Bereits erschienen: „Die Welt der ‚Alten' als Wille und Vorstellung", „Abwege oder Irrungen", „Der letzte Brief" und „Bosnische Blätter".

novum 🔲 VERLAG FÜR NEUAUTOREN

Der Verlag

*Wer aufhört
besser zu werden,
hat aufgehört
gut zu sein!*

Basierend auf diesem Motto ist es dem novum Verlag ein Anliegen neue Manuskripte aufzuspüren, zu veröffentlichen und deren Autoren langfristig zu fördern. Mittlerweile gilt der 1997 gegründete und mehrfach prämierte Verlag als Spezialist für Neuautoren in Deutschland, Österreich und der Schweiz.

Für jedes neue Manuskript wird innerhalb weniger Wochen eine kostenfreie, unverbindliche Lektorats-Prüfung erstellt.

Weitere Informationen zum Verlag und seinen Büchern finden Sie im Internet unter:

w w w . n o v u m v e r l a g . c o m

Oskar Szabo

Abwege oder Irrungen

ISBN 978-3-99064-725-7
494 Seiten

Drei Erzählungen von Menschen auf Abwegen, die suchen und irren: Akteure auf der Bühne des Lebens. Charakterstudien und Persönlichkeitsprofile inmitten überraschender und faszinierender Geschichten. Werke einer bestechend präzisen Erzählkunst.

Oskar Szabo

Der letzte Brief

ISBN 978-3-99064-759-2
428 Seiten

Vorwiegend in Briefform erfährt man von den wechselvollen Erlebnissen der Mitglieder eines problematischen Familienverbandes, den tragischen Ereignissen bis hin zum Freitod einer Seniorin, der viele Fragen aufwirft.

Oskar Szabo

Bosnische Blätter

Entwicklungsarbeit in
Bosnien – Eine Nachlese

ISBN 978-3-99064-942-8
76 Seiten

Oskar Szabo zeigt anhand einer Institution für Betagtenbetreuung in Bosnien auf, wie Entwicklungszusammenarbeit nachhaltig gelingen kann und welch langfristige Konsequenzen der Bürgerkrieg in dem Balkanland nach sich zieht.

Bewerten Sie dieses Buch auf unserer Homepage!

www.novumverlag.com